[日] 太宰治 著

何青鹏 译

人间失格

中国出版集团

现代出版社

目录

人间失格

序

那个男人的照片，我曾看过三张。

第一张，可以说是他的孩童时期，大致可以推断为十岁前后所拍摄的照片。这个孩子穿着粗条纹裤裙，站在庭院的池子边上，被一大群女孩子包围——可以想象，这些人应该是这孩子的姐姐、妹妹以及堂姐妹和表姐妹。他的脑袋向左大约倾斜了三十度，笑得很难看。难看吗？可是，即使是那些迟钝之人——就是那些对美丑毫不关心的人，摆着一副毫无表情的脸，敷衍了事地夸赞他："真是位可爱的小少爷呀。"听起来却也不像是在曲意逢迎。

总而言之，这孩子的笑脸上，也并不是没有人们所谓的那种可爱。可是，但凡稍稍接受过一些美学教育的人，只需看他一眼便会立即露出一副不悦的神情，小声嘀咕：

"什么呀，真是个讨厌的小孩儿。"

之后可能便会用一种类似撣掉毛毛虫的动作，把这张照片扔在一边。

确实，不知道为什么，这孩子的笑脸越看越叫人发毛。因为这本来就不是一张笑脸，这孩子根本就没有在笑。证据便是这孩子的两个小拳头，他攥紧了拳头站着呢，人可不会一边攥着拳头一边笑。是猴子，是猴子的笑脸，只是那些丑陋的皱纹都挤在脸上了。这张脸上的表情真是奇妙，有一种说不清道不明的污秽感，令人作呕，让人忍不住想说："真是个皱巴巴的小孩儿。"脸上挂着这种奇异表情的小孩儿，我是头一次见。

在第二张照片里，他的脸发生了令人惊奇的巨大变化。照片上的他一脸学生气。虽说不能明确断定是高中还是大学时期，然而样貌却是十足的英俊帅气。可是，与上次一样，这张照片里的他也有些奇怪，看着不像一个依然还活着的人。他穿着学生制服，胸前的口袋里可以看见白色的手绢，双腿交叉坐在藤椅上。脸上依然在笑着，不再是第一张照片里那种皱巴巴的猴子一样的笑了。这次是一种巧妙的微笑，然而却总让人觉得哪里不对，与人类的笑有些不一样，一点也没有那种说是血的重量感也好或者说是生命的滞涩感也好的东西，然而又不像是鸟或者羽毛所带来的那种轻盈感。他仅仅像一张白纸那样笑着。总之，这笑容给人一种彻彻底底的、生拉硬造出来的感觉。说做作感觉略显不妥，说轻薄好像又缺了点什么，说是娘娘腔便不足了，说是爱打扮就更谈不上了。然而，细一端详就会发现，这位英俊的学生身上，仿佛笼罩着一股鬼怪般的恐怖气息。这般不可思议的美貌青年，我还是头一次见到。

第三张照片才是最蹊跷的。已经完全无法根据照片上的他来推知年龄，头上似是有了一些白发。他在某个肮脏房间——从照片里可以明显地看到，房间的墙壁上有三处已经剥落——的角落里，把两手伸向小小的火盆。这次他没有笑，脸上没有任何表情，就这样坐着，两手伸向火盆，好像自然而然地死掉了一样。真是一张弥漫着不祥的气息、让人忌讳的照片。蹊跷之处不止于此。在这张照片中，他的脸被拍得比较大，我得以细细端详这张脸的构造。额头很平凡，额头上的皱纹也很平凡，眉毛很平凡，眼睛也很平凡，鼻子嘴巴还有下巴均是如此。啊，这张脸岂止是毫无表情，简直是难以让人留下印象，完全没有特征。举个例子吧，就像我刚看完这张照片，一闭上眼就能把这张脸给忘了。房间的墙壁、小小的火盆也许能够让人想起些什么，可是房间主人的这张脸留给人的印象却像雾一样消散了，无论如何也想不起来了。那是一张不可能成为画面的脸，甚至无法成为一幅漫画。睁开眼，啊，是这张脸啊，想起来了。看着这张脸，即使连这样一种回忆起某件事情的快感也没有。再极端一点说，即使是再次睁开眼睛看到了这张照片，都无法想起什么来了。就这样，让人变得愈发不快和焦躁，最后便不想再看了。

即便是所谓的"死相"，也要比这张脸要多一些印象和表情吧。如若把人类的身体安上马头，恐怕会有类似的感觉。总之，这照片看上去就莫名其妙地让人心里发毛。这张不可思议的男人脸，我果真还是头一次看到。

第一手记

我过着满是耻辱的生活。

对我来说，所谓人的生活，是找不到的。我生于东北乡下，因此第一次看到火车时已经是长大以后的事情了。我当时在火车站的天桥上爬上去又跑下来，全然不知这天桥乃是为人们跨越铁路线而造的。只是觉得，这火车站的内部，就像外国的游乐场一样，是为了时髦，为了让人们玩得痛快，才修建成这样的。在很长一段时间里，我都是这么想的。在火车站的天桥上爬上爬下，对我来讲，毋宁说是一种雅致而脱俗的游戏。而且我也认为，这是铁路所有服务中最为幽默而可爱的一种了。当我后来发现，造这个天桥的目的，只是为了实用，只是为了让旅客们跨越铁道线时，才骤然醒悟，大感扫兴。

另外，小的时候，我曾在图画书上看到过地铁这种东西。当时也并未想到，这地铁也是因为实用性的目的才修建起来的。当时的我只是觉得乘坐地下的车辆游玩，比乘坐地上的车辆要妙趣横生得多。

我自小身体虚弱，时常卧病不起。卧床的时候，我便打心底里认为，这些床单、枕套、被套都是些无聊的装饰品。直到自己二十岁左右，才幡然醒悟这些东西都是实用品。人类的朴素和节俭，让我黯然失望。

此外，我也从来不知饥饿为何物。倒不是炫耀自己生在衣食无忧的富庶之家，我并没有那种讨厌的意思，只是自己对饥饿这种感觉，是完全没有概念的。这么说好像很奇怪，可是，即便是肚子饿了我也是察觉不到的。念小学和中学时，我一从学校回来，周围的人便手忙脚乱、吵吵嚷嚷地对我说："啊，肚子饿了吧？我当时也是这样，从学校回来时，肚子饿得真是受不了啊，要不要吃点甜纳豆呢？蛋糕和面包也有呢。"此时，我就开始发挥自己与生俱来的喜好讨好人的本性，一面嘟囔着饿了饿了，一边把十粒甜纳豆胡乱塞进嘴里。然而对于饥饿这种概念，我自己是完全搞不明白的。

就我自己来说，我当然也吃过很多东西。可是因为饥饿而去进食的体验，却从来都没有过。吃珍馐的时候，吃豪宴的时候，还有上外边吃东西的时候，无一例外，我都要勉强自己把所有东西都吃掉。因此，对于当时还是小孩子的我来说，最痛苦的时刻，其实是在家吃饭的时候。

在我乡下的家中，十人的大家庭，面对面地摆着两列小食桌。我是家中幼子，自然坐在末席。用餐的房间微微有些昏暗，吃午饭的时候，十人的大家庭一句话也不说，只是坐在那里默默吃饭。

这样的情景，每每让我不寒而栗。再加上我家又是一个颇具乡下古板气息的旧式家族，所以饭桌上的菜肴大多都是那些东西，没有什么珍奇奢华的菜肴可供奢望。因此，吃饭最终成了令我害怕的一件事情。我坐在那昏暗房间的末席，冷得浑身发抖，一点点地把饭往嘴里塞。不禁心里思忖，人类究竟为什么一天要吃三顿饭呢？大家都摆出一副严肃的面孔吃饭，就好像这是某种仪式。整个家庭一日三次，在规定的时间里，聚集在一座昏暗的房间里，按正确的顺序就座，即使没有食欲也要默默地嚼着饭菜。一边吃着饭还要一边低着头，好像是在向家里蛰居的神灵祈祷一样。

“不吃饭就会死。”这样的话，在我听来，不过是一种令人厌恶的威胁罢了。可是这种迷信——即使对现在的我来说，这依然是一种迷信，却总是给我带来不安与恐惧。“人，不吃饭就会死。正是因为这样，人们才不得不工作，不得不吃饭。”对我来说，没有哪句话比这句更加晦涩难解，更加带有威胁性了。

总之，直到现在，我对人类之营生这一问题，仍是一点也摸不着头脑。情况就是这样。我的幸福观念与世上所有人的幸福观念完全不是一回事，这让我感到不安。这种不安，让我在夜里辗转反侧，甚至有时候还会呻吟乃至发狂。我究竟是否幸福呢？从小的时候开始，我就常常被人说成是幸福的人，而我却时常有一种身处地狱的感觉。反倒觉得那些说我幸运的人，一个个都过得幸福安乐，我是怎么也比不上他们的。

我甚至认为自己背负着十大灾祸。倘若让别人来承受，这十大灾祸中的任意一个都能取走他们的性命。

总而言之，我就是不明白。别人的痛苦及其痛苦的性质和程度，我都完全无法体会。日常性的痛苦，只要吃饭就能解决的痛苦，也许正是最强烈的痛苦，如阿鼻地狱一般，其凄惨程度比我所说的十大灾祸有过之无不及。可是我却对此一无所知。尽管如此，人们依旧没有自杀，也没有发狂，还谈论着政治，没有一丝一毫的绝望，依然不屈不挠地继续与生活抗争。看看他们这副样子，不是一点儿也不痛苦吗？已然成为彻头彻尾的利己主义者，还依旧想当然地坚信着这一切，难道他们从来没有对自己产生过怀疑吗？这样一来，倒是开心快乐了。但是，所谓人，并非全是如此吧，并不会这样就满足了吧。我搞不明白……夜里呼呼大睡，早上神清气爽。可他们在夜里都梦见了什么呢？走在路上的时候又在想些什么呢？金钱？难道仅此而已吗？我听说过“人为吃饭而活着”这样的说法，却从没听说过“人为钱而活着”这样的说法。啊，不对，可是，就具体情况而言……啊，我还是不明白……越想越搞不清楚。只是感到深深的不安和恐惧，就好像只有自己一个人同其他人完全不一样。我无法同别人交谈，要说什么，要怎么说，都搞不明白。

于是，我想出来的办法是表演滑稽把戏，逗人们开心。

这是我对人类最后的求爱了。我虽对人类满怀恐惧，然而却总也无法对人类死心断念。因此，这一套滑稽搞笑的把戏，是我与人类仅存的一线联系。表面上我总是强装笑颜，而心里却恍若一直被悬置于千钧一发的危险境地，战战兢兢地扮演着滑稽角色，汗流浃背地为人们服务。

从小的时候开始，我就对家里人毫无了解。他们在想些什么，他们又是如何艰难地活在这世上，这些我是完全不懂的。我只是无法忍受那种令人恐惧的隔阂，才不得不耍我那套搞笑滑稽的把戏。然而这种插科打诨的手段，倒是日益熟练起来了。总之，我在不知不觉之间，成了一个卖乖讨好、嘴里没有一句真话的孩子。

只要看看当时的全家福照片就知道了，其他人都是一张一本正经的脸，一定只有我一个人歪着脸，脸上挂着奇怪的笑容。这也是我幼稚而又令人悲哀的滑稽手段之一。

此外，家里人无论对我说什么，我都不会顶嘴。即便是一些玩笑话，也如同晴天霹雳一般让我大为震撼乃至发疯，哪里还敢顶什么嘴。然而对我来说，这些玩笑话正是所谓震古烁今的人之“真理”。我时常琢磨，现如今的我之所以无法同人们继续生活在一起，是不是都因为自己没有能力来实践这些“真理”的缘故。因此，我既不与人争执，也不为自己辩解。人们对我恶语相向，我却感觉是自己深深地误解了别人。于是，我总是默默承受别人对我的攻击，而心里却害怕得要发疯了。

无论是谁，在遭到人们的非难或是为他人所迁怒之时，恐怕心里都不可能好受吧。而我却在那些人愤怒的脸上，发现了比狮子、鳄鱼乃至恶龙更加恐怖的动物本性。平时，人们都掩藏自己的这种本性，可是一旦出现机会，就好像牛温驯地在草原上睡觉时，突然之间尾巴一甩就杀死了肚子上的牛虻一样。人们那令人恐惧的本性，正是在不经意间凭借愤怒而显现出来的。我每次窥见人类这种本性，都要被吓到头皮发麻，浑身战栗。这种本性，恐怕也是人之生存的资格之一吧。这么一想，我便对自己感到绝望。

对于人，我害怕得发抖。与此同时，对于同样作为人的自己的言行，我也没有丝毫自信。因之，我只好把自己的懊恼秘藏于胸中的小盒子里。这种抑郁，这种神经质，我只管将其掩藏起来，同时扮出一副天真无邪的模样，终于一点一点地把自己弄成了一个惯于耍滑稽把戏的怪胎。

怎样都好，只要让他们发笑就好了。这样一来，即使我处于人们所谓的“生活”之外，他们也不会发觉了吧。总之，一定不能碍他们的眼。我是无，是风，是空，这样的想法越来越强烈。我依靠插科打诨来逗家人发笑，而且在那些比家人更加不可理解同时也更加令人恐惧的男仆女仆面前，我也拼命提供那套搞笑服务。

夏天里，我在浴衣里穿了一件红色的毛衣在走廊上走着，逗得家里人大笑起来。就连平日里不苟言笑的长兄见了我，也忍俊不禁：

“哈，小叶，你这……不合适吧。”

他的语气里满是怜爱。大夏天穿着毛衣在走廊里走来走去，开什么玩笑，再怎么样我也不是那种不辨冷暖的怪胎啊。其实，我只是把姐姐的线裤套在了两个手腕上，露在浴衣外面，让别人看起来好像是穿了毛衣一样。

我的父亲常在东京办事，因此，他在上野的樱木町置了一栋别墅，每月的大半时间都在东京的这栋别墅里度过。他回到家里时，总会给家里人乃至亲戚们，带回很多东京的名产和礼物。对于这件事情，父亲似乎颇有兴趣。

有一次，父亲在上京前夜把孩子们都叫到了客厅里，笑呵呵地一个个问我们下次回来时带什么礼物，还把孩子们的回答一一记在笔记本上。如此亲切地对待孩子，于父亲来说，是很少见的事情。

“叶藏呢？”

被父亲这么一问，我顿时语塞了。

一旦被人问到想要什么东西时，我就变得什么都不想要了。怎样都无所谓，反正没有什么东西能够让我快乐。这种想法在我的脑际一闪而过。与此同时，我也认为，别人给我的东西，即便多么不合我的心意，也不能就此拒绝。对于讨厌的东西不会说讨厌，而对喜欢的东西也是战战兢兢仿佛偷盗一般，只能体味到极端的痛苦。就这样，在某种无法言说的恐惧中挣扎着。总之，我连在喜欢与厌恶之间二选一的力量都没有。我在多年以后过上了“满是耻辱的一生”，这种性格正是一个重要的原因。

我扭扭捏捏地没有说话。父亲见我这样，脸色开始起了变化。

“还是想要书吧？浅草的商店街里，有正月狮子舞的狮子卖，狮子的大小，小孩拿着玩儿合适得很，你不想要吗？”

当别人问到我“你不想要吗”的时候，我就已经不行了，滑稽搞笑的回答一个也说不上来了。这场为滑稽演员所准备的考核，我算是落第了。

“带书，好不好？”长兄一脸认真地说。

“是吗？”父亲一脸扫兴，也没写什么，就啪地合上了笔记本。

真是太失败了，我把父亲惹生气了。父亲的报复一定会非常恐怖，必须趁现在想办法挽回。当晚，我缩在被窝里，一边打着冷战一边想着该怎么办。然后我偷偷摸摸地爬了起来，来到客厅，打开桌子的抽屉，拿出父亲之前放在里面的笔记本啪啦啪啦地翻看着。翻到记着礼物的那一页，我舔了舔铅笔尖，写下了“狮子舞”后，才回去睡觉。我一点也不想要狮子舞的狮子，反倒是更想要书。但是，我察觉到了父亲想给我买狮子的想法，为了迎合他，为了重新讨回他的欢心，我才敢于在深夜潜入客厅，以身犯险。

而我的这一非常手段，果真取得了意料之中的巨大成功。不久之后，父亲从东京回来，我在儿童房间里听到父亲对母亲大声说道：

“我在商店街的玩具店里，打开笔记本一看，这儿，就在这儿，写着狮子舞，这并不是我的字啊。果然啊，我就觉得嘛，这是叶藏的恶作剧嘛。这小家伙，我问他的时候他扭扭捏捏地不作声，其实暗地里对那狮子，是想要得不得了啊。真是个有意思的小子，趁我不在的时候又好好地在这里写了下来。既然这么想要这狮子，早说不就好了嘛。弄得我在玩具店里都笑出来了，快把叶藏叫过来吧。”

对待下人，我也如此。我把男仆和女仆都叫到我家的洋式房间里，让一个男仆胡乱敲打着钢琴的琴键——虽说我家在乡下，但是家里的东西一应俱全，我自己则和着这曲子乱跳一气“印第安舞”。大家见了我这样子，都大笑起来。二哥则打开镁光灯，把我的这套“印第安舞”都拍摄了下来。等到照片洗出来一看，在我的腰布——只是一个印花的裹布——的接缝之处，可以看到一个小鸡鸡。这又让大家哄堂大笑起来。而对我来说，这恐怕又可以说得上是一个意料之外的成功了。

每个月，我都会订购十多本少年杂志新刊，此外还从东京弄来各种书籍，一声不响地默默阅读。什么麦恰拉可恰博士啊，纳迦穆迦博士啊[①]，我都是非常熟悉的。此外，怪谈、讲谈、落语还有江户笑话之类的东西，我也无所不通。因此，自然少不了一本正经地跟家人贫嘴搞笑，逗得他们大笑不止。

然而，说起学校来，我就要呜呼哀哉了。

我在学校还是受到尊敬的。可是受到尊敬这种事情，却是让我极为胆战心惊的。近乎完美地欺骗身边的所有人，之后再被一个全知全能的家伙识破并戳穿自己的谎言，受到生不如死的羞

① 这两位均是当时流行漫画中的人物。——译者注

辱。这便是我对于“受到尊敬”这种状态所下的定义。靠着欺骗别人的手段，即使一时“受到尊敬”也总会有某个人在暗地里知道真相。不久之后，人们必定会从这个知道真相的人那里得知自己受到了欺骗。到了那时，人们的愤怒以及随之而来的报复究竟会是怎样，光是想一想就让人毛骨悚然。

我在学校里受到大家的尊敬，与其说是因为我出生于富贵人家，倒不如说是因为我像俗话说的那样，是个“能干”的人。我自幼体弱多病，经常一两个月地请假，甚至卧病休学长达一年之久，然而即便如此，我依旧拖着大病初愈的身体，在学期末坐着人力车来到学校参加考试，最后竟是比班级里的所有人都要“能干”。身体好的时候，我也不怎么好好学习，就算去了学校也是在上课时画漫画，下课时再把漫画讲给班里的同学听，逗大家发笑。在作文课上，我也净写一些滑稽的东西，尽管被老师警告也还是照写不误。因为我其实知道，老师在看我写的这些滑稽东西时也是偷偷乐得不行的。有一天，我照例用一种悲伤的笔调写了一件倒霉的经历，说的是我与母亲上京途中在火车车厢通道的痰盂里撒尿的事。其实在当时，我并非不知道那是个痰盂，只是为了表现自己的天真无邪才故意这么做的。我自信这样写一定能把老师逗乐，于是便偷偷地跟着正走向教员室的老师身后。老师一从教室里出来，就立即把我的作文从别班学生的作文中挑了出来，在走廊里边走边读，还呵呵地轻声笑起来。走进教员室之后，他好像读完了我的作文，只见他满脸通红，终于忍不住大声地笑了出来，一边笑，还一边劝其他的老师也赶紧过来读一读。看到这里，我心里真是大大的满足。

真是个活宝啊。

我就这样成功地让别人把我当成了一个淘气又滑稽的家伙，进而成功地从受人尊敬的状态中逃了出来。我的成绩单上，所有学科都是十分，而只有操行这一项，时而是七分时而是六分，这也惹得家里人哈哈大笑。

然而我自己的本性，大概与这种性格是南辕北辙的吧。在那时，男仆和女佣们就已经教我犯下了这般可悲的错误。我至今依然认为，对年幼者做这样的事是人类所犯下的罪行中最丑恶、最下等、最残酷的。可是我却默默忍耐，甚至是怀着一种仿佛又看到了一件人类特质的心情，有气无力地笑着。如果我有那种说真话的习惯，或许我就会毫不畏惧地向父母控诉他们的罪行吧。然而我却连自己的父母都不能完全理解。诉之于人这样的事情，我是一点也不指望了。诉诸父亲也好，诉诸母亲也好，即使是诉诸警察和政府也好，到头来，还不是要被那些通晓世故之人滔滔不绝的说辞给淹没吗？

世间有偏颇，这是理所应当的。因此，诉之于人便是徒劳之事。因此，我对事情从来都缄默不语，隐忍不发，除了继续耍滑稽搞笑之外，也无别路可走。

也许会有人这样嘲笑我："什么，你说你对人类毫无信任？哎，你这家伙什么时候成了基督徒了？"然而，我认为，对于人类的不信任并非就一定会立即导向宗教。人们——就连现今如此嘲笑我的这个人也包括在内——不是活得好好的吗？在相互的不信任之中，将耶和华也好，什么别的念想也好，统统抛诸身外，这样不也没什么关系吗？我自小便见过这样的事。那时，父亲所属的政党中有一位名人来我们这里演讲，家里的男仆便带着我去剧场听演讲。剧场里早已座无虚席，看见了那些平日里与父亲颇有交情的人，我也拍起手来兴奋不已。等到演讲结束，三五成群地踏上回家的路后，人们就开始信口说起关于演讲的坏话来了。那位与父亲颇有交情之人的声音也夹杂其中。说什么，父亲所致的开幕词不够得体啊，这位名人的演说也是不清不楚、难以理解啊。这些所谓的父亲的“同志们”就用这种近似于愤怒的语调说着这种话。而就是这些人，当晚还顺道来到我家，走进客厅里，摆出一副仿佛发自内心的喜悦表情，对父亲说什么今晚的演讲真是获得了巨大的成功之类的话。甚至那些男仆也是如此，当母亲向他们问起今晚的演讲会时，他们便摆出一副心照不宣的样子说今晚真是有趣极了。而就在之前回家的路上，他们还在感叹着说：“这世界上再没有比演讲会更无聊的东西了。”

这件事也不过是九牛一毛而已。令人匪夷所思的是，人们这样彼此欺瞒却从来没有谁会因此受到伤害，仿佛互相都毫无察觉一般。事实上，这种清晰而又明朗的不信任充斥于人们的生活之中。我虽凭借搞笑这一能事一天到晚欺上瞒下，但是对这种事情本身，我并无多大兴趣。我对于思想品德教科书式的正义、道德啊之类的东西，也并不怀有多少期待。人们一边欺骗别人，一边却好像什么事都没发生一样，他们就这样愉快而开朗地生活着，或者说这些人是自信能够愉快而开朗地生活的。我对这些人感到困惑不已。人类最终也没有教会我这其中的奥妙。倘使我明白了这奥妙，便也不会像现在这般惧怕人类，拼了老命去提供这种搞笑服务了吧？也不会像现在这样与人们的生活相对立，夜夜尝尽地狱般的痛苦了吧？总而言之，我觉得，我之所以没有向任何人诉说男仆和女佣对我犯下的那些可恨罪行，并非因为我对于人类的不信任，更不是缘于基督教的影响，而只是因为人们对我这个名叫叶藏的人，把信用的外壳严严实实地关起来了。因为即便是自己的父母，于我来说，也时常是难以理解的。

就这样，我身上便弥漫了一种无法向任何人诉说的孤独气息。很多女人凭借本能便可嗅出这种气息。这恐怕便是多年之后，我被这些女人乘虚而入的诱因之一吧。

也就是说，在这些女人看来，我是一个能保守恋爱秘密的男人。

第二手记

在时常受到波浪拍打的海滨，并排矗立着二十多棵粗壮的、树皮漆黑的山樱树。新学年伊始，山樱花同那些顽强执着的褐色嫩芽一道，在蓝色大海的衬托下绚烂地开放了。再过不久，便是樱花满开如雪落[①]的日子了。那时候，无数的花瓣都会四散落入大海。那些漂在海上的樱花，宛如宝石镶嵌在其中。这些花乘着波浪，会再一次漂上岸来。东北地区的某中学，便将这满是樱花的沙滩直接当作了自己的校园。尽管我没怎么复习备考，也依旧平安无事地被录取进了这所学校。这所中学制帽上的徽章也好，校服的扣子也罢，都装饰有樱花盛开的纹样。

我家有一位远亲，就住在这所中学附近。因此，父亲就为我选择了这所海边的樱花中学，将我托付给了这位亲戚。反正这位远亲的家离学校很近，于是每天早上，要等到早会的钟声响起，我才迈出家门跑去上学。我就是这么一个懒惰怠慢的中学生，不

① 日文原文“花吹雪”，形容满开樱花如雪落的情景。——译者注

过即便如此，我还是凭着之前那一套耍滑稽的本事，在班里逐渐混得风生水起。

出生至今，这是我头一次远走所谓的他乡。然而对我来说，这所谓的他乡——比起我所出生的故乡来，反倒成了一个更让我感到轻松惬意的地方。或许是因为我的那套滑稽把戏耍得比以前更加得心应手了，骗起人来不再像以前那样劳心费神的缘故吧。不过更为重要的恐怕还在于，面对血亲或者生人、故乡或者他乡，在表演时存在着无法忽视的难易之差吧。这种差别，即使对于天才，对于身为神子的耶稣来说，都是无法忽视的。对于演员来说，最考验演技的舞台，莫过于故乡的剧场了。再者，如果是在六亲眷属们会聚一堂的房间里演出，即便是最负盛名的演员，难道不也要落得个演技尽失的下场吗？然而我就是这么演过来的，而且还演得颇为成功呢。像我这样的老油条，一旦到了他乡，那就更是随心所欲、百无禁忌了。

对于人的恐惧，却在我心中愈发剧烈地蠕动着，比以前有过之而无不及。然而我的演技，却日渐精进了。在教室里，我总能把班上的同学逗得哈哈大笑。老师们虽然一边叹气着说“这个班里要是没有大庭，一定会是个特别好的班级呀”，一边还是忍不住用手捂住嘴偷偷地笑了起来。即使是那些声震如雷的驻校教官，我也能轻易地让他们忍不住噗的一声笑出来。

现在的我，早已把真正的自我完完全全地隐藏起来了吧。正当我要为此长吁一口气时，不料却被人戳中了软肋。不出所料，这个戳中我软肋的人，正是班里那个最为瘦弱、脸色发青的家伙。他身上穿着不知是父亲还是兄长留给他的旧衣服，上衣的袖子比他的手臂还长出许多，看上去就像圣德太子[①]的袖子一样。学习方面他更是一点儿都不行，在军训和体操课上也总是像个白痴一样站在旁边见习。就是这么一个学生，我完全没把他放在眼里，我也从来没有想过，竟然需要对这么一个人保持戒备。

那一天，正在上体操课。那个学生——他的姓如今已经想不起来了，只记得名字叫竹一，那个竹一同之前一样在一旁见习。而我们则被要求操练单杠。我故意摆出一副严肃脸，嘿地大喊一声，就朝着单杠飞奔过去，好似跳远一般向前方跳了出去，扑通一声一屁股摔在了沙地上。这一次失败完全在我计划之中，所有人也都如我所料哈哈大笑起来。我也一边苦笑着一边爬起来，掸掉裤子上的沙子。而不知在什么时候，竹一来到了我的身后，戳了戳我，低声说道：

“故意的，你是故意的。”

我震惊了。这次故意的失败竟然被人，被这个竹一识破了。我怎么也想不到居然会有这样的事情发生。此时的我，仿佛看到世界在一瞬间被地狱的业火包围、燃尽，我拼尽全力来压制自己几近疯狂的心境，差一点就要哇的一声大叫出来。

① 圣德太子（574—622），日本飞鸟时代的皇族、政治家，用明天皇第二子；母亲是钦明天皇之女穴穗部间人皇女；作为推古天皇时的摄政，与苏我马子共同执政。圣德太子在国际局势紧张的情况下派遣遣隋使，引进中国的先进文化、制度，制定冠位十二阶和十七条宪法，建立了以天皇为中心的中央集权国家体制。——译者注

自此之后的每一天，我都在不安和恐惧中度过。

表面上，我依旧令人悲哀地要我那套滑稽把戏，逗大家发笑。但是有时我却会冷不防地长吁短叹起来。无论做什么都会被竹一从头到脚一一识破。一想到竹一肯定会将这些事传出去，我就急得满头大汗。每到这时，我就像个疯子一样，用奇怪的眼神紧张而徒劳地向周围扫视一番。如果可以的话，我真希望能够早中晚一天二十四小时都不离竹一左右，监视他的一举一动，以防他泄露了我的秘密。就这样，在我纠缠他的时候，为了让他认为我的那套滑稽把戏并非有意之举，我可谓费尽心机，绞尽脑汁。要是有机会，我甚至还想成为他最亲密无间的好友。不过，一旦以上所述之事不能成功，我便只能一心期望他死掉了。然而，我对他果然还是起不了杀心。迄今为止，我也有那么好几次希望能被别人杀掉，然而想要杀死别人这种事情却是一次都没有考虑过。这是因为，我觉得这样做只会给我那可怕的对手带来幸福而已。

为了控制住竹一，我脸上满挂虚伪的、基督徒式的那种“温柔”谄笑，头往左偏三十度左右，轻轻地抓住他小小的肩膀，多次嗲声嗲气地邀请他来我所寄宿的亲戚家玩。他却每次都眼神呆滞，一句话也不说。有一天放学后，大概是夏初的时候，下起了雷阵雨。学生们都在为回家的事情而头疼不已，而我因为家离得近，便像平常一样向外飞奔。忽然，我发现竹一正无精打采地站在鞋柜后的阴影里。“走吧，伞借你。”我这么说着，便拉起畏畏缩缩的竹一，一起在雷雨中跑着。到家后，趁着婶婶为我们烘干上衣的当口，我成功地邀请竹一来到了我在二楼的房间。

在我寄宿的家里，有一个年过五十的婶婶，还有她三十出头、戴着眼镜、高高瘦瘦、一脸病相的大女儿——这位姑娘曾经做过新娘嫁到别家去，之后又回娘家来了。我学着家里其他人的样子，也叫她姐姐。此外，家里还有一个叫作小雪的小女儿，好像最近刚从女子学校毕业。她倒是与她的姐姐长得一点儿也不像，脸圆圆的，身材较为矮小。就是这样一个三口之家。下面是一间店铺，摆放着不多的文具和运动用品。家庭的主要收入，似乎来自她们家那五六栋长屋的租金——这是婶婶她那已经过世的丈夫修建的。

“耳朵好痛。”竹一就那么站着说道，“被雨淋了的话，就会痛的。”

我看了看他的耳朵。他的两边耳朵都有严重的耳漏病。眼下，脓水就要从耳郭向外流出来了。

“这样可不行呀，很痛吧？”我夸张地摆出一副惊恐的神色，“对不起呀，就这么把你拽到雨里来。”

我用一种近乎女性的口吻，“温柔地”向他道歉。然后，从楼下拿来了棉花和酒精。我让竹一枕着我的膝盖躺着，细心体贴地为他清理耳朵。这下子，就连竹一都好像没有发现我这套藏在伪善后面的诡计。

“你呀，女人们一定会被你迷住的啊。”

竹一枕着我的膝盖，愚蠢地奉承了我一句。

然而，竹一完全没有意识到他这句话有多么恐怖。直到后来我才明白，他这句话简直就是魔鬼的预言。被女人迷恋也好，迷恋女人也好，这种话本来就非常下流，是拿来戏弄人的，而且这种话里边还带着一丝沾沾自喜扬扬得意的滋味。无论多么“严肃”的场合，只要一说出这种话，那种忧郁如伽蓝佛殿[①]一般的心境就会瞬间崩塌，让人感到呆板无聊起来。话虽这么说，倘若说出来的不是“被人迷恋的苦恼”这样的俗语，而是“被爱的不安”这种文绉绉的用语，恐怕这种忧郁如伽蓝佛殿的心境就不会因此而崩塌了。这么说来，还真是奇妙啊。

在我为他清理耳朵里的脓水时，竹一说了这么一句蠢话来奉承我。而当时的我什么也没说，只是红着脸笑了。可是，心里却隐约觉得他的话有点儿道理。不过，对于我因此而产生的沾沾自喜的心理，写一些什么“听你这么一说，好像确实有点道理”之类的话，如此这般表达自己这种愚蠢的心理，这样的蠢话简直连落语里那些糊涂少爷的台词都比不上。我是绝不至于以这种边开玩笑边沾沾自喜的心态来认为“他的话似乎有点儿道理的”。

对我来说，女人比男人要复杂得多。在我家女人要比男人多，亲戚里边也是女人比较多。这里边还包括前文所说的那些“犯罪”的女佣。可以说，我从小就是在女人堆里玩耍长大的。然而实际上，在同这些女人交往时，我一直都是如履薄冰、小心翼翼。常常被这些女人搞得找不着北，仿佛坠入五里雾中。有时候一不小

① 原文为“憂鬱の伽藍”，伽蓝为佛殿。亦可看作是一种清寂、空无的境界或心境。——译者注

心踩到了老虎尾巴，就会被狠狠地咬上一口。而且，这种创伤同从男人那里所遭受的打击还完全不一样，是一种好似内出血一样的极端的不快，一种难以治愈的伤害。

女人总是把你拉到身边来，然后又突然把你甩开。有时候她们会在别人面前对你冷眼相向，在独处的时候又紧紧地抱住你。睡觉的时候，女人会像死了一样沉入深深的睡眠，好似她们就是为睡眠而生在这个世界上一样。此外，我还对女人进行了各种各样的观察。自年幼时起，我便开始了这些观察。虽同为人类，女人却是同男人全然不相干的生物。而这种无法为男人所理解且不得不对其有所防备的生物，却奇妙地对我百般呵护。“被人迷恋”也好，“被人喜欢”也好，实际上对我这种情况完全不适用。反倒是“被人照顾”这么一种说法，比较适用于描述我的情况。

对于滑稽搞笑这套把戏，女人的应对态度似乎要比男人显得轻松自在。在我耍这套把戏的时候，男人通常都不会哈哈大笑。因此我也明白了，在男人面前耍这套把戏，千万不可过度，否则便会招致失败。因此这个时候，我总在心里告诫自己，要在恰到好处的时候适可而止。然而女人可不知道什么叫作适可而止，她们总是不停地要求我继续表演。为了满足她们一而再再而三的殷切请求，我每次都被弄得筋疲力尽。不过，效果确实很好。比起男人来，果然女人能够消化吸收掉更多的快乐。

在我中学时代寄宿的亲戚家里，那对表姐妹一旦有点时间，就会跑到我的房间来。我每次都要被她们吓得跳起来。

“在学习吗？”

“没有。”

我怯生生地笑着，把书合上。

“今天啊，学校里有个叫棒子的地理老师……”

这些言不由衷的滑稽话，就这么滴溜溜地从我嘴里冒了出来。

“小叶，戴上眼镜让我瞧瞧呀。”

有天晚上，表妹雪子同表姐一同来我的房间玩。我花了很大劲儿来逗她们开心，之后，她们就要求我戴上眼镜给她们看看。

“为什么？”

“好啦，戴上给我们看看嘛，把姐姐的眼镜借给你。”

她们总是用这样一种粗暴的命令口吻跟我说话。于是，为了逗她们开心，我老老实实戴上了姐姐的眼镜。她们俩一看我戴上眼镜，立刻就笑得在地上打起滚来。

“好像啊，好像劳埃德[①]。”

当时，确实有一位叫哈罗德·劳埃德的喜剧演员，在日本非常受欢迎。

我站起来，举起一只手说道：“诸位，这一次，我为日本的影迷朋友们……”

我试着模仿劳埃德的口气做了一番致辞，逗得她俩哈哈大笑。之后，每当镇上的剧场放映劳埃德的电影时，我都会去偷偷琢磨

① 哈罗德·劳埃德（1893—1971），美国电影演员及制片人，以演出喜剧默片闻名，与查理·卓别林和巴斯特·基顿齐名，为默片时代最有影响力的三位喜剧电影演员。——译者注

他的表情。

还有一次，一个秋天的晚上，我正躺着看书，只见表姐像只小鸟一样飞快地跑进我的房间，猛地扑在我的被子上哭了起来。

“小叶啊，你会救我的，对吧？我们一起从这个家出走吧，救救我，救救我吧。”

她口不择言地说着，一边说一边抽泣。我也并不是第一次看见女人这样了，因此对她说的这些过激的话并没有多么吃惊，反倒是对她这种毫无意义的陈词滥调感到兴味索然。于是我悄悄地从被窝里抽身出来，把桌上的柿子剥开，拿了一块给她。她接过柿子，一边哽咽一边吃了起来。

“有什么有趣的书啊，借我看看吧。”她说。

我从书架上挑了本夏目漱石的《我是猫》给她。

“多谢你啦。”

表姐害羞地笑着，走出了房间。不只是表姐，这些女人们，究竟是怀着什么样的心情生活在世上呢？对我来说，琢磨这种事情简直要比揣测蚯蚓的想法还要复杂，不仅令人心烦还让人害怕。不过，有一点我倒是弄明白了。只要在女人突然哭起来的时候，给她们一些甜的东西吃，吃了之后她们的心情就会变好，这是我凭借自幼的经验所知的诀窍。

而表妹小雪，甚至把她自己的朋友都带到我的房间来了。我同之前一样，毫无偏颇地逗大家开心。等到她的朋友们回去后，小雪一定会说她们的坏话。像什么“那个人是个不良少女，可要小心她啊”之类的话，每一次都会说。如果真是这样，为什么还要专门把她带来玩呢？不带来就好了嘛。也是托小雪的福，我房间里的来客基本上全是女人。

尽管如此，竹一的那句“会被女人迷上”的奉承话却还并未成真。总之，我不过是日本东北地区的哈罗德·劳埃德罢了。竹一的那句蠢话，作为一句不祥的预言逐渐应验并呈现出坏征兆，还是在那以后好几年的事情了。

竹一送了一件重大的礼物给我。

“一张妖怪的画像。”

有一次，竹一来我的房间玩，带来了一张彩版的首页插图。他一边得意地展示给我看，一边向我说明这是一幅妖怪的画像。

我心里一凛。我未来的道路，就在这个瞬间被决定了。直到多年以后，我才发现这个事实。我知道，那不过是凡·高的自画像。在我年少的时候，法国的所谓印象派曾在日本风靡一时。西洋画鉴赏的第一步，大约都是从印象派这里开始的。凡·高、高更、塞尚和雷诺阿的画，就连乡村里的中学生都看过影印版。凡·高的这张彩版画，我已看过不少次了。对其笔触之趣味，色彩之鲜艳，我也颇感兴趣，然而却从没想过这是什么妖怪的画像。

“那这张呢？怎么样，也是妖怪吗？”

我从书架上拿出一本莫迪里阿尼的画册来，翻出一幅古铜色皮肤的裸体女人画给竹一看。

“好棒啊！”竹一瞪圆了双眼感叹道，“像地狱之马。”

“果然还是妖怪啊。”

“我也想画一幅这样的妖怪画。”

越是对人感到过分恐惧的人，反倒越是想要亲眼看到恐怖的妖怪。越是胆小且神经质的人，反倒越是期盼暴风雨来得更加猛烈。就是这种心理。啊，这些画家们，被人类这种怪物所伤害、所恐吓的结果便是如此。最后他们终于相信了自己的幻觉，在大白天里看到了栩栩如生的妖怪。然而他们却并没有使用我的那套把戏来蒙混过关，只是努力地把他们所看见的东西原封不动地画了下来。正如竹一所言，他们毅然画下了这些妖怪画。这里竟也有我未来的伙伴，想到这里，我不禁兴奋得要流眼泪。因此，我使劲压低声音，对竹一说道：

“我也要画妖怪画，要画地狱之马。”

我从上小学开始，就喜欢看画和画画。但是我画的画，却不如我写的作文那样受到好评。我一向都对人类的语言采取不信任的态度。写作文这种事情对我来说，不过是另一种日常的搞笑方式而已。虽说在小学和中学里，我的作文都把老师们逗得直不起腰来。然而我自己却觉得没什么意思。唯有在画画上（漫画则另当别论），为了用自己的方式画好所画的东西，我可谓煞费苦心。学校的绘画画帖无聊至极，老师的画也糟糕得很，于是我只能毫无章法地琢磨和摸索各种各样的表现手法。上了中学之后，我有了自己的油画工具。我开始追求印象派画风中的那种笔触，然而我画出来的东西，却像小孩子做手工用的彩色印花纸一样平凡单调，不成体统。如今依照竹一的话来看，我发现自己对于绘画的看法一直都是错误的。要努力把那些使人感受到美的事物，原封不动地、优美地表现出来——这种想法，实在是太天真、太愚蠢了。而大师们则只是凭借自己的主观感受，对那些平淡无奇的东西进行美的创造。与此同时，他们也丝毫不隐讳自己对那些丑陋事物的兴趣，尽管那些东西简直丑得令人作呕。他们就这样沉浸在表现和创作的喜悦之中。总之，他们丝毫不为人们的看法所困扰。竹一传授了我这种原始的画法秘诀。于是我瞒着上文提到的那些女客，开始一点一点地尝试创作自画像。

就这样，我画出了一副阴惨惨的画，把我自己也吓了一跳。可这正是那个隐藏在内心深处的、真正的我。表面上笑得阳光灿烂，同时还把别人逗得非常开心；而实际上，我怀中却是一颗阴郁的心。“没办法啊。”我心中暗自肯定。那幅画，我从没有给竹一以外的任何人看过。我不想让别人看穿我那套把戏背后的阴郁，也不想让别人突然开始对我小心翼翼有所防备。与此同时，我还怀疑这些人可能根本就没有发现我的这种本性，也许他们只是把我的这种本性看作一种新的搞笑的方式而已。这真是无比辛酸的事情。于是我立即把那幅画藏进了抽屉深处。

同时，在学校的绘画课上我也藏起了那种妖怪式的手法，依旧像以前一样用那种平庸的手法和笔触作画，把美的东西原样画成美的。

我只在竹一面前，才能平心静气地表露出自己那种易受伤的神经质，因此，这次的自画像也就放心地给他看了。他大大地称赞了我。紧接着，我又画了第二幅、第三幅。于是，从竹一那里我又收获了一则预言。

“你呀，会成为一个伟大的画家。”

“会被女人迷上”与“会成为伟大的画家”这两则预言，就这样被愚蠢的竹一刻在了我的脑门上。不久之后，我就来到了东京。

我非常想进美术学校。而父亲之前就告诉我，希望我去上高中，然后出来当官。于是从不还嘴的我只能稀里糊涂地按他的想法来做。从四年级开始就考考看吧，父亲这么对我说。我也已经对这所海边的樱花中学感到厌倦了，于是也没有继续上五年级，四年级就直接毕业了。东京的高中入学考试也及格了，于是我便立即开始了住学生宿舍的生活。宿舍之脏乱简直让我束手无策，哪还有工夫逗别人开心。于是我找医生开了张“肺浸润”的诊断书，搬出了学生宿舍，住进了父亲在上野樱木町的别墅。那种团体生活，我是怎么也应付不来的。此外，那种青春的感动、年轻人的自豪之类的热血沸腾的话，在我听来却寒气森森。特别是那种所谓的“高中精神”，实在是让我无所适从。教室也好宿舍也好，对我来说只是堆满扭曲性欲的垃圾堆，我那套几近完美的逗乐把戏，在这里完全施展不开，毫无用处。

议会休会时，父亲每月会在别墅里待一周或两周。因此父亲不在时，这座宽阔的别墅里便只剩下我和一对管家夫妇，仅此三人。尽管我时常逃学，却也没什么心思去看东京的名胜——明治神宫、楠木正成[①]的铜像，还有泉岳寺的四十七武士之墓，我最后都没有去看。我只是整日待在家里看书，画画。父亲来京之时，我每天早上都会急匆匆地去上学，不过有时候，我去的却是本乡千驮木町西洋画家安田新太郎的画塾，画上三四个小时的素描。因为搬出了高中的宿舍，因此，即使是去上课，我也感觉自己像个处于特殊位置的旁听生。这也可能是我的偏见，然而却实在让我感到扫兴。去上学这件事情，也更加令我厌烦。经过小学、初中、高中之后，我最终还是无法理解爱校心这样一种东西，学校的校歌也从来都没有记住过。

不久，我就从画塾的一个学生那里，知道了烟酒、妓女、当铺以及左翼思想。这些东西放在一起好像有些奇怪，然而事实就是这样。

那个学画的学生叫作堀木正雄，出生于东京下町，比我大六岁，毕业于私立美术学校。家中没有画室，所以在这里继续学习画画。

“借我五块钱好吗？”

他与我只是点头之交，从来没说过话，这时突然问我借钱，弄得我有点惊慌失措，赶忙拿出五块钱给他。

“太好啦，去喝酒吧，我请你哟，小白脸。”

---

① 楠木正成（1294—1336），镰仓幕府末期到南北朝时期的著名武将。一生竭力效忠后醍醐天皇，在凑川之战阵殁。后世以其为忠臣与军人之典范，视其为武神。此外楠木正成与战国末年的真田信繁、源平合战的源义经并列为日本史中三大“末代”悲剧英雄。——译者注

我没法拒绝他，只好被他拉到画塾附近蓬莱町的酒吧里。我和他的交集就是从这里开始的。

“我之前就注意到你了。对，就是你那腼腆的微笑，这可是那些大有前途的艺术家所特有的表情呢。为我们的相识干杯！小绢，这家伙可是美男子呀，对吧？不要被他迷住哟。就是因为这个家伙来了画塾，我才变成了屈居第二的美男子。”

堀木面色黝黑，五官端正，身穿笔挺的西装，系一条朴素的领带，抹了发油，头发紧贴在头上，从中间向两边分开。

在这样一个陌生的环境下，我只感到害怕。我一会儿叉着手，一会儿又放开，脸上依旧摆出一副腼腆的微笑。不过在两三杯啤酒下肚之后，我轻松起来，仿佛得到了解放。

“我是很想去美术学校，可是……”

“别，那种地方可没意思了，没意思。学校啊，没意思。我们的老师存在于自然之中，存在于我们对自然的感情之中。”

我并没有对他的话怀有半点敬意。我觉得他是个傻瓜，他画的画一定差劲之极，不过，作为一个玩伴倒也不坏。总之，这是我有生以来第一次真正见识到大城市里的小混混。尽管他与我的所作所为有所不同，然而在迷惘彷徨、游离于人类营生之外这一点上，我们倒的确是同类。因此，他也是在无意识地玩着耍滑稽搞笑的把戏，只是他自己完全意识不到这种行为的可悲。这是我与他本质上的不同。

仅仅是玩玩而已，当作玩伴罢了，与他待在一起的日子里我经常这样蔑视他。有时候，我甚至为与他做朋友而感到羞耻，然而我最终却被这样的人击败了。

刚开始的时候，我竟然认为他是一个难得的好人。就连我这么一个害怕人类的人，也对他疏忽大意了，还觉得他是一个非常可靠的东京向导。说实在的，一个人的时候，坐电车，我会对电车上的乘务员感到害怕；去歌舞伎座，我会对门口铺着红地毯的台阶两侧站着的迎宾小姐感到害怕；上餐馆的时候，我会对悄无声息地站在自己背后等着收拾盘子的侍者感到害怕。特别是在买单的时候，啊，我的动作简直僵硬得不得了。在买东西付钱的时候，并不是因为小气，而是会过度紧张，不安和害羞，只感觉头晕目眩，仿佛整个世界变得一片漆黑，简直到了半疯狂状态。不仅忘了拿找零的钱，就是自己买的东西，也一并抛之脑后，就更别提什么讨价还价了。这种事情也不是一次两次了。在东京，我根本没法一个人出门。这便是我整日整夜地待在家里无所事事的真正原因。

于是，我把钱包交给了堀木，同他一道出门。堀木非常会砍价，而且在玩乐方面也是个行家里手，懂得用最少的钱获得最大的好处。出行的时候，他对价钱昂贵的出租车敬而远之，而是分别搭乘电车、公交车，还有嘭嘭响的蒸汽船等各种各样的交通工具，从而在最短的时间内到达目的地。他还对我现身说法，告诉我在早上从妓女那回来的时候，应该顺路去一个什么什么饭馆，洗一个澡，吃点汤豆腐，小酌一杯酒，这样既省钱又享受。此外，他还告诉我，小摊上的牛肉盖浇饭和烤鸡肉串既便宜又有营养。还跟我保证说酒劲来得最快的酒，非“电气白兰地”① 莫属。总之，跟他一起出来，埋单付账的时候，我再没有一丝不安，也不再感到害怕了。

除此之外，堀木在某种层面上也成了我的救星。他说话时完全无视对方的想法，只是一味喷涌自己的激情——或者说，所谓激情，大概就是要无视对方的立场吧。他整天都能不停地絮絮叨叨那些无聊的事情，所以我们两个人走路走累了的时候，就完全不必担心会陷入那种尴尬的沉默。我与人接触，最受不了的便是这种令人害怕的沉默，因此，本来就嘴拙的我才会在这种关键时刻拼了命地搞笑逗乐。现如今，堀木这个傻瓜竟无意识地扮演起了这一滑稽角色，我也就乐得听之任之，偶尔笑一笑说两句“啊，真的吗”、“怎么可能”之类的话来应付他便足够了。

不久，我也明白了，烟、酒、妓女是能够让人一时忘却人之恐怖的绝佳手段。我的心里甚至萌生了这样的想法：为了追求这些东西，即使变卖一切也在所不惜。

在我看来，妓女这东西，既非人亦非女人，倒更像是白痴或者疯子。然而躺卧在她们的怀中，我反倒能完全安下心来，酣然成眠。她们自身连一点儿欲望都没有，这种境地也颇为可悲。因此，她们对我兴许也有一种同类般的亲近感吧。她们常常对我表

① 日本大正时代流行的一种以白兰地为基酒的鸡尾酒。——译者注

现出一股自然而然的好意。是那种非强迫的、毫无目的性的、萍水相逢式的好意。有时，我也会在真实的夜晚，在这些或痴或狂的妓女之中，发现圣母玛利亚的光环。

我上妓女们那儿去，是为了逃离对人的恐惧，求得一宿安眠。然而就在我与身为“同类”的妓女们玩乐时，一种无意识的、令人厌烦的气氛开始悄然弥漫开来。这是一种我自己完全没有设想过的，所谓的附加赠品。这所谓的赠品逐渐鲜明地浮现出来，并最终被堀木点破，让我在愕然之余，对此深恶痛绝。在旁人看来，说得通俗一点儿，就是我正依靠这些妓女进行着风月之事的修炼，而且我的技艺还得到了显著提高。通过妓女来进行的这种修炼，似乎是最为严苛而同时又最富效率的。我自己身上也已经俨然有一股“风月老手”的味道了。而女人们——仅限于妓女——也能够依凭本能嗅到我身上的那股味道，闻风而来。就这样，在这种卑鄙而不道德的话语氛围之中，我只得接受了这附加赠品，比起我那逃离人类、寻求修养的本意来，这赠品反倒更为扎眼了。

堀木的话或许带着半分奉承。然而于我来说，确实有不幸言中之处，这令我感到沉闷压抑。比如说，我记起了从酒吧姑娘那里收到过的稚拙情书。樱木町邻居将军家那个二十多岁的姑娘，每天都会在我上学的时候有意无意地略施粉黛，在自家门前出出进进。去吃牛肉时，即使我一句话也不说，那里的女仆也……还有，我常去买烟的那家烟草店，那里的姑娘递给我的烟草箱里也……还有，去看歌舞伎时，邻座的那个女人……还有那次深夜，我醉倒在市营电车里……还有乡下亲戚家的女儿，出人意料地给我寄来了一封饱含相思的来信……还有某个不知道名字的姑娘，在我外出时留给我一个手工的人偶……对于这些事情，我的态度是极端消极的。所以每每这些故事都到此为止，仅留下一些断片，再也没有进一步的发展。但无可否认的是，我身上某个地方弥漫着一股让女人入梦的气息。这可不是自恋或者胡说的玩笑话。堀木这样的家伙说破了我身上的这种特质。我因此感到屈辱般的不快，同妓女玩耍一事也忽然变得兴味全无了。

有一天，堀木出于爱慕虚荣的摩登品性——对于堀木来说，我至今仍觉得除此之外再无别的理由，带我一同去参加了一个叫作共产主义读书会的秘密研究会，记不清楚了，也可能是叫R·S。恐怕在堀木这样的人看来，这个共产主义秘密研究会也是之前所说的“东京导览”的内容之一吧。我被介绍给了他所谓的同志，还被迫买了一本宣传手册，之后又听那上座的面相丑陋的青年讲了一通马克思经济学。这一切对我来说却是些明白得不能再明白的东西。虽然他们说得也没错，然而人的心里，其实有更加难以说清的更加恐怖的东西吧。说是“欲望”吧，好像不太合适；说是“虚荣”吧，又好像言不尽意；即使是把“情色”与“欲望”放在一起叫作“情欲”，依然还是有点词不达意。我自己也不明白究竟是为什么。我认为，在人心深处，存在的可不是所谓的“经济”的东西，而是一些近似于“怪谈”的玩意儿。就像我肯定水往低处流一样，我对所谓唯物论是抱持肯定态度的。然而，对于一个极端惧怕怪谈式事物的人来说，我并不认为唯物论能够把我从对人类的恐怖中解放出来，并不认为它能让我的眼睛再度充满绿色，满怀希望的喜悦。尽管如此，我却从来没有缺席过任何一次R·S的活动——说是这么说，然而也有可能记错。同志们俨然一脸严肃，如临大敌，沉湎于诸如“一加一等于二”之类的初等算术般的理论研究之中。我看着他们这个样子禁不住感到好笑，便耍起了自己那一套看家本领，尽我所能地来活跃集会的气氛。于是，集会上拘泥古板的气氛变得日益轻松了，我居然也成了集会里大受欢迎且不可缺少的一分子了。这些单纯的人们，恐怕觉得我的所作所为同他们自己一样单纯。因此，他们大概真的把我当成一个诙谐乐天的同志。倘若如此，那我真是把他们耍得团团转。我可不是他们的同志。虽说如此，我依然每次都会出席集会，为大家提供耍宝搞笑的服务。

因为我喜欢这样做。因为我喜欢这些家伙。然而，这种喜欢和亲近感，却不一定和马克思有什么关系。

非法。对我来说，这是其中的隐秘乐趣。不，莫如说，非法让我感到心情舒畅。比起违法的东西来，这世上合法的东西反倒更让我感到恐惧——总让我觉得此中有某种深不见底的强大事物。这其中的机关是无法用理智来理解的。我决不能就这么坐在一个冰冷彻骨的、没有窗户的房间里，即使外面是一片非法的汪洋，我也要纵身跳下，畅游其中。即使死期立至，我也心甘情愿。

有一个词叫作“见不得人的人”。这个词指的是人世间那些悲惨的失败者和背德者。而我却觉得自己是个天生的“见不得人的人”。于是，只要在世间碰到那些“见不得人的人”时，我的心必定会变得温柔善良起来。就这样，这颗“温柔的心”，温柔得让我自己都不免陶醉于其中了。

与此同时，还有一个词叫作“罪人意识”。在这人世之中，我的一生都为这意识所苦。尽管如此，这“罪人意识”，依然如糟糠之妻一般陪伴着我。我就和这家伙（两个人）孤独寂寞，玩耍戏谑。而这大概已经成为我的一种生活姿态了吧。还有一句俗话，叫“腿上有伤”[①]。这伤在我襁褓之时就出现在我腿上了。治疗了很长时间自不必说，然而这腿伤日益严重且伤筋动骨了。每天夜里，这伤痛都折磨着我，痛苦千变万化如地狱。与此同时——虽说这是一种非常奇怪的说法，这伤痛却也渐渐与我愈发亲近起来，甚于血肉筋骨了。我甚至觉得，这伤痛给我带来的痛苦实际上正是它对我的感情，是它对我饱含爱意的窃窃私语。对我这样的男人来说，这种地下活动小组的氛围，让我神奇地感到心情安逸、舒畅愉快。也就是说，比起这种地下运动的目的本身，这种运动的形式似乎更加符合我的胃口。倒是堀木这个家伙，只是一味地冷嘲热讽玩耍搞笑。那次他为了介绍我入会，才去参加了一次集会。他还说了一句低劣的俏皮话：“马克思主义者啊，不仅要对生产层面进行研究，对于消费层面也要进行必要的视察啊。”此

① 日文俗语，中文意为“心里有鬼”或“心里藏着亏心事”。作者在下文中化用了这句俗语的字面意思，此处按字面意思译出。——译者注

后，他就不来集会，而只是一味地想要拉我同他一起去视察消费层面的状况了。想来，当时的马克思主义者真可谓形形色色三教九流。有像堀木那样的，为虚荣和摩登而自称马克思主义者的。也有像我这样，仅仅因为喜欢其中的非法气氛而参加集会的。一旦那些真正的马克思主义者识破了我和堀木，只怕他们的愤怒会像烈火一样，把我和堀木都当作背叛者赶出去吧。不过我，甚至连堀木，最终都没有遭到除名的处分。特别是我，在那非法的世界之中，反倒比在绅士们的合法世界里更加如鱼得水，言行举止也"健康自然"了。因此，我被他们当作前途无量的同志，被委以各种各样的机密工作，真是要让人笑掉大牙。事实上，我每次都心平气和地接受他们委派给我的工作，从来没有拒绝过。同时，我也从来没有因为做出什么不自然或者不合时宜的举动，而受到"狗"——同志们都管警察叫这个——的怀疑和讯问，从而导致计划或工作的失败。我一边笑，一边逗别人笑，同时一丝不苟地完成他们所谓的危险工作——这些搞地下运动的家伙，总是一副如临大敌的模样。说他们是在拙劣地模仿侦探小说也不为过。他们总是极端警惕小心，而交给我的工作，却都是些了无生趣、无聊之极的活儿。尽管如此，他们还是要为这些工作煞有介事地制造出一种危险紧张的气氛来。成为党员之后，一旦被捕，也许就要在监狱里终其一生了。然而当时的我，对此只觉得无关痛痒。对我来说，与其每天生活在对于人世间"真实生活"的恐怖之中，夜夜在辗转反侧的地狱之中呻吟，被关进监狱里兴许要舒服痛快得多吧。

父亲有时也会住在樱木町的别墅里，外出会见别人或在家里接待来客。因此，虽说同住一个屋檐下，我也常常三四天见不到他。然而，我总觉得父亲像烟一样让我感到呛鼻，对他我还是感到害怕。我想过离开这里出外寄宿，还没等我说出自己的想法，就从管家老爷子那里听到了消息：父亲似乎要卖掉这座别墅。

父亲的议员任期已接近尾声了，一定是还有这样那样别的原因吧，总之父亲好像不打算参加之后的选举了，对于东京也好像没有什么留恋了。他如今只是想回家修一栋隐居别墅。仅仅是为了我这么个高中生而闲置这座别墅和其中的男女用人，在他看来怕是有点浪费——父亲和这世间的其他人一样，自己也不知道自己在想什么。总之，这里过不久就要易手他人了。于是，我搬到了本乡森川町一个叫作仙游馆的古旧寄宿处，住进了其中的昏暗房间。就这样，过不多久，生活便拮据起来了。

此前，我每月能从父亲那里收到一笔定额的零花钱。即使两三天内就把这笔钱花光了也不打紧，因为家里烟、酒、奶酪和水果一应俱全。书、文具以及其他一些与衣服相关的东西，都可以从附近那家店里进行赊购。即使是请堀木吃荞麦面或者天妇罗盖饭也问题不大，只要是附近父亲关照过的店铺，吃完拍拍屁股就走也没什么问题。

我就这样在倏忽之间过上了独身的寄宿生活。一应开销都要从每月的定额汇款中凑，对此我着实一筹莫展。每月的汇款依旧是两三天就花光了，这简直让我不寒而栗，心中担忧不已几近发疯。我轮换着给父亲、大哥还有姐姐等亲戚发去电报，写去长信借钱——信中所写的尽是些虚构的滑稽事。私以为，如若有求于人，先把他们哄开心才是上策。与此同时，在堀木的指点下，我开始频繁出入当铺。即便这样，也仍旧是入不敷出。

归根结底，在无亲无故的寄宿宿舍里，我是没有一个人“生活”下去的能力的。我一个人待在房间里的时候，总是感到害怕，总感觉会被谁暗算，或者被谁来那么一下。于是我就跑到街上去，不是给之前的地下运动帮忙，就是和堀木一起去喝廉价酒。学业和画画基本上都荒废了。高二那年十一月，我与一位比我年长的有夫之妇发生了殉情事件，我的人生也随之改变了。

我不怎么去学校了，各学科的学习也都荒废了。尽管如此，考试的时候我却奇妙地颇得答题的要领。因而迄今为止，在家里人那里也总算能够蒙混过关。但是，由于上课的出勤率不够，学校似乎还是将此事秘密地通知了家乡的父亲。因此，作为父亲代理人的长兄给我寄来了一纸言辞严厉的书信。然而比起这些来，我最直接的苦恼还是来自经济上的拮据以及地下运动的工作。这些工作如今连半点玩耍的氛围都没有了，变得愈发激烈和紧张。我当上了不知叫中央地区还是其他什么地区的，总之是包括本乡、小石川、下谷和神田这些地区的学校的马克思学生行动队队长之类的职务。听说要武装暴动，我买了小刀放进雨衣口袋里——现在想来，那把华而不实的小刀连铅笔都削不了，四处奔走，进行所谓的联络。我真想喝酒，喝完之后再好好地睡上一觉，然而身上却没钱。而且，P——在我的记忆中，P就是党的暗语，不过我也有可能记错——那里委派的工作也多得让人喘不过气来。我这体弱多病的身躯实在是干不动了。本来，我只是因为其中的“非法”趣味，才跑去给他们帮忙的，现如今却弄假成真，弄得人手忙脚乱。我禁不住发起脾气来了，私下对P的成员犯嘀咕：你们这些家伙有没有搞错啊，这些事情交给你们自己人去做好吗？我不干了，从组织里逃了出来。然而就算是逃了出来，如我所料，心情还是没有好到哪里去。于是我决定去死了。

那时，对我特别示好的女人有三个。一个是仙游馆的老板之女。每次我为了地下运动而奔波晚归，饭也没吃就回房睡觉的时候，这姑娘总会拿着信笺纸和钢笔来到我的房间里。

“对不起，楼下的弟弟妹妹太吵了，害得我没法好好写信。”

说完，不由分说便坐在我的桌子前写起来了，一写就是一个多小时。

我真想装作什么都不知道就这么一直躺着。可那姑娘看上去好像希望我说点什么，于是我便发挥一直以来的被动奉献精神。实际上我心里连一句话也不想和她说。无奈只得拖着疲惫不堪的身体，强打精神趴在那里，抽着烟，唔唔地应付她。

“听说有的男人，拿女人送的情书来烧水洗澡呢。”

“啊，真讨厌啊，是你吗？”

“我拿女人的情书煮过牛奶喝。”

“了不起呢，那就喝你的牛奶吧。”

这人怎么还不回去呀，写信之类的这种谎言，我早就看穿了。不过是在那里瞎写罢了。

“让我看看。”虽然我是死也不想看她的信，然而我还是这么说了。

“啊呀，讨厌，啊呀，不要！”

她虽这么说，但那副开心的模样真是让人感到难堪，我颇觉扫兴，便想打发她去做点事。

“不好意思啊，能麻烦你去电车道附近的药店去帮我买点安眠药吗？我实在是太累了，脸上发热，反倒睡不着了。不好意思，那个，钱……”

“这点小钱，没关系的。”

她满心欢喜地去了。这种事情，是绝不会让女人感到厌烦的。不仅不会让她们厌烦，反倒会让她们开心呢。我深谙这其中道理。

另一个女人，是女子高等师范的文科学生，所谓的同志。虽说讨厌，然而因为参加地下运动的关系，不得不每天都和她见面。开会时还没什么问题，可是这女人却总跟着我，还胡乱地给我买东西。

“把我当作自己的亲姐姐好啦。”

我被她这装模作样的说法吓了一跳。

“我就是这么想的啊。”

我摆出一副略带苦涩的微笑来回答她。总之，惹恼女人是很可怕的事情，我只能继续欺骗她。怀着这样的想法，我开始伺候这个丑陋又令人讨厌的女人。即使她买东西给我——这些东西尽是些没品位的玩意儿，我把这些东西一转头都送给了烤串店的老头儿，我也尽力摆出一副欢喜的面孔，说些笑话逗她开心。某个夏天的晚上，在街边的黑暗角落，她缠着我怎么也不舍得走。而我则一门心思地想着赶紧打发她回去，最终只能亲吻了她。没承想她竟恬不知耻地欣喜若狂起来，叫来一辆汽车，把我带到他们为了搞地下运动而秘密租借的大楼里的一间类似办公室的狭窄西式房间里，胡闹了一整夜。真是个荒唐至极的姐姐啊。我偷偷地苦笑着。

寄宿处的那个姑娘，还有这位同志，都是每天抬头不见低头见的人。因此，像此前的种种女人一样，是躲不开的。而我为心中的不安所驱使，拼命地讨好她们，最终反倒让自己栽进去了。

与此同时，我还受到了银座一家大酒吧的一位女侍者出人意料的恩宠。仅凭一面之缘，便受到这样的关照，我简直受宠若惊，好像自己被这种恩惠束缚住了，乃至莫名地担心害怕起来。那时候，我已经可以自己一个人坐电车，不再需要堀木做我的向导。去歌舞伎座或是穿着飞白纹和服去酒吧，也能装出一副满不在乎的样子。然而内心中，我依旧对人的自信和暴力感到怀疑、恐惧和苦恼。表面上，我已经能一点点地、表情严肃地同别人招呼寒暄了。不、不对，事实上，我脸上如果不挂着那种失败者式的、搞笑时特有的苦笑，我就无法去和别人打招呼寒暄。然而不管怎么说，我已经练就了一副伎俩，让我可以一时间忘却自我，张口结舌地与别人招呼寒暄了。这种伎俩兴许是在之前地下运动的四处奔波中习得的，亦可能归功于女人或者是酒。不过主要还是多亏了经济上的拮据吧。无论在哪里，我都感到心惊胆战。那么如果在一个大酒吧里，被一大堆醉鬼和男女侍者包围簇拥着，那颗疲于奔命的心说不定反倒会变得踏实起来。于是我揣着十块钱，一个人走进了银座的大酒吧，一边笑着一边对那位女侍者说：

“我只有十块钱了，你看着办吧。”

“没关系，请放心好了。”

她的口音里好像夹杂了一点关西腔。就这么一句话，便奇妙地让我那颗战栗不止的心镇静了下来。不，并不是因为不需要担心钱，而是一种不需要顾虑什么便可以待在她身边的感觉。

我开始喝酒了。她让我感到心安，因此我也无意表演自己那套逗人开心的把戏了。我一声不吭地喝着酒，沉默寡言的阴郁本性便这样不加掩饰地显露出来。

“这些，喜欢吃吗？”

她把各式各样的菜肴摆在我面前，我摇了摇头。

“只喝酒吗？那我也喝点吧。”

那是一个寒冷的秋夜。我按照常子（应该是叫这个名字，记不清楚了，因此并不敢确定。毕竟自己连殉情对象的名字都忘记了）所说的，在银座里街的一间露天寿司铺，一边吃着一点儿也不好吃的寿司，一边等待着她。虽然记不清这个人的名字，然而当时吃的寿司——那糟糕的滋味，却不知为何残留在了脑海中。还有那个长着一副青蛇脸孔的秃头老大爷，摇晃着脑袋，一边装模作样，一边捏着寿司。这些情景，依然栩栩如生。多年之后，在电车上或是别的什么地方，我会突然觉得某张脸似曾相识，想来想去才发现这张似曾相识的脸原来与寿司店老大爷的那张脸颇为相似。我不由得苦笑起来。现如今，她的名字与她的脸都已经离我的记忆越来越远了。而那个露天寿司店老大爷的脸却如此准确无误地刻画在了我的脑海中，非常准确，准确得能画出一幅画来。想来，一定是因为当时吃的寿司味道实在过于糟糕。而这糟糕的滋味不禁让我感到寒冷和痛苦。本来，就算是别人带我去美味的寿司店吃寿司，我也从来不觉得好吃。我一直觉得这些寿司都捏得太大，难道就不能好好地把寿司捏成拇指大小吗?

她租了本所一个木匠家的二楼房间。在这个二楼的房间里，我丝毫无须掩饰自己那颗阴郁的心，好像害了牙痛一样，我总是一边用手撑着脸，一边喝着茶。她反倒喜欢我这个样子。她也给人一种完完全全的孤立感，她的身边仿佛总有冷风在吹，有落叶在飞舞。

我一边休息，一边听她讲自己的故事。她比我大两岁，老家在广岛。“我是一个有夫之妇。我丈夫在广岛开了间理发店。去年春天，我和他一起离开家来到东京。他在东京并没有找到什么正经的差事，在此期间犯了欺诈罪，被关进了监狱。我每天都会去监狱里给他送点儿东西。不过从明天开始，我就不去了。”不知为何，我对女人的身世故事一点儿也不感兴趣。可能是因为她们根本就不会讲故事吧，也有可能是因为她们讲话总是不得要领。总而言之，她们对我说的话在我这里都是左耳朵进右耳朵出。

“好寂寞啊。”

比起那些千言万语的身世故事，这一句低声呢喃倒唤起了我心中强烈的共鸣。尽管一直期待着，然而我却从来没有听过世上的女人说过这样的话，心里免不了对此感到匪夷所思。然而，她并不是用语言说出了“好寂寞啊”这句话，是她身上那股无言而凶猛的寂寞，像薄薄的气流一样环绕在她的身体周围。一旦靠近她，那股气流就将我包裹起来，与我自身那股难以接近的阴郁气流恰如其分地融合在一起。就像“枯叶落在水底的岩石上”一样，在她那里，我的身体最终得以从恐惧和不安中解脱出来。

这与我的那种渴望——酣眠于愚蠢的妓女怀中——是完全不一样的。（首先，这些妓女是开朗活泼的。）同这位欺诈犯之妻所度过的这个夜晚，于我来说，是幸福——我毫不犹豫地，在积极意义上使用了这么一个让人诚惶诚恐的词，在整部手记的其余部分，我再也不会如此使用这个词了——和让人解脱的一个夜晚。

然而，也只有这一夜而已。早晨睁开眼睛，一骨碌爬起来，我又变成了原来那副轻薄做作的滑稽样儿。胆小鬼啊，甚至对幸福也会感到害怕。棉花都会让他受伤，幸福都会带来痛苦。趁着那些痛苦还没有到来之际，不如就这样早早分别吧。我为此感到焦虑，于是便张开烟幕，耍起了以往的那套滑稽把戏。

“有句话叫作钱尽缘分断。其实啊，这句话的意思被人搞反了。并不是没钱了就会被女人甩。而是男人一旦没了钱，就自然而然地意气消沉起来，渐渐地就不行了，就连笑起来也没有力气。这样下去，性情也逐渐变得古怪乖戾，最后就自暴自弃，把自己的女人一甩再甩。也就是说，在疯疯癫癫的状态下把自己的女人彻底甩了。《金泽大辞林》上就是这么解释的。真是可怜啊，这样的心情，我很理解。”

在我的记忆之中，听我说完这样的蠢话，常子确实扑哧一声笑了。我感到此地久留无益，脸也没洗便赶紧回去了。当时的我并没有想到，“钱尽缘分断”这么一句不着边际的胡说八道，在日后竟与我发生了意想不到的关系。

从那之后，我有一个月都与那天晚上的恩人相见。随着日子一天天过去，那份愉悦也日渐稀薄，受恩之事也让我感到莫名害怕起来。我感觉自己被紧紧地束缚住了。那时在酒吧吃喝的费用，全部都是常子承担的。这样的俗事，我本毫不挂心，然而现在也逐渐介意起来。常子最终已经同寄宿处的那个姑娘以及女子高等师范的那个同志一样，仅仅成了一种压力和威胁。虽说相距甚远，然而我还是不断地对她感到害怕。而且，我一旦与曾睡过觉的女人再次相逢，便可能引她发火。我本身的性格便是如此，对于相见一事颇感麻烦，于是便对银座敬而远之了。不过，这种嫌麻烦的性格绝不是狡猾。而是因为女人这种生物，能把晚上睡觉之后的事情和早上起床之后的事情干干净净地切分为两个完全不同的世界，其间一丝关系也不留，仿佛能把那些事情完全忘了一样。对于女人这种匪夷所思的生存方式，我至今仍无法完全理解。

十一月末，我和堀木在神田的一个小摊喝着廉价酒。这个坏家伙，从那里出来之后还想找个什么地方继续喝。尽管我们都已身无分文了，他还是死皮赖脸地喊着要喝要喝。那时的我，也是酒壮凤人胆了，说道：

“好吧，既然这样，我就带你见识见识梦幻之国吧。一定让你大吃一惊，那里可是酒池肉林啊……”

“酒吧吗？”

“对。”

“快走快走！”

就这样，我们两人坐上市营电车，堀木兴高采烈地说：

“今晚我对女人可是饥渴得很啊，可以亲那里的女服务生吗？”

我对堀木这副矫揉造作的醉态并不喜欢，堀木自己也知道这一点。于是他压抑着自己的念头，征求我的同意。

“可以吗？我要亲女服务生。我一定让你瞧瞧，我要亲坐在我旁边的女服务生，行吗？”

“应该可以的吧。”

“太感谢了！我已经对女人饥渴难耐了。”

我们从银座四丁目下车，凭借我同常子的交情，身无分文地走进了所谓酒池肉林的大酒吧。我和堀木来到一间空的卡座里，面对面刚一坐下，便看见常子同另外一位女侍者走了过来。那个女人径直坐到了我边上，而常子则扑通一下坐在了堀木身旁。“搞什么鬼啊？”我心里猛地倒吸一口凉气，眼看着堀木就要跟常子亲吻起来了。

我倒不是觉得可惜。本来我这人就没什么占有欲。即使偶尔会感到失落，也没有那个心思和胆量去同别人争执并申明自己的所有权。以至于到后来，即便与自己同居的女人遭到了别人的侵犯，我也依然是默默看着不发一语。

我尽可能地避免卷入人际纠纷。卷入这种纠纷实在是太可怕了。常子与我只不过是一夜的露水情缘，算不得我的女人。所以我对此并不觉得十分可惜。可眼见这种情况，我还是禁不住吃了一惊。

常子的身体就这样在我眼前猛烈地承受着堀木的亲吻。我对她感到怜悯。这样一来，被堀木玷污的常子，就不得不与我分手了吧。而且我身上也没有那种积极的热情来挽留常子。啊，事情就这样结束了。一瞬之间，我对常子的不幸感到愕然，然而没过多久便又心如止水，老老实实地放弃了。我看着他俩的脸，琢磨着，继而冷笑起来。

而事态却出乎我的意料，开始愈加恶化了。

“别这样了。”堀木歪着嘴说道，“我竟然，和这种寒酸的女人……”

他不说话了，叠着手臂，毫不顾忌地凝视着常子，苦笑着。

“给我酒，我没钱了。”

我小声对常子说。现在我真想喝个烂醉如泥啊。在那所谓的世俗眼光看来，常子只是个贫穷寒酸的女人，连那些醉汉的亲吻都配不上。我自己仿佛意外地遭到了雷击，我前所未有地不停地喝酒，不停地喝，醉得摇摇晃晃东倒西歪。我和常子面面相觑，悲伤地微笑着。的的确确如堀木所说，她只是一个疲惫不堪、寒酸下贱的女人。而与此同时，我对她又怀有一种同病相怜的亲近——我至今依然认为，贫富之间的不和与矛盾，虽说老套，依然是戏剧中的永恒主题。这种亲近感从心底深处向上泛起波纹。常子在我眼里变得可爱又可怜了。生平第一次，我发现自己那积极而又微弱的恋爱之心荡漾起来了。我吐了，整个人烂醉如泥。喝酒喝到不省人事，这还是头一回。

醒来之后，发现常子正坐在我的枕头边上。我睡在了本所那个木匠家的二楼房间里。

“那天你说什么钱尽缘分断，我还以为是在开玩笑。没想到你却真的不来找我了。恩断义绝这种事情，哪有这么简单就能做到。没有钱，我就挣钱给你花，这样还不可以吗？”

“不行。”

之后，她也睡下了。快到天亮的时候，她嘴里说出了“死”这个字。对于女人，以及为人的营生，我已经彻底感到厌倦了。对于人世的恐惧、烦恼、金钱以及之前进行的那些地下运动、女人还有学业，诸般种种，想到这些，我就觉得自己已经无法再忍受下去了。于是，我平静地接受了她的提议。

在那个时候，对于“去死”这件事情，我还没有任何切身的感受和心理准备。只感觉其中隐藏着“玩耍”的成分。

那天上午，我俩在浅草六区闲逛。走进一家咖啡馆，喝起了牛奶。

“你，先去付账吧。”

我站起来，从袖口拿出钱夹，打开一看，里面只剩下三个铜板了。一种与其说是羞耻，毋宁说是凄惨的感觉向我袭来，脑海里忽然浮现出我曾租住的仙游馆的房间。荒凉的房间里只剩下我的制服和铺盖，连一件能够拿去当铺换钱的东西都没有了。此外，就只剩下我身上穿着的这件和服和外套披风了。这就是我的现实，我清楚地明白，我已经活不下去了。

我站在那里张皇失措，她也站起来了，望着我的袖口。

“啊，就只有这么点儿了吗？”

尽管只是无心之言，却痛入我的骨髓。这是我头一回仅仅因为恋人的一句话而感到痛苦。并不是什么只有这么点儿的问题，三个铜板根本就算不上什么钱。这是我从未曾经历过的奇耻大辱，是怎么也活不下去的屈辱。那时的我，最终仍是脱离不了阔少爷的根性。再怎么前进也是死路一条了，对此我已有了切身感觉，并下定决心了。

那天晚上，我们从镰仓跳海。她说她的腰带是从店里的朋友那里借的，于是便解下腰带，叠好放在了石头上。我脱下了外套披风，也放在同一块石头上。我们就这样一起跳进了大海。

她死了，只有我得救了。

因为我是高中生，而父亲又是个名人。这件事恐怕便因此具有了所谓的新闻价值，报纸便将此事当作重大问题来进行报道。

我被收留在了海边的医院。一位亲戚从故乡赶来，为我料理诸项事宜，还告知了我家中的情况。此事一出，父亲以及全家人都对我大为震怒，恐怕此后就要同他们恩断义绝了。之后，这位亲戚便回去了。而我对于此事却并不在意，只是怀恋死去的常子，每天低声抽泣。迄今为止的所有人里，我唯一真正喜欢的，便只有这个寒酸贫穷的常子。

寄宿处的那个姑娘，给我写了一封罗列了五十首短歌的长信。信中尽是以“为我活下去”这样的奇怪词句为开头的短歌，一共五十首。此外，护士们都兴致勃勃地来我的病房找我玩。有的护士还要紧紧握住我的手后才离开。

在医院里，他们发现我的左肺有些毛病。这对我来说可是件大好事。不久，我就被警察以“协助自杀罪”从医院带往警局。不过，警察以照顾病人为由，把我收容在了特别护理室。

一天深夜，护理室隔壁的值班室里，一个值夜班的老巡警轻轻地打开了我的房门。

“喂，”他叫了我一声，“很冷吧，来这边取取暖吧。”

我故意装出一副无精打采的样子，走进了值班室，在椅子上坐下，凑向火盆烤火。

“心里还想着死去的姑娘吧。”

“嗯。”

我有意以一种小得几乎快要消失的声音回答。

“这就是所谓的人之常情吧。”

他渐渐开始摆起架子来了。

“第一次同女人发生关系，是在哪呀？”

他像个法官一样，装模作样地问起我来了。他只把我当个小孩，并不放在眼里。为了排遣这个无聊的秋夜，他仿佛把自己当成了调查主任之类的人，想从我这里挖出点桃色情史。我早已察觉了他的想法，颇费了一番工夫才忍住了笑。我知道，对于这等巡警的“非正式讯问”，我即使拒绝回答他的所有问题也没什么关系。不过，为了给这秋夜增加一点兴致，我神乎其神地表现出了所谓的诚意，仿佛我早已坚信不疑，刑罚的轻重及其决定权均系于这位巡警之手。为了满足他那色迷心窍的好奇心，我进行了一番得体适当的“陈述”。

“嗯，我大概明白了。只要你老实交代，我们这边会酌情处理的。”

“太感谢您了，那就拜托了。”

我的演技简直是出神入化。我就这样全力以赴地进行了一场对我自己没有任何好处的表演。

天亮了，我被所长叫了出来，这次是正式的调查讯问了。

打开门，一走进所长室，就听见有人说：

“啊，是个漂亮的男孩子啊。这就不能怪你了，只能怪你老妈啦，把你生得这么漂亮。”

所长皮肤略黑，尚且年纪轻轻，像是刚从大学里出来。突然听他这么说，我感到一阵凄惨，好像自己成了半边脸上长满红痣、丑陋难看的残疾人。

这个柔道或剑道选手一般的所长所做的调查非常简单迅速。与夜里老巡警那纠缠不休又色迷心窍的秘密“调查”相比，简直是云泥之别。讯问结束后，所长一面整理抄写着呈送检察局的文件，一面对我说：“不保重身体可不行啊。好像都咯血了呢。”

那天早上，我异样地咳嗽起来。我每次咳嗽的时候，都会拿手绢捂住嘴巴，而手绢上则留下了雪霰一般的血迹。然而，这并不是从喉咙里咳出来的血，而是我昨晚清理耳朵下的脓肿时流出来的血。不过我忽然发觉，对于此事还是不要言明为好。于是我便低眉顺眼、心领神会地回答道：“是。”

所长把文件处理完之后，对我说：“究竟是否会受到起诉还要由检察官大人定夺。不过，你最好还是打个电话或发封电报给你的身份担保人，让他今天去一趟横滨的检察局吧。你有担保人或者监护人吧？”

我想起了经常出入父亲东京别墅的那个书画古董商涩田。他与我是同乡，是个矮矮胖胖、四十出头、总跟在父亲身后溜须拍马的独身中年男人。他是我在学校的担保人。那男人的脸，尤其是眼睛的模样，特别像比目鱼。父亲总管他叫比目鱼，我也惯于这么叫他了。

我借来了警察局的电话簿，寻找比目鱼家的电话。找到之后，便给他打了电话，拜托他到横滨的检察局来一趟。比目鱼仿佛变了一个人似的，语气威严跋扈，然而即便如此，他还是答应了下来。

“喂，这个电话还是马上拿去消消毒为好，毕竟他都咯血了。”

我又回到了护理室，所长对巡警们说话非常大声，即便坐在护理室里，那声音依然传到了我的耳朵里。

吃过午饭，他们把我的胳膊用细麻绳绑了起来。尽管他们允许我穿上外套披风来遮住绳子，麻绳的一端还是露了出来，由一个年轻的巡警紧紧攥在手里。我们两人就这样一同乘坐电车，前往横滨。

我一点也不觉得有什么异样，我甚至怀念起了警察局的护理室和那个老巡警。呜呼，我怎么会变成这个样子。不过，被如此当作一个犯人绑起来，反倒使我如释重负，松了口气。即便在此刻，我正写着手记，回想起当时的场景，也蓦地心情舒畅起来。

然而，在那段令人怀念的回忆之中，仍有一件悲惨的失败，让我冷汗直冒，毕生难忘。在检察局的一间小黑屋里，我接受了检察官一通简单的调查讯问。检察官是个为人沉稳、心胸开阔之人——如果说我是一个美男子，那我的这种美貌一定是所谓的淫邪之美。而这位检察官则周身弥漫着一种聪明的静谧之气，脸上也有一股让人不得不正眼相看的正直之美。因此，我对他完全放松了警惕，心不在焉地如实供述着事情的经过。突然，一阵咳嗽涌了上来，我赶紧从袖子里拿出手绢，却意外地看见了手绢上的血迹。“这阵咳嗽兴许能派上点用场呢！”那时，我心里萌生了这么个浅薄的念头。于是紧接着我又夸张地咳了两下，之后急忙用手绢捂住嘴巴，抬眼瞥了一下检察官的脸。

“是真的在咳嗽吗？”

在这千钧一发之际，他沉稳而静谧地笑了。我吓得不寒而栗、冷汗直冒，不，即便是现在想起来也是毛骨悚然、心惊胆战。中学时，我就曾被那个傻瓜竹一揭穿过，被他手指戳着脊背，一脚踢进地狱。而这次的感觉比上次有过之无不及。我绝不是在夸大其词。那一次，还有这一次，绝对是我这一生中，在演技上的最大失败。有时，我甚至觉得，与其让我面对检察官那沉稳而静谧的藐视目光，还不如让我直接去蹲十年班房。

最终，我受到了暂缓起诉的处理。同以往一样，我并没有感到高兴。我坐在检察局休息室的长椅上，心中依旧是一副悲惨凄凉的心情，等待着担保人比目鱼来领我回去。

从身后高高的窗户里，可以看见晚霞。海鸥正排成一个“女”字，在天空中飞翔。

第三手记

一

竹一的预言，一个应验了，另一个则落了空。“被女人迷恋”这个不太光彩的预言成真了，而“成为伟大的画家”这个饱含祝福的预言则并未实现。

我只成了一个为庸俗杂志画画的拙劣漫画家。

我由于镰仓事件而被高中开除了，之后便住进了比目鱼家二楼的一间只有三铺席大的房间里。家里每月都会给我寄一丁点儿钱，不过即使是这么点儿钱，他们也不会直接寄给我，而是偷偷地寄到比目鱼那里——而且，这是家里的哥哥们瞒着父亲偷偷寄给我的。我与家里的联系就仅止于此了，所有其他的关系都被断绝了。比目鱼也总是对我拉着脸，即便我对他摆出一副殷勤谄媚的笑脸，他也从来不对我笑一笑。人类这种生物，翻脸居然比翻书还快，还真是卑鄙无耻啊，不，与其说卑鄙，倒不如说是滑稽吧。他对我的态度就这样发生了三百六十度的巨大转变，成天都装模作样、煞有介事地对我说：

“不许出门，总之，你就是不要出去。”

因为我有自杀倾向，也就是说我有追随那女人跳海的危险倾向，因此比目鱼严禁我外出，仿佛是在监禁我一样。我酒也没得喝，烟也没得抽，一天到晚都只能蜷在二楼三铺席房间的被炉里，像个傻子一样看着旧杂志。如今的我，早已连自杀的力气也没有了。

比目鱼的家在大久保医专附近。即便他家的那些招牌，“书画古董商”、“青龙园”之类的看上去很像那么回事儿，然而也只不过是一栋两户小楼中的一户而已。店面十分狭窄，店内满是尘埃，只摆着一些凑合事儿的“藏品”——当然，比目鱼并不靠店内的这些凑合玩意儿做买卖。他靠的是将这位主顾的宝贝转让给那位，从中牵线搭桥并借此牟利。他很少在店里待着，通常一大早便板着脸出门去了，只留下一个十七八岁的小子看着我。这小子只要一有空闲，便去找附近的孩子玩接球游戏。即便是这小子，也完全把我这个待在二楼的食客当成白痴看待，有时候还摆出一副大人模样对我说三道四。我本性不擅与人争辩，便装出一副侧耳倾听、心悦诚服同时又疲惫不堪的样子，对他百依百顺。这小子据说是涩田的私生子，尽管如此，因为某些隐情，涩田与他并不以父子相称。涩田之所以一直独身，似乎也与这其中的隐情有那么一丝关系。我以前听家里人说过一些传闻，不过我对别人的事情一向不感兴趣，因此对于其中的具体情况，也不是特别了解。

不过，这小子的眼睛确实会奇妙地让人联想到鱼的眼睛，所以说不定真是比目鱼的私生子也未可知……然而，倘若事实果真如此，那这对父子也真是够落寞的了。他们两人有时也会瞒着二楼的我，在深夜里悄无声息地吃外卖上门的荞麦面条呢。

比目鱼家的一日三餐都是由这小子料理的，然而为我——这位二楼的食客——所准备的饭食则放在小食桌里，由他一天三次送上来。比目鱼则和这小子在楼梯下面湿乎乎的四铺席半房间里，匆匆忙忙地吃着饭，碟子和碗不时碰撞，发出叮叮当当的声音。

三月底的一个傍晚，不知这比目鱼究竟是找到了什么出人意料的生财之道，还是有什么其他的企图——确实都被我猜中了，不过其中恐怕还有其他我猜不出来且更为琐碎的原因，他将我招呼到了楼下一张摆着珍贵小酒壶的餐桌旁，作为东道主的他一边自顾自地对——不是比目鱼而是金枪鱼——桌上的名贵刺身又是赞赏又是感叹，一边微微开始向我——这个坐在一旁发呆的食客，劝起酒来：

“今后究竟有什么打算呀？”

我没有回答，只是一个劲儿地用手抓盘子里的沙丁鱼干吃。看着这些小鱼银色的眼珠，醉意像股暖流隐隐约约地泛涌上来。我开始怀念起过去四处游玩的日子，甚至开始怀念起堀木来了。我对“自由”的渴望愈发深切，差一点就抽泣起来。

自从在比目鱼家住下之后，我甚至连那套搞笑的把戏也不玩了，每天只是卧倒在比目鱼和那小子的蔑视之中。比目鱼也极力避免与我发生什么推心置腹的长谈。与此同时，我也无意追着向他诉苦。自此，我已经彻底成了他家的一个饭桶了。

“所谓暂缓起诉，就是说你不会因为这次起诉而成为一个前科惯犯。因此，只要你有心是可以重获新生的。所以啊，一旦你想改邪归正就好好地与我谈一谈。我也会好好考虑的。”

比目鱼的说话方式，哦不，应该说，这世上所有人的说话方式，都是如此这般的麻烦和朦胧，其中似有一种逃避责任般的复杂和微妙。对于这种毫无益处的防范戒备和无数令人厌烦的小策略，我常常感到困惑，乃至无比厌烦。于是我对此总是开玩笑搪塞敷衍，抑或是无言默认听之任之，总之，我对此采取的是一种失败者的消极态度。

直到多年之后，我才知道，如果当时比目鱼对我直言相告，也许事情便迎刃而解了。然而正是因为他那不必要的防范戒备，不，应该说，正是因为世人的那种无法理解的虚荣心作祟，才使我产生了阴郁的想法。

要是比目鱼当时这么说就好了：

“公立也好私立也罢，无论如何，从四月份开始，你得找个学校念书了。一旦你进了学校，生活费什么的家里自会给你送来。”

等我知道这件事时，已经是很久以后了。然而事实就是如此。他当时如果说得直接一点儿，我一准儿就会按他说的去做了。可话到了比目鱼嘴里，却被他那良苦的用心和迂回的说话方式给奇妙地扭曲了，因而也彻底改变了我此后的人生方向。

“如果没心情和我好好谈，那也没办法了。”

“谈什么？”

我对此完全没有任何头绪。

“你心里有什么打算？”

“比如说？”

“比如说，你今后有何打算？”

“去工作的话，不知道行不行？”

“不，不是这个，你心里究竟怎么想的？”

“可是，如果说要去念书的话……”

“这是要花钱的。不过，问题不在钱，在你的想法。”

可他为何对家里会给我寄钱一事只字不提呢？他只要说清楚这个，我的想法便也明了了。可他却偏偏不说，弄得我云里雾里。

“怎么样？你对将来有没有什么打算？照顾一个人究竟有多难，对于你这个受到照顾的人来说，是无法理解的。”

“不好意思。”

“这才是我所担心的啊。我既然已经答应照顾你，就不希望你一直这么半吊子下去。我希望你能找到一条改过自新之路，能让我看到你对此事的决心。比如说，我希望你就你自己未来的打算来找我好好谈一谈。这样的话，我也会给你我的建议。不过，我比目鱼终归是个穷人，如果你还想要之前那种奢侈的生活，那你就搞错对象了。但是，如果你能好好振作起来，认真考虑和明确自己将来的打算，之后再来找我好好商量。我也一定会尽我微薄之力助你重新做人。明白我的心情了吗？你对自己以后，究竟有什么打算啊？”

“如果这里容不下我，那我就去工作……”

“这就是你心里想说的吗？你也知道，现在即使帝国大学毕业的学生……”

“不，我并不是要当上班族。”

“那你究竟想干什么？”

“画家。”我不假思索地回答。

“啊？”

我无法忘记当时比目鱼缩着头笑着的那张脸以及他脸上的那股狡猾劲儿。这张脸看似轻蔑，而又与轻蔑不同。若是把人世比作大海，那么这张脸便是奇妙地映现于海底千寻深不可测之处的一张面影。那脸上的笑容，让我得以一瞥成人生活深处的奥秘。

“这种事情太不像话了，你现在一点都不认真，好好想想，今晚再好好考虑一晚上。”被他这么一说，我便像被人赶着一般跑上了二楼，在床上躺了半天也没想出什么别的方案来。于是，天快亮的时候，我从比目鱼家里逃了出来。

我傍晚时回来。我去如下所记的一位朋友那里商量未来的打算了。请一定不要为我担心。

我用铅笔在便笺上大大地写下这么一段话，又留下了浅草堀木正雄的住址及姓名。之后，便偷偷地溜出了比目鱼家。

我并不是因为比目鱼的一通说教，心中懊恼，才从他家里逃出来的。其实，我正像比目鱼所说的一样，是个完全打不起精神、振作不起来的人。未来打算什么的，我也是完全没有任何头绪。而且，对于一直在他家里当食客这件事情，我自己心里也感到过意不去。就算万一我在这段时间里树立了志向，奋发图强，每个月还是要接受贫穷的比目鱼的资助，作为重新做人的本钱。一想到这里，我便又内心黯然无地自容了。

不过，我也不是因为真的要同堀木那样的人商量什么“未来的打算”才从比目鱼家逃出来的。这只是用来让比目鱼安心，哪怕是让他安心那么一小会儿的托词罢了。

——而在他安心的这段时间里，我可以多多少少再逃得远一点儿。正是出于这种侦探小说式策略的考虑，我才写下了那张便条。不，比起这种策略性的考虑，恐怕隐秘的心理更为准确一些，即：我害怕这突如其来的巨大打击会使比目鱼惊慌失措。虽说是出于恐惧，但依旧不失为一个正确的做法。尽管这件事迟早都是要穿帮的，我还是会因为害怕而拼命掩饰。这便是我那可悲的癖性之一，尽管这种癖性与世人所谓说谎的那种卑鄙性格十分相似，但是我从来没有为了自己的利益而去掩饰什么。我只是对那种突然之间的气氛变化感到窒息般的恐惧。即使明知事后会对自己产生不利，还是会进行之前那种“拼命的服务”，就算这种“拼命的服务”是一种愚蠢的、被扭曲的、微不足道的东西。正是出于这种服务的心态，我才会在大多数场合多说那么一句掩饰的话。然而，我的这种习性也常常给予世上那些所谓正直之人很多可乘之机。

于是，我便把当时记忆深处所浮现出的堀木及其住址，原封不动地写在便条的一角。

我从比目鱼的家里出来，一直走到了新宿。把口袋里的书都卖了，最终还是身无分文，穷途末路了。我虽然很讨人们的喜欢，但也从来没有体会过所谓的友情。堀木这样的酒肉朋友另当别论，然而同别人打交道这种事情，从来都只会让我感到痛苦。为了缓解这种痛苦，我便拼命地耍我那套逗人开心的滑稽把戏，结果每次都把自己弄得筋疲力尽。在大街上看到熟悉的面孔，甚至是与那熟悉的面孔相似的面孔，我也会心中赫然，倏忽之间便被一种恐惧攫住，浑身战栗、头晕目眩。即便知道自己为别人所爱，却仍然缺乏爱的能力去爱别人——当然，我对世上的人是否真的有“爱”这样的能力，是保持很大怀疑的。——这样的一个我，是没有所谓的挚友的。此外，我甚至连那种“走亲访友”的能力也没有。对我来说，别人家的门比《神曲》中的地狱之门还恐怖得多。可以毫不夸张地说，我甚至能切身地感到在那扇门的深处，有一只恍若恶龙的、腥臭无比的怪兽正在蠢蠢欲动。

我同谁都没有交情。我无处可去。

堀木。

这次真是弄假成真了。如同我在便条上所写的那样，我决定去浅草拜访堀木了。在此之前，我从来没有主动去堀木家拜访过，只是给他发过电报，叫他来我这里。如今我都不知道自己是不是还有足够的钱给他发电报。况且，就我目前这穷困潦倒的状况，如果只是给堀木发个电报，他也不一定会过来。所以眼下只能下定决心去做我最不擅长的“走亲访友”之事了。我唉声叹气地坐上市营电车，一想到在这世上我唯一能够靠得住的朋友竟是这个堀木，不免感到脊背发凉，一阵凄惨落魄之感涌上心头。

堀木在家。肮脏的小路深处是一座两层的房屋，堀木便住在二楼的一个六铺席房间里。楼下是堀木年迈的父母和三个年轻的手艺人，正在缝缝补补敲敲打打，制作木屐的带子。

那天，堀木向我展示了他作为城里人的崭新一面，便是俗话说的那种从不吃亏的性格。他那种狡猾冷酷的利己主义简直让我这个乡下人目瞪口呆。他绝不是一个像我这样随随便便的人。

“你这家伙，真是把我吓了一大跳啊。你家老爷子原谅你没？还没有吗？”

我没有告诉他我是逃出来的。

我一如既往地瞒着他。尽管很快就会被堀木看穿，我还是在尽可能掩饰着。

“啊，总有办法。”

“喂，这可不是什么好笑的事情。算我给你一个忠告，这些蠢事还是到此为止吧。我今天还有点事，最近真是忙死了啊。”

“有事？什么事？”

"喂喂，不要把坐垫上的线弄断了。"

我一边说着话，一边无意识地用指尖捻扯着坐垫四角那穗子一样不知道是缝线还是针脚的东西。堀木对于自己家里的东西，哪怕是一根线也万般珍惜。对此他不仅毫无愧色，反而横眉瞪眼地把我责怪一通。仔细想来，堀木在之前同我的交往中，确实也从来都没有吃过亏的。

堀木的老母亲用托盘端了两碗红豆年糕汤上来。

"啊，这是……"

堀木摆出了一副俨然发自内心的孝子模样，在他老母亲面前不胜惶恐起来，就连说话的措辞也变得愈发郑重尊敬乃至不自然了。

"真是麻烦您啦，是红豆年糕汤吗？真是太慷慨啦。我有事一会儿就要出去啦，本不用劳您这么费心的。不不，不过，您好不容易为我们做了拿手的红豆年糕汤，不吃就太浪费您这番苦心了。那我们就吃了。你也吃一碗吧，怎么样？这可是家母特意做的红豆年糕汤呢。啊，真好吃，真是太慷慨啦。"

堀木脸上洋溢着一股做作的喜悦——说是一种戏剧性的喜悦亦不为过，一边说着，一边津津有味地吃了起来。于是我也喝起汤来，味道仿佛白开水一般乏味。之后，又吃了年糕。我绝不是因为贫穷而瞧不起他们，可那东西根本不能算是年糕，究竟是什么东西，我也不知道。

其实，我当时并没有觉得这红豆年糕汤难吃，不仅如此，我也深切地感受到了堀木老母亲的那番好意。我虽然对这种贫穷感到恐怖，但心中也是绝无任何轻蔑的。

那两碗红豆年糕汤，以及为此而欢欣鼓舞的堀木，让我得以目睹城里人节俭朴素的本性，和东京普通家庭之中内外变通、算计经营的真实境况。而只有我这个内外不知变通，一心只想从人类生活中逃离的白痴一个人为时代抛弃了，就连堀木都弃我于不顾了。我狼狈地拿着那涂漆剥落的筷子夹着年糕，心中禁不住感到悲凉而寂寞。我只想把这种心情记录在此。

“对不起，我今天还有事情。”

堀木站了起来，一边穿外套一边对我说。

“不好意思，我先走了。”

正在这时，一个女人来找堀木。而我的命运也因此发生了骤变。

堀木瞬间变得活力四射起来。

“啊，真不好意思，这会儿正要去您那里拜访呢。结果这家伙突然来了，不过也没关系。来，您请。”

堀木一副毕恭毕敬诚惶诚恐的样子。我赶忙把自己的坐垫让了出来，翻了一个面递给他。他一把拽过我的坐垫，又翻了一个面，谦卑地递给那女人。房间里除了堀木自己的坐垫外，只剩一个给客人用的坐垫。

她是一个瘦瘦高高的女人。只见她将那坐垫挪到了自己身边，在房间门口附近的角落里坐下了。

我无精打采地听着他俩的对话。女人似乎是一家杂志社的，委托堀木画插画之类，眼下似乎是来取稿的。

“这个还挺着急的，所以……”

“啊，已经完成了，早就搞定了。请过目。”

这时，来了一封电报。堀木看着电报，立刻变了脸。

“喂，你这家伙，这是怎么回事？”

是比目鱼发过来的。

“总之，你先赶紧回去吧。我要是能送你回去就好了，不过现在我确实没那个时间。你这家伙真是，离家出走还摆出一副从容不迫的样子。”

“请问，您府上在哪里？”

“在大久保。”我脱口而出。

“这样啊，离我们杂志社很近呢。”

女人在甲州出生，二十八岁，同五岁的女儿一同住在高圆寺的公寓里。据她说，她的丈夫已经死去三年了。

“看起来你一直过得挺不容易呢。可怜呢，这么细心周到。”

我开始吃上了软饭，成了她的情夫。每当静子（这个女记者的名字）出门去位于新宿的杂志社上班时，我便和她五岁的女儿茂子在家看家。此前，每次母亲外出上班，茂子便会去公寓管理人的房间玩耍。如今，来了一位“细心周到”的叔叔做她的玩伴，她似乎非常高兴。

我就在这里无所事事地待了一星期。在公寓窗户近旁的电线上，挂着一只江户风筝，即使已经被春天的尘风吹得破破烂烂，这风筝还是死死地缠在电线上，像是在肯定什么似的点着头。我每次看见这番情景都禁不住红了脸，苦笑起来。这番情景甚至会出现在梦里，如梦魇一般缠住我。

“我想要点钱。”

“……要多少？”

“很多……钱尽缘亦断这句话，可一点儿也不假。”

“笨蛋，那种老掉牙的说法……”

“真的吗？不过你不明白。这样下去，我很有可能会出走的。”

“到底是谁穷呀？所以到底是谁要出走啊？真奇怪。”

“我想自己挣钱，用自己挣来的钱买酒，不，买烟。说起画画来，我可比堀木要强得多。”

此时此刻，我的脑海里自然而然地浮现出了那几张在中学时代被竹一称作妖怪的自画像。那些被弄丢的杰作。大概是在数次搬家的时候陆续弄丢的吧。我感觉，只有那些画才是真正优秀的作品。之后，我还见识了各种各样的很多画，然而比起我记忆中的那些杰作来，都不免黯然逊色。为此，我的心里时常空落落的，一种慵懒倦怠的失落感也不断地困扰着我。

一杯喝剩的苦艾酒。

我悄悄地描述着这股失落感，仿佛永远都难以填满。一说到画，那杯喝剩的苦艾酒便会隐隐约约地出现在我眼前。啊，真想让她看看我的画呀。这样一下来，就能让她相信我的绘画才能了。

我感到焦躁不安，并为这种焦躁而感到苦闷难言。

“哈，怎么样？你呀，一本正经说笑话的样子真是可爱。”

这可不是在说笑话，这是真的。啊，真想让她看看那幅画。我为此反复且徒劳地烦恼着。不过突然之间，我改了主意，放弃了原来的想法。

“漫画，对，至少在漫画方面，我是比堀木强的。”

这句骗人的玩笑话反倒让她信以为真了。

“对呀，我其实也挺佩服你的。你给茂子画的那些漫画，每次都能把我逗得哈哈大笑。试试看吧，怎么样？我可以帮你去找一下我们杂志社的总编。”

那家杂志社正在发行一种面向儿童的月刊杂志。然而杂志的名头并不十分响亮。

“……女人们一见到你，大概都会忍不住想要为你做点什么……你总是一副惴惴不安、像是在担心着什么的样子，然而却又总是没个正经……有时候，又一个人消沉起来，那样子，让女人看了还真是心动不已呢。”

此外，静子还对我说了许许多多的好话。虽是夸赞，然而在我看来，这依旧是吃软饭者令人鄙夷的特性。因此，我便愈加消沉，再也打不起精神来了。金钱比女人更重要，迟早有一天我得从静子这里出走，自己养活自己。心里虽是这么打算的，然而实际上却愈加依赖静子了。离家出走之后的一切生活，几乎全部都靠这个不让须眉的甲州女子来照料。于是，面对静子，我也不得不变得愈来愈“惴惴不安”了。

承蒙静子多方奔走，比目鱼、堀木还有静子三人成功进行了会谈。我自此与老家完全断绝关系，并与静子在“光天化日之下”同居。与此同时，由于静子的帮助，我的漫画也出人意料地卖了钱。我便用这钱来买烟买酒。情况似乎有了好转，可我的不安与抑郁却愈发严重起来了，整个人也消沉得不能再消沉了。有时，我正为静子的杂志画着每月的连载漫画《金太与小太的冒险》，脑海中会突然浮现出老家的情景，心中便感到一阵落寞凄凉，再也下不了笔，只是一个劲儿低首垂泪。

茂子是我当时隐秘而唯一的救赎。那时，茂子已经开始毫无拘束地叫我爸爸了。

“阿爸，只要诚心祈求，神灵什么都会答应，这话是真的吗？”

我倒是真想这样向神灵祈求啊。

啊，请赐予我冷酷决绝的意志。请叫我领悟“人”之本质。人们相互倾轧，这难道不算是罪过吗？神啊，请赐予我愤怒的面具吧！

“嗯，对呀。如果茂子去向神祈祷的话，神一定都会答应的。爸爸去的话，可能就不行了。”

我甚至对神也感到害怕。我不相信神的爱，只相信神的罚。信仰便只是接受神罚，低头走向审判而已。我相信地狱的存在，可是对于天国的存在，我是无论如何都不相信的。

“为什么爸爸不行呀？”

“因为爸爸不听话。”

“真的吗？可大家都说爸爸是好人呀。”

那些话都是骗人的。我知道这座公寓里的人都曾向我示好，然而我对他们的示好却感到十分害怕。我越是感到害怕，他们便越喜欢我。以至于我最后不得不处处躲避他们。这种不幸的癖性，是根本没法和茂子说清楚的。

“茂子究竟想向神灵祈求什么事情呀？”

我装出一副若无其事的样子，转移话题。

“茂子想要真正的爸爸。”

我大吃一惊，眼前一阵眩晕。敌人。我是茂子的敌人吗，抑或茂子是我的敌人？总之，这里有一个可怕的大人在威胁着我。他人，无法理解的他人，满是秘密的他人。茂子的脸看上去突然就变成了这么一个他人。

原以为只有茂子是例外。可她终究还是有那么一条能在“无意中拍死牛虻的尾巴”。从那以后，我甚至对茂子也开始感到胆战心惊了。

“色鬼，在不在？”

堀木又跑到我的住处找我来了。那天我离家出走，正是他的所作所为让我深感世态之炎凉。然而即便如此，我也没有将他拒之门外，反倒似笑非笑地开门迎接。

“你这家伙画的漫画倒是挺受欢迎的不是吗？像你这样一个外行，倒还真是有初生牛犊不怕虎的胆量啊。不过，你可不要大意，你的素描画得那是完全不成样子。”

他对我摆起了师父的架子。我真想把自己的那幅妖怪画拿给他看看，看看这家伙看了会是什么表情。我心里的那股徒劳的失落感又油然而生，对他说道：

“你要再这么说下去我就要号啕大哭了。”

堀木愈发得意起来了，他说：“光是人情练达可是不够的，总有一天会露出破绽的哟。”

人情练达……对此我只得报以苦笑。我，人情练达，我居然有这种才能！像我这样对人类恐惧，继而进行躲避和欺骗，与俗语所说的“不去招惹神灵就不会受到神灵的惩罚”的狡猾伶俐八面玲珑的人生信条其实是相同的。啊，人类啊，彼此之间并不理解对方，截然不同的两个人，相互之间却引为挚友，一生都毫无察觉。直到对方死去时，不还流着眼泪念着悼词吗？

不管怎样，堀木都是我离家出走之后一应事务的监督者——他一定是在静子的请求下才勉强答应下来的，如今的他俨然一副助我重获新生的大恩人或是月下老人的派头，有时一脸理所当然地对我进行说教，有时还在深夜醉酒时来访借宿，有时还要跟我借五块钱——总是五块钱。

“不过，你这家伙，玩女人也该有个限度了。这样下去世人可容不下你啊。”

所谓的世人，究竟是怎么样的东西呢？是复数的人类？这世人的实体存在又在哪呢？然而，我只感觉这是一个强大的、严酷的、恐怖的东西。我从出生便是这么想的。但是如今被堀木这么一说，我一句话差点便脱口而出了：

“所谓的世人，不就是你吗？”

可我并不想惹怒堀木，便又把嘴边的话吞了回去。

——世人是不会放过你的。

——不是世人，而是你不会放过我吧？

——做出那样的事来，世人会让你吃苦头的。

——不是世人，而是你吧？

——不久世人就会遗弃你了。

——不是世人，而是你会遗弃我吧？

你这家伙，对自己的恐怖、怪异、阴险、狡诈、狠毒有点自知之明吧！这些乱七八糟的话语在我胸中蹦来蹦去，我只顾得一个劲儿地拿手绢擦脸上的汗。

“冷汗，冷汗。”我只能笑着说道。

然而从那时起，“所谓的世人，无非便是个人”这一想法，便开始在我脑中扎根了。

这个想法在我脑中扎根之后，我多少能够凭借自己的意志行动了。用静子的话说，就是我稍微任性一点了，不再那么畏畏缩缩、战战兢兢了。用堀木的话说，就是我变得小肚鸡肠了。另外，用茂子的话说，就是我不再那么宠她了。

我不说话，也不笑，每天一边照看茂子，一边应各个杂志社之约画画——渐渐地，除了静子她们杂志社，其他杂志社也开始向我约稿了。不过这些杂志社尽是些比静子她们杂志社更加庸俗低劣的三流杂志社。除了此前的《金太与小太的冒险故事》，还有明显模仿《慢吞吞老爹》的拙劣漫画《慢吞吞和尚》，以及一部名字叫“急性子阿平”的，我自己都搞不清楚的颇为自暴自弃的连载漫画。我实际上是怀着一种阴惨的心情，慢吞吞地——我运笔画画是非常慢的，为了挣酒钱才画这些漫画的。静子一从杂志社下班回来，就换我出去了。我在高圆寺车站附近的路边摊或者小酒吧里喝着廉价酒，等到心情稍稍舒畅一点，才又回到公寓。

“你啊，越看越觉得你的脸奇怪。慢吞吞和尚的那张脸，实际上就是从你的睡相里得来的灵感呢。”

“你睡觉的样子，真是好显老呀。像个四十岁男人。”

“还不都怪你，都被你吸干了。孤身若水流，为何苦，为何愁，凄凄川边柳。”

“别闹啦，早点睡吧。或者再吃点东西？”她很镇定，仿佛不是和我说话。

“有酒我就喝。孤身若水流。孤水若身流，啊，不，孤水，孤水若水流。”

我一边唱着，一边让静子给我脱衣服。之后，便把头埋在静子的胸中睡去了。这便是我每日所做之事。

今天像昨天一样，

重复同样的事情。

没有狂热的欢愉，
巨大的悲伤亦无缘降临。
绕开前方拥塞的巨石，
像蟾蜍一样迂回而行。

这是上田敏[1]译的查理·柯洛[2]一首诗。当我看到这句诗时，便一个人脸烧得通红。

蟾蜍。

——这就是我。世人于我没有什么容忍不容忍，遗弃不遗弃的。我只是一个比狗比猫都要劣等的动物。蟾蜍，像个蟾蜍一样慢吞吞地蠕动。

我的酒喝得越来越多。如今我已不仅仅在高圆寺车站附近喝酒，还要跑到新宿和银座去喝。有时候甚至连家也不回就直接在外借宿了。我只是不想再“重复同样的事情”。我在酒吧里装出一副无赖相，亲吻调戏附近的人。总之，我又和殉情自杀之前一样，不，不是一样，而是比那段时间更加放纵和下流，沉迷酒精，穷尽金钱。最后竟到了拿静子的衣服去当铺换钱的地步了。

来到这里，对着那只破破烂烂的江户风筝苦笑，已经一年多

① 上田敏（1874—1916），生于东京，日本明治时代诗人、评论家、翻译家。在东京大学英文科学习期间参加创办《帝国文学》并积极译介外国文学，于1905年出版以法国象征派诗歌为主体的译作《海潮音》，深受好评。另译有诗集《牧羊神》、评论集《文艺论集》及小说。——译者注

② 查理·柯洛（Charles Cros，1842—1888），19世纪法国诗人、发明家、幽默作家。——译者注

了。在樱花树长出新叶的时候，我又拿了静子的和服腰带和和服内衣来到当铺，换了钱去银座喝酒，连续两晚都夜宿在外没有回家。到了第三天晚上，我终究还是觉得过意不去，于是便无意识地放轻脚步，悄悄来到了公寓里静子的房间前。房间里传来了静子与茂子的对话声。

“为什么要喝酒呀？”

“爸爸呀，并不是因为喜欢才喝酒。只是因为，他是一个特别好的人，所以才……”

“好人就喝酒吗？”

“也不是这样……”

“爸爸肯定会吓一跳。”

“说不定会讨厌呢。哎呀哎呀，从箱子里跳出来啦。”

“和急性子阿平一样呢。”

“还真是的呢。”

我听见了静子轻轻的笑声，笑声里满是发自内心的幸福。

我把门打开一条缝，朝里面窥看。原来是一只小白兔，正在房间里来来回回，跳来跳去。她们母女俩正追着那只小兔子呢。

——她们俩真是幸福啊。像我这么个傻瓜，横在她们两人之间，给她们添了多少麻烦和苦恼啊。朴素的幸福。真是一对好母女。啊，希望她们幸福。如果神灵能够垂听我这种人的祈求，哪怕此生只有一次也好，我祈求您赐予她们幸福。

我当时真想蹲下合掌为她们祈求。不过我还是悄悄关上了门缝，又起身前往银座了，从那之后再也没有回来过。

之后，我又在京桥附近一家小酒吧的二楼过上了吃软饭的生活。

世人。对于世人，我终于模模糊糊地明白了。只要在个人与个人的斗争中，而且是在个人与个人的现场斗争中获胜便好了。人类是绝不会服从于人类的。即便是奴隶，亦有奴隶式卑微的反抗。因此，人类除了当场一招定胜负之外，再没有别的生存之道。虽说人们常常举起大义名分的旗帜，然而努力的目标必定是个人，是个人对个人的超越。世人的难题即是个人的难题。世间的汪洋并非世人，乃是个人。我终于从中稍微解放出来了，从对于世间汪洋这个幻象的恐惧中解放出来了。我就这样从以前那些无边无际的担忧之中醒悟过来，变得厚颜无耻起来，开始着眼于所谓的当前需求了。

我遗弃了高圆寺的那间公寓，对京桥那家小酒吧的老板娘说："我已同她分手了。"

说这么一句便足够了。这便是所谓的一招定胜负。当晚，我便粗鲁蛮横地住进了她家二楼。然而，恐怖的世人并未对我有任何加害，我亦未为此对世人做出任何辩解。老板娘没意见，便万事大吉了。

我既像是这店里的客人，又像是这店里的老板。既像一个跑堂的，又像某个亲戚。在旁人看来，我本是一个神龙见首不见尾的神秘人物。然而，这些人并未对我妄加猜忌。因此，店里的熟客总是“小叶小叶”地叫我，对我异常亲切和蔼，还常常请我喝酒。

我对世人渐渐放松了警惕。对于所谓的世间与世人，也并不觉得有多么令人望而生畏了。在此之前，我对世人的恐惧源于一种所谓的“科学的迷信”。例如在春风中有几十万百日咳的病菌，在澡堂里也有几十万会弄瞎人眼的病菌，而在理发店里也有几十万致人秃头的病菌。省线电车的吊环上，则有大群的疥癣虫在蠢蠢欲动。除此之外，在刺身和没有完全烤熟的牛肉猪肉里，则必定隐藏了大量绦虫的幼虫以及吸虫，还有一些别的什么寄生虫卵。甚至还有这样的事：在走路的时候，如果脚里插进了一块小小的玻璃片，那碎片会顺势进入体内并从眼珠子里穿刺而出最终导致失明。当初，正是这种所谓的“科学的迷信”让我对世人感到害怕。就“科学的”角度来看，确实是有几十万的细菌浮游在空气之中，这是确定无疑的。可与此同时我也明白，如果我完全无视其存在，这些东西便与我秋毫无涉，仅仅是瞬间便会消失的“科学的幽灵”而已。便当盒里剩下三粒米，如果一千万人每天都剩下三粒米，就相当于浪费了好几袋大米。或者说，如果一天节约一张擦鼻涕的纸，一千万人能节约出多少纸浆来呢？诸如此类的所谓“科学的统计”，还真是能把我吓一跳。每次吃饭时，只要还剩下一粒米，还有每次擦鼻涕的时候，都会有一种错觉，仿佛浪费了成山成海的大米和纸浆。我常为此苦恼不已，黯然神伤，好像自己正在犯下一桩重大罪行。然而，这正是“科学的谎言”、

“统计的谎言”和“数学的谎言”，事实上，我们并不能把所有剩下的三粒米都收集起来。即便将其当作一个加减乘除的应用问题，也是颇为低能且原始的。就仿佛在没有灯的阴暗厕所里，人在多少次里会有一次一脚踩进便坑里，或者在省线电车的门口与站台边缘的缝隙之间，乘客在多少人里会有一人失足摔下诸如此类的概率计算问题一样愚蠢。虽说这种事情的确有可能发生，但是我从来都没有听过有人因为没蹲好厕所而受伤的。直到昨天为止，我都一直受到这样的教导，将这样的假设当作“科学的事实”，当作所谓的现实来全盘接受，并对其害怕不已。如今，我同情过去的自己，甚至对自己以往的想法感到好笑。现在，我终于一点点开始了解这所谓的世间的真相了。

话是这么说，我还是对人类感到害怕。即便是和店里的客人们见面，也不得不先喝上一大杯酒。我要见的可是些可怕的生物呢。虽说如此，我每晚依旧会上店里一趟。就像小孩子真看到稍微有些可怕的小动物反而会紧紧抓住一样，我同店里客人们交相狂饮，还吹嘘起自己那套不入流的艺术论来了。

漫画家。啊，可我只是个既无大喜亦无大悲的无名漫画家。即使巨大的悲痛也会随后而至，我内心依然焦急地渴望着狂乱无羁的巨大欢愉。虽说如此，我如今的欢愉，也不过是与客人扯扯淡，喝喝他们的酒而已。

来京桥之后，这种无聊的生活已经持续了将近一年。我所画的漫画，也不再仅仅出现在儿童杂志上了。有时这些漫画还会被车站售卖的恶俗杂志所登载。我以上司几太——殉情自杀后苟且偷生之意的谐音——这个极尽胡闹的名字，画了一些肮脏下流的裸体画，还在其中穿插了《鲁拜集》的诗句。

勿要再行那无谓的祈祷，
扔掉那惹你落泪的块垒，
且再饮酒，想想那些美好的事物。
且再饮酒，忘却身畔多余的哀愁。

那些以不安与恐惧威胁他人的人啊。
时刻都在为自己的罪行而战栗不止。
他们的脑中在不停地算计着，
如何防备死者的复仇。

昨夜，我饮酒纵情抒怀。
今朝，我睁眼一片凄凉。
为何在这一夜之间，
我心竟生如此波澜。

勿要像那远方敲响的太鼓一样，
心怀莫名的不安，
亦勿要担忧因琐事而被定罪，

遭受神明之惩罚。

若正义可为人生之指针，
那染遍鲜血的战场之上，
那刺客的刀尖之上，
又有何种正义在场？

人生之道究竟在何方？
智慧之光究竟是怎样？
在这美丽亦恐怖的浮世中，
纤弱的人子背负起不堪忍受的重担。

只因种下那无力掌控的情欲之种，
我等才一再经受善恶罪罚的诅咒。
我们无能为力，我们心慌意乱。
只因未被赐予抑制它的意志与力量。

你为何彷徨，你又在何处游荡？
在评判何事，又在反省什么？
啊，不过是虚无和幻梦，
啊，若忘饮酒，一切皆是虚妄。

请遥望这无涯的苍穹吧，

我等莫不是那其中微尘？

这地球究竟为何旋转？

自转，公转，反转，啊，且由他去吧。

所到之处，皆有至高之力

所谓国中，所谓族内，

皆有同一之人性。

普天之大，莫非唯我异类？

人们若非误读了神圣的《古兰经》，

否则便是缺乏常识与智慧，

禁止肉体之欢愉，禁止饮酒之乐趣。

够了，穆斯塔法，我对此厌倦透顶。

不过，在那个时候，依然有一位少女劝我不要喝酒。

“这样下去可不行啊，每天从早上开始就醉成这个样子。”

是酒吧对面烟草店的一位十七八岁的小姑娘。她叫好子，是个皮肤白皙、有着虎牙的女孩子。我每次去买烟草时，她都笑着给我这样的忠告。

“为什么不行呢？有什么不好呢？有多少就喝多少呀。‘人子啊，消除你心中的憎恨吧！’古代的波斯人就是这么说的啊。好吧，他们还说：‘能为悲伤疲惫的心灵带来希望的，只有这带来微醺的玉杯了。’明白了吧？”

“不明白。”

“这个小笨蛋，小心我亲你一口哟。”

“亲就亲呗。”

她一点儿也不害怕，噘起了下嘴唇。

“你这浑蛋，贞操观念在哪……”

但是，好子的表情里，却明显有一种没有被任何人玷污过的、处女的气息。

在新年第一天的那个严寒的夜晚，我醉醺醺地去买烟，不小心掉进了烟草店门前的暗渠里。我大声叫着：“好子，过来拉我一把。”好子从店里出来，好不容易才把我拉了上来，之后还为我处理了右臂上的伤口。这时的好子，脸上的笑容都收敛了起来，言辞恳切地对我说：“喝得太多了。”

死对我来说，并不是什么大不了的事情。然而如果因为受伤出血，最终致残，那就万万使不得了。在好子为我处理伤口的时候，我确实也在想，今后是不是该少喝点酒了。

“不喝了，从明天开始滴酒不沾。”

“真的啊？”

“一定不喝了，如果我不喝酒了，好子就给我当新娘吧，好不好？”

不过，新娘这事只是玩笑罢了。

“当然哩。”

所谓的“当然哩”就是“当然可以”的省略语。这样的省略语在当时的时尚男女之间非常流行。

“好的，拉钩儿吧，绝对不再喝了。”

第二天，我果然又喝起酒来，从早上开始。

到了傍晚，我摇摇晃晃步履蹒跚地从屋里出来，站在了好子的烟草店前。

“好子，对不起，我又喝酒了。”

“啊呀，你这个人真讨厌，装出一副喝醉的样子。”

我心中一阵赧然，酒也醒了过来。

“不，是真的，我真的喝了。我并没装醉。”

“不要再开我的玩笑了，你这个坏蛋。”

她完全没有任何怀疑。

“一看就知道，我今天也喝了，从白天就开始喝，对不起，请原谅我吧。”

“真会演戏呢。”

“不是在演戏啊，你这个笨蛋，小心我亲你哟。”

“亲就亲呗。”

“不，我没有资格。我只能死心了，我不配让你做我的新娘。你看我的脸，很红吧，我喝了酒了。”

“那是因为夕阳照在你的脸上呢。你这么骗人可不行哟。这是我们昨天约定的呀。你不可能去喝酒的呀，我们不是都拉钩儿了吗？你说你喝了酒，那都是在撒谎，撒谎，撒谎。”

好子坐在昏暗的店里，白皙的脸上挂着微笑。啊，这是多么宝贵的一种不知污秽为何物的纯洁啊。迄今为止，我还没和比自己年纪小的姑娘睡过觉。结婚吧，即便之后会有巨大的悲伤降临也无所谓。如此疯狂而大胆的欢乐，一生至少也要有一次吧。我本以为，所谓的少女之美，不过是笨蛋诗人们天真的感伤幻想。没想到，这种美居然真的存在于这个世界之中。结婚之后，等到春天，两个人就一起骑自行车去青叶瀑布玩。我当场就做出了决定。正是所谓一招定胜负，我毫不犹豫地偷走了这朵鲜花。

就这样，我们在不久之后结婚了。结婚所带来的欢乐，却并不怎么让人兴奋。可是之后降临的悲伤，则大得超出了想象，用凄惨来形容亦不足够。“世间”对我来说，终究是恐怖且深不见底的地方。绝不是能够一招定胜负，一举便可决定一切的天真之所。

二

堀木与我。

我们彼此鄙薄，却又相互来往。就这样，双方都让自己感到越来越无聊。如果这就是世人所谓的交友姿态，那我与堀木的交情，正是这种所谓的交友。

烟草店的好子成了我无名有实的妻子。之后，多亏了京桥那家小酒吧老板娘的侠义心肠——女人的侠义心肠，这种说法也颇为耐人寻味。然而，就我的经验来说，至少在大城市的男女之中，女人要比男人更仗义，更有侠义心肠。男人总是胆战心惊地专注于脸面上的事情，小气得很，我们两人才得以租到一间筑地隅田川附近的木制二层公寓一楼的一间房。我们一起住了下来，我戒了酒，开始全神贯注于画漫画了——这也渐渐成了我的固定工作。吃完晚饭，我们就去看电影，回来的路上，会在咖啡厅小坐一会儿。有时，还会买个花盆。不，最快乐的事情莫过于看着我这个小新娘，看着她从心底对我的信赖和她的言行举止。我总算能像正常人一样过活了，不会以悲惨凄凉的方式死去了。想到这里，我心中忽然涌上一股悠悠的甜意，而就在这时，堀木出现在我的面前。

“喂，色鬼，哟？看你这样子，倒也像个正经人了啊。今天来找你，是替高圆寺的那位女士带口信来了。”

说着，他突然压低了音量。朝正在厨房泡茶的好子努了努下巴，问道：“没关系吧？”

“没关系，有什么话就说吧。”我镇定地回答。

实际上，信任他人方面，好子真可以称得上是一个天才。即便她从京桥小酒吧的老板娘那里早已得知了我在镰仓的跳海事件，依旧从不疑心我和常子之间的事情。这并不是因为我撒的谎有多么高明。有时，我甚至大言不惭地把那些事情都告诉了她，她依然一副全当玩笑的样子。

“你还是这副高傲的样子，真是讨人厌啊。其实也没什么了不起的大事，只是希望你能得空来高圆寺这边坐坐。就是这样。”

正当我即将忘却之际，一只怪鸟振翅袭来，用它尖锐的鸟喙啄破了我记忆的伤口。转眼之间，过去的那些耻辱和罪恶的记忆，开始不断喷涌，历历在目。一阵恐慌攫住了我，我忍不住要哇的一声大叫出来。我再也坐不住了。

“喝酒去吗？”我问。

“好。”堀木答道。

我与堀木在身形上极为相似，有时竟让人觉得是两个一模一样的人。当然，这只是在我们四处闲逛买便宜酒喝的时候。总之，我们俩只要一碰面，立即就成了体形相仿、毛色相同的两条狗，在下雪的巷子里跑来跑去。

自那天之后，我们又开始重续之前的老交情了。我们一起去京桥的那家小酒吧，之后，我们这两条烂醉如泥的狗又来到了高圆寺静子的公寓，最后甚至在静子那里借宿一晚之后才回去。

我无法忘记。那是个闷热的夏夜。黄昏时分，堀木穿着皱皱巴巴的浴衣来到了我在筑地的公寓。他今天因为有些急事，把自己夏天的衣服当去换了钱。但这事若让他的老母亲知道便麻烦了。于是他想赶紧把衣服赎回来，总之他跑来和我借钱，就是这么回事。不巧的是，我这里也没有钱了。于是，我只得像以往一样，将此事告诉了好子，拿了好子的衣服去当铺换了钱。将钱借给堀木之后，还稍稍有些钱剩下，于是便叫好子买来烧酒，来到公寓的屋顶。从隅田川上不时吹来一股隐隐约约带有臭水沟味道的风，我们就在屋顶上摆了一桌不干不净的纳凉晚宴。

那个时候，我们玩起了喜剧名词与悲剧名词的猜词游戏。这是我发明的一种游戏。所有的名词，都有阳性名词、阴性名词和中性名词之分。与此同时，自然而然也应该有喜剧名词和悲剧名词之别。比方说，汽船与火车便都是悲剧名词。市营电车和巴士，则都是喜剧名词。不明其中缘由者，便不足以谈艺术。一个剧作家，若是在喜剧中掺入了哪怕一个悲剧名词，那便是不够格的。同理，悲剧场合亦然。

“开始了吗？烟草是什么？”我问道。

“悲（悲剧的略称）。”堀木旋即回答。

“药呢？”

“药粉还是药丸？”

“针剂。”

“悲。”

“是吗？荷尔蒙针剂也是吗？”

“不，绝对是悲。首先，针不就是一个出色的悲剧吗？你说是不是？”

“好，便算我输了。可是你看，药和医生都被意外地算作喜（喜剧的略称），那死呢？”

“喜。牧师与和尚不也一样吗？”

“好！那这样一来，生就是悲了。”

“不对，也是喜。”

“不对，这样的话，不就什么都变成喜了吗？不过，且让我再问你一个，漫画家呢？总不至于说是喜了吧？”

“悲，悲。一个大大的悲剧名词！”

“什么呀，你才是一个大大的悲剧啊。”

一旦开始了这种粗俗而下流的戏谑，游戏便变得无聊起来。然而我们仍然把这游戏当成一件颇为得意的作品，在世界上的任何沙龙里都不曾存在和尝试过。

除此之外，我当时还发明了一种与此类似的游戏。那就是反义词的猜词游戏。黑的反义（反义词的略称）便是白。可是白的反义却是红，红的反义才是黑。

“花的反义呢？”我问道。

堀木歪着嘴巴，想了想，回答道：“唔，不是有一家饭馆叫花月吗？是月吧。”

“不，这可不是反义。倒不如说是同义词呢。星和堇不就是同义词吗？并不是反义。”

“明白了，那么，是蜂吧。”

“蜂？”

“牡丹……蚂蚁？”

“什么啊，那个是画题。可别糊弄我。”

“知道啦！花有云来遮……”

“月有云遮。”

“啊啊，花有风吹。是风，花的反义是风。”

“真是让人头疼啊，这不是浪花调[1]里的歌词吗？你这下可是泄了老底了。”

“啊，那就是琵琶。”

“还是不对。花的反义词啊……大概应该是这世界上最不像花的东西，应该从这里面举一个出来才对啊。”

“这样的话……唔，让我想想。是什么呢？女人？”

“哎，顺便问一句，女人的同义词是什么？”

“内脏。”

“你啊，真是一点也不懂诗啊。那么，内脏的反义是……”

“牛奶。”

“这倒是有点意思嘛。就照这个样子再说一个，耻辱的反义究竟是什么？”

“是恬不知耻，是流行漫画家上司几太。”

“堀木正雄呢？”

话说到这里，我们便渐渐笑不出来了。烧酒那种特有的醉意，玻璃碎片般充塞着我的大脑。此时，一种阴郁的气氛逐渐弥漫开来。

“你不要口出狂言，我可从没像你一样受过绳缚之辱。”

我心中讶然。原来在堀木的心中，我从来都不是一个真正的

① 日本民间说唱故事的一种形式，江户时代末期产生于大阪的说教调和祭文歌谣，由三味线伴奏，分说和唱两部分。——译者注

人，他也从来没有把我当作一个真正的人来对待。我只是一个自杀未遂、恬不知耻的愚蠢怪物，只是一个所谓的行尸走肉而已。他只是为了他的一己之乐而尽可能地利用我，我们所谓的交情仅仅如此。一想到这里，我的心情无论如何也好不起来了。不过，转念一想，堀木以这种方式看待我其实也是理所应当的。从小的时候开始，我便仿佛是一个没有做人资格的小孩。如今遭到堀木的蔑视，大概也在情理之中。

“罪，罪的反义词是什么呢？这个还挺难的啊。”我装作一副若无其事的样子，说道。

“法律。”堀木平静地回答道。

我再度审视堀木的面孔。附近大楼上明灭交错的霓虹灯在他的脸上闪烁着，使他的脸看起来像恶鬼警察一般威严。

我对此大感惊讶，说道：“罪的反义词，并、并不是你说的那种东西吧？”

他竟然认为罪的反义词是法律！然而世上的人们恐怕都是如此吧，怀着这样一种简单的想法，冷漠而麻木地生活。他们以为，罪只在没有警察的地方蠢蠢欲动。

“不然呢？是神吗？你这家伙，身上总有股基督教僧侣的味道，真是招人讨厌。”

“哎，不要那么轻易地下结论。我们再来想一想吧。这本身不也是个有趣的话题吗？而且我感觉，通过一个人对这个问题所作出的回答，就能了解这个人的全部。”

“是吗……罪的反义，是善。善良的市民。也就是我这样的人。”

“不要开玩笑了。不过话说回来，善是恶的反义，并非罪的反义。”

“恶与罪不是一回事吗？”

“我认为不是一回事。善恶的概念是人们创造的，是人们任意创造出来的道德话语。”

“啰啰唆唆的，烦死啦。那就还是神喽。神、神，不管怎么样，总之把神摆出来总是没错的。唔，肚子都饿啦。”

“好子正在楼下煮蚕豆呢。”

“太好啦，我就爱吃这个。”说罢，他把两手交叉枕在了脑袋之后，仰头躺下了。

“你呀，对罪这个东西，还真是完全没兴趣呢。”

“是啊，我可不像你一样是个罪人。虽说我这人不务正业，沉溺酒色。但是让女人去死，从女人那里搜刮钱财的事情，我可干不出来。”

我没有让女人去死，也没有从女人那里搜刮钱财。我的心底发出一股幽微的然而却拼死不屈的抗议之声。可尽管如此，我还是犯了老毛病，我立即掉转了念头，转而认为一切都是因为自己不好。

我终究无法与人正面辩论。烧酒那阴惨惨的醉意让我的心情变得愈发激动和不安，我拼命压抑着自己，仿佛自言自语般说道：

“可是，只是进了牢房这件事情，并非就是犯了罪。我觉得，如果找到了罪的反义词，就能把握住罪的实体……神……救赎……爱……光……可是神有撒旦为反义，救赎有苦恼为反义，爱的反义乃是憎，光的反义应是暗。善则有恶为反。那罪的反义，应该是祈祷，是忏悔，是告白，还是……天啊，都是同义词，罪的反义究竟是什么啊？”

“罪的反义，是蜜[①]。如蜜般甘甜。唔，肚子饿死啦，快拿点吃的来。”

“你自己不知道去拿吗？”

这大概是我生平头一次，以这样一种充满熊熊怒火的声音说道。

“好，那我就下趟楼，同小好子两人犯犯罪哟。实地实践大于空口议论，罪的反义词是蜜豆，不对，蚕豆。”

他大约已经醉得语无伦次了。

“随你便，赶紧给我滚。”

“罪与饥饿，饥饿与蚕豆，不对，这是同义词吧？”

他一边胡言乱语一边踉跄着爬了起来。

罪与罚。陀思妥耶夫斯基。这两个字眼在我脑海中的角落一闪而过，令我心中一惊。难道，这位陀氏，并没有把罪与罚当作同义语，而是将其当作了一对反义词并置起来了？罪与罚，是绝不相通的两个东西，水火不容。将罪与罚当作一对反义词的陀思

---

① 日语中罪作“つみ”，蜜作“みつ”。因此这里说罪的反义词是蜜。——译者注

妥耶夫斯基，他笔下的绿藻、腐臭的池塘以及纷乱如麻的内心深处……啊，我好像明白了。不，还没有完全明白……就在这些想法像走马灯一般在我的脑海中回旋之时。

“喂，出事了，蚕豆，快来。”

只见堀木声色大变。他刚才还踉踉跄跄地起身下楼，现在又跑了回来。

“怎么了？”

一股异样的紧张气氛弥漫开来。我和堀木从屋顶跑到二楼，再准备从二楼跑到我在一楼的房间，正要下楼梯时，堀木突然站住了。

“看！”他小声说道，同时用手指着。

我房间之上的小窗户正开着，透过那扇小窗可以看见房间里面，电灯依旧开着，有两只动物在那里。

我顿时感到眼冒金星，头晕目眩，呼吸也开始急促起来，同时在心中咕哝：这是人的身影，这是人的身影，没什么好大惊小怪的。我就这么呆立在楼梯上，竟忘记了出手搭救好子。

堀木清了清嗓子，有意大声咳嗽了几下。我则逃一般再次飞奔上了屋顶。我躺下来，仰望着为雨水笼罩的夏日夜空。此时此刻，向我心头袭来的情绪，既非愤怒，亦非厌恶，更非悲伤，而是出离的恐惧。这并不是那种在墓园中面对幽灵鬼怪的恐惧，而似乎是在神社的杉树林里，撞见白衣神体[①]时的那种难以名状的、来自遥远古代的洪荒的恐惧。我的少白头便是从那天开始出现的。我终于对一切都丧失了信心，对人产生了深不见底的怀疑。我对这个世上的营生所抱持的一切期待、欢乐以及共鸣，都永远地离我而去了。实际上，这也成了我一生中具有决定性的转折事件。仿佛被人迎面在眉心砍了一刀，从那以后，不论与怎样的人接触，眉心的伤口都会隐隐作痛。

"我很同情你，但是事到如今，你也应该想明白一点了吧。我再也不来这儿啦。简直就是，地狱啊……不过，你得原谅好子。反正你这家伙也不是什么好鸟。我先走了。"

他是不会在这种尴尬的场合久留的，堀木可不是愚蠢的人。

我爬了起来，一个人喝起了烧酒。之后，便呜呜地放声大哭起来，任凭自己泪眼号啕。

不知什么时候，好子已经手捧着装满蚕豆的盘子神情恍惚地站在了我的背后。

"他说他不会做什么的……"

"算了，什么都不要说了。你是从来都不会怀疑别人的。坐下吃蚕豆吧。"

我们并排坐在一起吃着蚕豆。呜呼！难道信任他人也是一种罪孽吗？那个男人是个三十多岁、没上过什么学的矮个子商人。

① 神体是神道教所崇拜的、据说有神寄宿于其中的一种物体，外多着白衣白袍。亦可指身着白衣的鬼魂。——译者注

曾经找我画过漫画，之后装模作样地放下几个小钱便扬长而去了。

那个商人终究还是没有再来。我恨那个商人，然而我更憎恨那个在一开始就发现此事却没有大声咳嗽也没有做任何事情便跑回屋顶来向我报告的堀木。这股愤怒与憎恨让我在夜里辗转反侧，发狂般痛苦地呻吟。

已经无所谓原谅不原谅了。好子是信任他人的天才，从来不知怀疑为何物。正因此，才愈加悲哀。

我质问神明，难道信任亦是罪孽吗？

在我看来，令我终其一生都痛不欲生的根源，并非好子遭到玷污，而是好子对人的信任遭到了玷污。对我这种卑鄙下流、终日战战兢兢看别人脸色行事、相信他人的能力完全皲裂破碎的人来说，好子这种纯洁无瑕的信赖之心，便宛如青叶瀑布一般清新纯净。而一夜之间，这清爽的青叶瀑布便成了一股黄色的污水。看吧，自那晚以后，好子对我的一颦一笑都开始极为在意了。

“喂。”

我叫她一声，她都会吓一大跳，眼睛都不知道该看哪里才好。无论我怎么逗她开心，怎么耍滑稽把戏，她都一副战战兢兢畏畏缩缩的样子，对我一个劲儿地说敬语。

难道这纯洁无瑕的信赖之心，竟是罪孽的根源吗？

我搜罗了各种各样侵犯人妻的故事来读。可是，比好子更悲惨的女人，我一个都没有找到。因为这种悲惨根本就无法写成故事。若是好子与那个矮小的商人之间，哪怕有一丁点儿恋爱一般的感情，我的心情大概也会宽慰一点。然而，只是在那个夏夜，好子相信了他，如此而已。因为这件事，我仿佛被人一刀砍中眉心，自此头白声哑。而好子则不得不终其一生都在战战兢兢之中生活。在那些侵犯人妻的故事里，故事的重心多落在丈夫是否原谅妻子的行为之上。而这对我来说，却不是多么痛苦的大问题。一个有权决定是否原谅妻子的丈夫本来就已经很幸运了。如果无论如何也不能原谅妻子，大可直截了当平心静气地与妻子离婚，之后再另娶一房。若是做不到，也可选择所谓的原谅，老老实实对妻子的所作所为忍气吞声。不管怎样，事情都会随着丈夫的心情走，继而最终平息下来。总之，发生这样的事情，对丈夫而言的确是不小的打击。尽管是一种打击，与无止无尽涌来的波涛却并不相同。我认为这种打击仅仅是一种麻烦，一种在把持了权力的丈夫看来，仅凭愤怒就可以处理清楚的麻烦而已。然而，我却是一个没有任何权力的丈夫。一想到这里，我就觉得是自己的不好。不要说什么发脾气，我就是连一句牢骚话也说不出口。而且，我的妻子是因为她身上那种稀有而美好的品质才遭到侵犯的。而这种美好的品质，正是我这个丈夫所无限憧憬的——那可怜又可爱、纯洁又无瑕的信赖之心。

难道纯洁无瑕的信赖之心，亦是罪孽吗？

我心中竟对这唯一能够指望的美好品质也起了疑虑，于是，一切事物于我，都变得无法理喻了。自此，我便一头扎进了酒精之中。我从早上开始喝烧酒，一直喝到晚上。面目愈发可憎起来，牙齿也哗啦哗啦地掉，笔下所画的也都几近猥亵淫秽之作。不，老实说来，在那段时间里，我已经开始临摹春画，并偷偷拿去卖钱了。因为我需要钱去买烧酒喝。每当看到好子那副战战兢兢、连正眼都不敢瞧我的样子，我都在想，她可是个完全不懂得防备别人的女孩啊，她同那商人难道真的只有过一次吗？堀木呢？或者，是我不认识的人？我就这样不断地疑中生疑，却没有当面一问究竟的勇气。我在一如既往的不安与恐惧中徘徊，只有喝过烧酒，灌醉自己之后，才敢畏畏缩缩地尝试一些卑下的诱导式的询问。我的心中喜忧杂陈，而表面上却一个劲儿地耍那套滑稽搞笑的把戏。之后，再对好子加以一番令人作呕的、地狱般的爱抚，最后才如泥一般沉沉睡去。

那年年末的一个深夜，我烂醉而归，想喝点儿糖水。好子似乎已经睡了，于是我便自己找来了糖罐，打开一看，才发现里面一点糖都没有，只有一个黑黑的细长的小纸盒子。我若无其事地把小盒子拿了出来，看到上面贴着一个标签，心中顿时一阵愕然。那标签，已经被指甲抠去了一半，只剩下了写有洋文的部分，清清楚楚地写着：DIAL。

DIAL！我当时已经不用安眠药了，平日主要靠喝烧酒来助眠。由于我有失眠的毛病，对绝大多数的安眠药还是了如指掌的。这么一盒DIAL，确实已经超过致死剂量了。虽说盒子还未开封，但是在某个时候，她是动了轻生的念头的。而且她还抠掉了标签，一定是想把这盒子藏起来。可怜的是，她看不懂洋文，因此以为用指甲抠去一半就没问题了——不怪你。

我尽量不弄出声响，悄悄地把杯子倒满了水。之后，从容地撕开纸盒的封条，将里面的药片一口气全部倒进嘴里，平静地喝完杯子里的水。灯也没关，就这么睡去了。

三天三夜，我就像死去了一样。医生认为是过失误服导致的，因此决定暂缓通知警察。醒来之时，据说我口中呢喃的第一句话便是“回家”。而“家”究竟指的是哪里，我自己也不知道。总之，我说着“回家”，哭得泪眼蒙眬。

眼前的雾渐渐散了，定睛一看，枕边是比目鱼，他脸色异常阴沉地坐在那里。

“之前也是年末的事了，大家都忙得头晕眼花啊。这小子，每次都挑年末闹事，搞出这种事情来真是要了命了。”

听比目鱼说话的人，是京桥小酒吧的老板娘。

“老板娘。”我叫道。

“嗯，怎么样，醒了？”老板娘笑着对我说，脸上的微笑仿佛罩在我的脸上。

我眼泪扑簌簌地往下掉。

“让我和好子分手吧。”我都没有想到自己会说出这样的话。

老板娘站起身来，隐隐地叹了一口气。

之后我又失言说了一句出乎自己意料的话，真不知道是该用滑稽还是愚蠢来形容。

“我，想去没有女人的地方。”

先是比目鱼哈哈地大笑起来，跟着老板娘也咯咯地笑了出来。我一边流着眼泪，一边面红耳赤，一边苦笑。

“嗯，这样倒也好。”比目鱼脸上一如既往地挂着猥琐的笑容，“那你就去没有女人的地方好了。只要有女人就绝对不行。没有女人的地方，倒是个好主意。”

没有女人的地方。然而，我这通稀里糊涂的蠢话，后来竟悲惨地成了真。

好子或许是以为我替她服了毒，对我的态度比以前更为诚惶诚恐。不论我对她说什么，她都不笑，也不怎么开口说话了。我在公寓的房间里愈加感到郁闷，于是又开始跑出去，像以往一样狂饮那些廉价酒。但是，自从DIAL事件以来，我的身体显著地消瘦，手脚也怠惰无力，漫画的工作也耽搁下来。比目鱼探病时给我留下来的那笔钱——比目鱼把钱给我时，告诉我这是涩田的一份心意。好像这笔钱的的确确是他比目鱼自己拿出来的。其实，这笔钱应该是故乡的兄长们一起出的。当时的我，已经和刚从比目鱼家逃出来的时候不一样了。比目鱼这套煞有介事装模作样的把戏，我已经可以模模糊糊地看明白了。因此我也就假戏真做，装出一副全然没有发觉的模样，老老实实地把这笔慰问金收下了。然而，这些比目鱼们，究竟为何要机关算尽地弄这么一套麻烦的把戏呢？其中玄机，我是懂了又好像没懂，心里感到非常别扭。我当即下定决心，要拿这笔钱一个人去南伊豆的温泉旅行，然而我自己却并没有这样的心境去进行这种悠长的温泉巡旅。一想到好子，我就满心都是寂凉，与那种在房间中悠然眺望远山的平和心境实在相距甚远。我棉袍也不换，温泉也不泡，只是跳也似的跑出去，钻进一家不干不净的茶铺，每天只是不停地喝着烧酒，身体更是一日不如一日，最后只能就这样回到了东京。

东京的一个大雪之夜。我喝醉了，在银座里街走着，一边用脚尖踢开积雪，一边不断重复地小声唱着："此处离家几百里呀，此处离家几百里。"突然我就吐了。这是我第一次咯血。积雪上，映出了一个大大的日章旗。我稍微蹲了一会儿，之后跑到一个不太脏的地方，双手掬起雪，一边洗脸，一边哭了起来。

——这是何处的小路呀？

——这是何处的小路呀？

这凄哀的女童歌声，仿若幻听，隐隐约约从远处传来。不幸。在这世上，有各种各样的不幸之人，不，就算说这世上尽是不幸之人也不为过。但是，这些人可以为他们的不幸向所谓的世人堂堂正正地提出抗议，与此同时，世人也能够容易地理解和同情这种抗议。而我的不幸，均是由我所犯下的罪孽造成，因此是无法向任何人抗议的。即便我只是支支吾吾，哪怕一句话里有那么点儿抗议的意思，那么不仅仅是比目鱼，所有的人恐怕都会为我竟敢还嘴而惊讶得瞠目结舌。我便是俗语所谓的任性的家伙吧，也可能与此完全相反，是一个过于懦弱的人吧，总之，因为某些我自己都弄不清楚的原因，罪孽总会在我身上成堆成块地聚集。因此，不管在哪，不幸总会连续不断地侵蚀我的生活，没有任何应对的具体办法。

我爬了起来，心中寻思：不管怎样，还是先去找一些合适的药吧。于是我便走进了附近的药店。与药店老板娘面对面的瞬间，她便如被镁光灯闪了一般，抬起头睁圆了眼，呆立在那里。不过，在这睁圆了的眼睛里，并没有惊愕与嫌恶之色，而尽是求救一般的恋慕之色。啊，她一定是个不幸之人。不幸之人，对人之不幸想必是敏感的。我正想着，发觉那老板娘拄着一根松叶拐杖，颤颤巍巍地站着。我抑制住自己那股想要冲上前去的冲动，只是与那老板娘对视着，不觉眼泪便落了下来。顷刻间，老板娘的那双大眼睛里也噼里啪啦地落下泪来。

就这样，我一句话也没说，就从药店里出来了。我东摇西晃地回到了公寓，喝了好子为我冲的盐水，依旧没有说话，便倒头睡了。第二天，我谎称自己好像有些感冒，在床上躺了一天。到了晚上，对自己那秘密的咯血之事，终究还是不安难抑。于是便爬了起来，去了那药店。这次，我一边笑着，一边开门见山地向老板娘陈述了我目前的身体状况，求她诊断。

“再这么喝下去可不行啊。”她仿佛我的亲人一样。

“我大概已经变成一个酒鬼了，就连现在我都忍不住要喝酒。”

“这可不行。我丈夫也是，说什么得了结核病，要用酒精来杀菌，一个劲儿地喝酒，结果把自己的命也搭进去了。”

“我非常焦虑，非常害怕，我再也无法忍受了。”

“我给您开些药吧，只是酒一定要戒了。”

老板娘——她是家中的未亡人。有一个儿子，似乎是在千叶还是什么地方的医大念书，不久就和他父亲一样染上了相同的病，因此休学住院了。家中还有一个中风的公公卧病在床。老板娘自己则在五岁的时候，得过小儿麻痹症，一只脚已经完全动不了了——嗒嗒地拄着松叶拐杖，为我打开这里的架子那里的抽屉，为我配了形形色色的药品。

这是造血剂。

这是维生素针剂。给，这是注射器。

这是钙片。这是淀粉酶，保护肠胃用的。

这是什么什么，这是什么什么。她倾情为我解说了五六种药品。然而，这位不幸老板娘的爱，对我来说还是过于深厚了。最后，她迅速用纸包了一个小盒子给我，说道：“要是实在忍不住想喝酒的话，就吃这个药吧。”

是吗啡的针剂。

老板娘还说，这东西比起酒来，对人的害处要小得多。我也相信了她的话，首要一点在于醉酒着实让我感到污秽与不洁，其次就是能在许久之后，从酒精这个撒旦的魔爪中逃离出来，这委实让我开心不已。于是我毫不犹豫地在自己的手臂上注射了吗啡针剂。那些不安、焦躁与羞怯，统统都一扫而光了。我又成了那个活泼开朗、能言善辩的人。我就这样忘却了身体的衰弱，全神贯注于漫画创作之中。画着画着，还会为自己的那些奇思妙想而忍俊不禁。

一开始是一天打一针，接下来是两针。等到了一天打四针的时候，我发现自己的工作已经无法离开吗啡了。

“这样下去可不行，一旦成瘾，麻烦就大了。”

药店的老板娘这么对我说。仿佛我已骤然成了一个成瘾患者——我非常容易为别人的暗示左右。就好像有人对我说什么，虽说这钱是不能花的，但是你的钱就另当别论了……这类的话就会使我产生一种奇怪的错觉，好像这钱如果不花就不太好，就会辜负别人的期望。于是我就一定会把这钱花掉。这让我对成瘾感到非常不安，而为了抑制这种不安，我反而进一步使用更多的药品。

“求求你了，再给我一盒。到了月底我一定会把账付清的。”

“什么时候清账都没关系，只是警察那边会很麻烦啊。”

啊，无论何时，我的身边都纠缠着一种浑浊阴暗、鬼鬼祟祟、见不得光的气质。

“警察那边请无论如何想想办法，蒙混过关，求求你了，老板娘。亲你一下总可以了吧。”

老板娘脸红了。

我更加得寸进尺了。

“没有药我完全没法工作。对我来说，这简直就是壮阳药啊。”

“这样的话，注射荷尔蒙会更好吧。”

“不要拿我开玩笑了。要么让我喝酒，要么就给我药。哪样都行，不然我就没法工作了。”

“不能喝酒。”

“对吧？我啊，自从用了药之后，可是一滴酒都没沾过呢。多亏了这个药，我现在的身体状况也好极了。我从来都没打算一直画这种下流的漫画。今后我要戒酒，要把身体养好，要去学习，以后一定做一名伟大的画家让你瞧瞧。现在是关键时刻了。所以啊，求求你啦，让我亲亲你总可以了吧。”

老板娘笑了。

“真是让人头疼啊，都不知道自己已经成瘾了。”

拐杖发出嗒嗒的声音，她从药品架上取来了药。

“这一盒可不能都给你，肯定会被你马上用光的，只给你半盒。”

“真小气，啊，也没办法啦。”

回到家后，我立即就给自己来了一针。

“不疼吗？”好子惴惴不安地问我。

“疼啊。但是，为了提高工作效率，即使疼也要打啊。怎么样？我最近是不是特别精神？好啦，要工作了。工作！工作！”我亢奋地嚷嚷。

有时，我甚至在大半夜里去敲药店的门。等到穿着睡袍、嗒嗒地拄着松叶拐杖的老板娘一出来，我就猛地抱住她，亲她，装出一副痛哭流涕的样子。

老板娘则默默不语，只是递给我一盒药。

这药和烧酒一样，不，这药只怕是比烧酒更为污秽。等到我逐渐发现这一点的时候，已经成了一个无可救药的毒瘾患者了。真是无耻之极。我只是一味地想弄到药，于是又开始临摹春画了。同药店那位身患残疾的老板娘也发生了名副其实的淫乱关系。

我想死。我真想死。如今再没有回头路了。无论我做什么都没用了，只是徒增耻辱罢了。骑自行车去青叶的事情，我已不敢奢望了。只有污秽的罪孽与卑鄙的罪孽一层层累积叠加，痛苦和恼怒不断地一点点扩张加剧。我想死。我必须死。活在世上便是罪孽的根源。我虽一面这样焦思苦想着，另一面却还是继续疯疯癫癫地穿梭于药店与公寓之间。

我的工作量越来越大，药物的使用量也随之增加。拖欠的药费如今已经高得吓人。老板娘每次看到我的脸，眼里便泛出泪来。而我也只能扑簌簌地跟着一起掉眼泪。

地狱。

如今只有最后一个办法能够让我逃出地狱。要是这个办法也失败了，我就只能上吊自杀了。办法便是：好比跟人打赌神灵是否存在一样，我下定决心，给老家的父亲写了一封长信，将自己的一切事情——女人的事情，我终究还是无法下笔——和盘托出。

然而，结果却更加糟糕。我终日翘首以盼，却无任何回音。等待的焦躁与不安，让我进一步加大了用药的剂量。

我已经做好了秘密的准备：今夜，我要一口气打上十针，然后去跳河寻死。而就在当天的下午，比目鱼那魔鬼一般的嗅觉似乎闻到了什么兆头，他带着堀木出现在我的面前。

“据说你在咯血啊。”

堀木大大咧咧地盘腿坐下，对我说道，脸上有一种我从未见过的温柔微笑。这温柔的微笑，让我满怀感激和喜悦。我终于忍不住转过了头，眼里流下泪来。我就这样被他那温柔的微笑完全击溃，彻底将自己葬送。

我被他们带上了汽车。比目鱼以一种心平气和的语调——这是一种极为平静的语调，说其中蕴含了深厚的慈悲亦不为过——劝我说：“总之，你必须先住院。之后的事情就交给我们来办好了。”我仿佛成了一个毫无自我意志和判断的人，只是抽抽噎噎地哭着，唯唯诺诺地听从他们的吩咐。算上好子在内，我们四个人在汽车上颠簸了许久，直到暮色将至，才到达一家位于森林之中的大医院门口。

我当时脑子里一个劲儿想的都是疗养院。

一位年轻的医生异常温柔且郑重地为我进行了诊察。

“暂时先在这里静养一阵子吧。”他腼腆地笑着说道。

比目鱼、堀木和好子回去了，我一个人留在了这里。好子把换洗的衣物装在一个洗浴包里递给了我，之后又默默地从腰间拿出了注射器以及没用完的药品。事到如今，她依然以为那是壮阳药。

“不用了，这些东西已经不需要了。”

其实，这种事情对我来说是十分罕有的。就算说这是我生平头一次拒绝别人的劝说也不为过。我的不幸，便是没有拒绝别人的能力。因为我害怕一旦拒绝了别人，在对方和自己的心里，就会割裂出一道永远无法弥合的伤痕。然而，当时的我，面对自己曾经几近疯癫地渴望入手的吗啡，确实是极其平静且自然而然地拒绝了。恐怕是受到了好子那种"如神灵一般的无知"的冲击吧。在那一瞬间，我难道不是已经从毒瘾之中挣脱了吗？

然而，我立即就被那位腼腆微笑的年轻医生领进了一栋病房楼。咔嚓一声，门便锁上了。这里是精神病院。

"想去没有女人的地方。"当时吞下 DIAL 之后，我的那番胡言乱语，眼下竟奇妙地成了真。在这栋病房楼里，疯子都是男人，护理人员也都是男人，一个女人都没有。

如今我哪里还是什么罪人，我已经是个疯子了。不，我完全没有发疯，一秒一瞬都没有发过疯。可是，据说疯子们都会像我这样说自己没疯。总之，被关进这座医院的人便是疯子，没有被关进来的人，便是正常人。

我质问神明，难道不抵抗亦是罪孽吗？

堀木那副不可思议的美丽微笑让我痛哭流涕，忘记了判断与抵抗便被他们拽上汽车带到这里来，于是变成了一个疯子。即使将来有一天，我从这里出去了，我也还是个疯子。不，应该是废人，我的额头已被打上了废人的烙印。

失去做人的资格。

如今，我已彻底不是一个人了。

来到这里的时候是初夏。可以透过铁格窗户看见医院庭院里的小池塘，池塘里的睡莲开着红色的花。过了三个月，庭院里的大波斯菊也开始开花了。老家的长兄，出乎意料地和比目鱼一起来到这里，要带我回去。他以一贯的严肃面孔和紧张语调告诉我："父亲在上个月因胃溃疡去世了。我们现在对你既往不咎。今后，你也无须再考虑生活问题，什么都不做也可以。条件就是，不管你舍不舍得，现在必须立即离开东京。赶紧给我回到乡下去疗养。你在东京所生的诸多事端，也不必再担心，涩田已经都为你处理好了。"

故乡的山河仿佛在眼前浮现，我微微地点了点头。

彻底的废人。

知晓了父亲的死讯，我整个人愈发颓唐不振了。父亲如今已经不在了，那个一刻也不曾远离我心的父亲，那个恐怖而又令人怀念的人，已经不在了。我的苦恼之壶如今已然空空如也。我甚至忖思：莫不是因为父亲的缘故，这苦恼之壶才异常沉重？而现如今，那根绷紧的弦已经松了下来，我连苦恼的能力都丧失掉了。

长兄一丝不苟地履行了承诺。在距我出生之地四五个小时火车车程的南方，有一片东北地区十分稀有的、温暖的海边温泉村。在村子的尽头，有五间颇为古旧的茅草屋。屋子的墙壁已经剥落，柱子也为虫所蛀，已然无法加以修缮。长兄为我买下了这些茅草屋，还给我找了一个年近六十、长着红头发的丑陋女仆。

自那之后又过了三年多的时间。在这段时间里，我曾数次受到这个叫阿彻的老女仆变态般的欺凌，从偶尔发生的类似于夫妇吵架之类的事情开始。我的肺病时好时坏，人也时胖时瘦，有时也会咯出血痰。昨天，我叫阿彻去村里的药房给我买些 Calmotin[①]。她买回来了，可是药盒子却和以往的不一样。我也没太注意，在睡觉前吃了十颗，竟然未能成眠，正觉得奇怪的时候，肚子却出了问题。我急忙往跑去厕所，剧烈地拉了一通肚子。之后，又拉了三次才缓过来。我满腹疑窦，又仔细地查看了药盒，才发现这是一种叫 Henomotin 的泻药。

我仰躺在床上，肚子上敷了个热水袋。心里琢磨着要把阿彻斥责一通。

“你啊，这不是 Calmotin，是 Henomotin。”

可话音未落，我自己便咕咕地笑了起来。“废人”一词，似乎也是个喜剧名词啊。想要睡觉却喝了泻药，而且这泻药的名字还叫作 Henomotin。

对于现在的我来说，幸福和不幸都已经不存在了。

只是，一切都会过去。

我迄今为止，一路悲呼惨唤、蹒跚走来的所谓人间之中，就只有这么一条真理。

只是，一切都会过去。

我今年二十七岁，白发骤生，在旁人看来，似已年过四十。

---

① 一种强效安眠药。——译者注

后　记

我并不认识撰写这部手记的疯子。可是我却与另一个人略有相识，她疑似手记中曾经出现过的京桥小酒吧老板娘。小个子，脸色不怎么好，眼睛细小而眼角上挑，鼻子很高。与其说是个美女，倒不如说是个美少年，给人一种踏实的感觉。手记之中，主要描绘的似乎是昭和五至七年的东京诸般风物。我曾同友人两次三番顺道光顾过京桥的这家小酒吧，喝过几杯苏打威士忌。不过那已经是昭和十年前后日本军部大肆活跃之际的事情了。与这部手记的作者，并未曾谋面。

然而，就在今年二月，我去拜访一个被疏散到千叶县船桥市的朋友。这位朋友是我大学时代的学友，现今在某女子大学做讲师。其实，我此行是打算托他为我的一个亲戚做媒，再顺便买些海产品给家里的人尝尝。于是，我背上一个帆布背包，就出发去了船桥。

船桥市濒临泥泞的大海，是一座颇为可观的大城市。朋友刚搬过去不久，我拿着他的地址四处询问也不得要领。天气寒冷，背着帆布包的肩膀也痛了起来。我循着唱机发出的提琴声音，推开了一家咖啡店的门。

咖啡店的老板娘似曾相识。上前一问，才发现她正是十年前京桥小酒吧的老板娘。老板娘也似乎立刻记起了我。于是，我俩脸上都是一副夸张的惊讶之情，继而又都笑了起来。之后，我们并没有说起那些时下的老生常谈，空袭引起的火灾啊，彼此的经历啊，而是略为得意地闲聊起来。

"你啊，可是一点都没变呢。"

"不行，已经是个老婆子啦。身体也不结实啦，您可还是那么年轻啊。"

"哪里哪里，孩子都有三个啦。今天就是给他们买东西来了。"

我们像所有久别重逢的朋友一样寒暄起来。接着，又互相问起了两人都相识的朋友以及他们之后的去向。正聊着，老板娘语调突然一转，问我道："你认识小叶吗？"我回答说不认识。老板娘走到里间，取来三本手记和三张照片，交给了我。

"说不定能成为小说的素材。"她说。

别人塞给我的材料，我是写不出东西的，我本想当场婉拒。但是那三张照片却牵动了我的心绪——我已就那三张照片的奇怪之处，撰写了一篇前言。于是我权且收下了那些手记，顺便问道："回来的时候我再顺路来看看，请问您认识家住某街某号在女子大学任教的某先生吗？"都是新搬来的住户，她果然认识我的这位朋友，偶尔还能在咖啡馆见到，他的家就在这附近。

那天夜里，我和朋友小酌了几杯，当晚便决定在他那儿留宿了。然而我却一宿没睡，彻夜都在埋头读着那几本手记。

手记中的内容都是过去的故事，然而现代人读起来，也是一定能够产生兴趣的。我心中忖思：与其让我来画蛇添足，倒不如就这样原封不动地直接交给杂志社发表为好，这样一来反倒更有意义。

我只买了一些干海鲜作为土特产带回去给孩子。背上帆布包，我辞别了朋友。回程的路上，又顺道去了趟之前的咖啡店。

“昨天承蒙关照，不过……”我开门见山，“这三本手记，请暂且借我一阵吧。”

“好，那您就收着吧。”

“这个人，现在还活着吗？”

“这个嘛，我就不清楚了。大约是在十年前吧，这手记以及照片，装在一个小包裹里，被人送到京桥的店里。寄件人一定是小叶，不过在小包裹上却什么都没有，就连他的地址和姓名都没有写。空袭的时候，手记以及照片都混在了别的东西里，居然不可思议地幸免于难。我从前些日子开始读手记，全部读完之后……”

“哭了？”

“没有，不过与其说是哭，倒不如说是……唉，没救了，人变成那个样子，就已经没救了。”

“都过去十年了，说不定已经去世了吧。这大概是他为了感谢你而送来的。所写之事虽说多少有些夸张，但是你好像也受了不少苦呢。如果我恰好是此人的朋友，而手记中的内容又均属事实，只怕我也会像人们一样把他带到精神病院去吧。”

“都是他父亲不好。”老板娘似乎恢复了平静，“我认识的小叶，纯朴老实、聪明伶俐。如果他不喝酒的话，不，即使是喝酒……他也是一个神一样的好孩子。”

斜阳

一

早上，母亲在饭厅里轻巧地喝了一匙汤，啊地轻叹了一声。

“有头发？”

我以为是有什么不干净的东西掉到汤里了。

“没有。”

母亲好像什么事都没发生一样，又轻巧地喝了一匙汤。汤从她嘴里流进去，喝完之后，她把脸转向一旁，将视线投向厨房窗外漫山开放的山樱。她脸看着窗外，又轻巧地喝了一匙汤。汤从她细小的嘴唇缝隙中滑入。轻巧，用这个词来形容母亲，是绝不夸张的。与妇女杂志中推介的用餐方式是完全不同的。有一次，弟弟直治一边喝着酒，一边对我说：

“有爵位的人呀，并不一定就是贵族。有些人即使没有爵位，也是气派的贵族，是所谓的天爵。像我们这样虽有爵位，但与其说是贵族，倒不如说是贱民。像岩岛那种家伙（直治的伯爵学友），难道不比新宿红灯区的皮条客还要下流无耻吗？前段时间，在柳井（也是直治的学友，一位子爵的次子）他哥哥的结婚典礼上，那个畜生，居然穿了一件无尾晚礼服，真的有必要穿无尾晚礼服吗？这倒也罢了，席间致辞的时候，那个蠢货还文绉绉地说起了敬语，真是太没品位了。这种矫揉造作的姿态，与优雅高贵完全没有关系，只是在浅薄地虚张声势罢了。在本乡一带，常常能看到上书‘高级住宅’之类的广告牌，然而其实，大部分的华族，不过是些高级乞丐罢了。真正的贵族是不会像岩岛那样装腔作势的。即使在我们家里，真正的贵族，应该是妈妈那样的人。她才是货真价实的贵族，是别人没法儿比的。”

我们喝汤，都是把头俯向盘子，然后横握着汤匙，从盘子里舀汤。之后继续横握着汤匙，把汤送进嘴里。母亲则用左手手指轻轻扶住桌子边缘，抬头挺胸，目不斜视，眼睛连盘子都不看，就这样横握着汤匙迅速地舀汤。然后以燕子一般轻盈而曼妙的姿态（这样形容亦不为过），将汤匙垂直拿到嘴边。汤从汤匙的一端，流进嘴唇的缝隙之中。她就这么一边喝着汤，一边心不在焉地看着四周，轻巧而优雅地握着汤匙，宛如在挥动一只小小的翅膀。汤匙里没有一滴汤淌到外面，也没有任何吮汤的声音和汤匙碰到盘子的声音。这恐怕并非所谓的正式礼节，但是在我看来，母亲喝汤的姿态却十分可爱，看上去也确是一个不折不扣的贵族。事实上，母亲的这种让汤水流进嘴里的喝汤姿态，让汤水本身也变得不可思议地鲜美起来了。然而，我却是直治所说的那种高级乞丐，像母亲那样轻巧优雅而又自然地手握汤匙喝汤，在我是完全做不到的。于是我便只好放弃，把头俯向盘子，像所谓的正式礼节规定的一样，阴沉沉地喝汤。

不仅仅是喝汤，母亲的用餐方式也与礼节所规定的方式大相径庭。吃肉的时候，她会用刀和叉迅速地把肉切成小块，之后便扔掉餐刀，右手握着叉子，一块一块地慢慢叉着吃。吃带骨鸡肉的时候，我们都在费尽心思地琢磨着如何在剔出骨头的同时避免让盘子发出声响。而母亲则平心静气地轻轻用指尖捏住骨头，然后用嘴把肉从骨头上咬下来。如此野蛮的吃法，在母亲那里，却只是变得可爱甚至是性感了。不愧是真正的贵族。不光是带骨鸡肉，即便是便餐里的配菜火腿和香肠，母亲有时也会轻轻地用指尖捏起来吃。她还说过：

“知道饭团为什么这么好吃吗？因为饭团是人用手指捏出来的呀。”

的确，我也觉得用手抓东西吃会吃得更香。不过，像我这样的高级乞丐是学不来这种吃法的，若真是笨拙地有样学样，说不定就东施效颦，变成真正的乞丐了。因此，妈妈的那一套，我只好忍住不学。

就连弟弟直治也说，妈妈的那一套，是无人可比的。而我也深切地感到，学习和模仿母亲的做派，是比登天还难的事情。有一次，一个初秋的夜晚，月色正好。在西片町我家宅邸深处的庭院里，我和母亲两人坐在池畔的凉亭里赏月。我们一边笑着，一边聊着狐狸和老鼠出嫁时准备的嫁妆会有什么不同。这时，母亲突然站了起来，走到了凉亭旁繁茂的胡枝子丛中。然后，又从胡枝子洁白的花丛之间，露出了她比胡枝子花更为美丽白净的脸，她微微笑着。

“和子呀，猜猜妈妈现在在做什么？”她说道。

“在摘花。”我回答。

话音刚落，她便轻声笑了起来。

“在尿尿哟。”她说。

令我感到吃惊的是，她的身体一点也没有下蹲。我这种人是怎么都学不来也模仿不来的。不过，我却打心眼儿里觉得她可爱。

从早上喝汤的事情说到这里，话题未免扯得有点远。不过我记起了前些日子读过的一本书，说是在路易王朝时期，贵妇人们常常若无其事地在宫殿的庭院、廊下的角落之类的地方小便。这种天真无邪，真是可爱极了。我心里想，母亲难道不就是最后的一个货真价实的贵妇人吗？

话又说回到今天早上，母亲吮了一匙汤，轻轻地发出了啊的一声。我问她是不是汤里有头发。她回答说没有。

“咸了吗？”

早上的汤，是我把美国配给的罐头青豌豆捣碎之后做成的浓汤。我本来就对烹饪没什么自信，母亲也并没有说汤很咸。然而，我心里却是没底的。

“做得很好。”

母亲一本正经地说。她喝完了汤，之后又用手抓了一个饭团垫肚子。

我从小就不爱吃早饭。不到十点左右，肚子就不会饿。因此，我当时好不容易喝完了汤，就已经不想再吃东西了。于是便把饭团放在盘子上，用筷子捣烂，之后再用筷子夹起其中的一小块，像母亲喝汤时用汤匙的姿势一样，将筷子垂直送到嘴边，像喂食小鸟一样往嘴里送。我慢腾腾地吃着。而母亲这时已经用餐完毕了，她悄悄地站了起来，背靠着朝阳映照的墙壁，静静地看着我吃饭的样子，看了一会儿，她说道：

"和子，你这样下去还是不行呀。早饭不好好吃可不行。"

"妈妈吃得好吗？"

"当然啦，我又不是病人。"

"和子也不是病人呀。"

"不行，这样可不行呀。"

母亲露出一丝空落落的微笑，摇了摇头。

我五年前得了肺病，也有过卧病在床的时候。我知道那是一种娇贵病。不过，母亲这阵子得的病才真正让人担忧和难过。然而，母亲反倒一个劲儿地为我担心。

我轻轻地啊了一声。

"怎么了？"

这次轮到母亲问我了。

我俩目光相对，仿佛瞬间心有灵犀。我咯咯咯地笑了起来，母亲也不禁莞尔。

每次想起什么让人羞愧得不得了的事情时，我就会轻轻发出一声奇妙的“啊”。当时，我心里突然清晰地浮现出六年前离婚时的事情。真是让我感到羞愧得不行，因此，还没细想，就啊的一声轻轻叫了出来。而母亲又是怎么回事呢？母亲是绝不会有像我这样的羞愧经历的。不过，难道，母亲也有？

“妈妈，您刚才也想到了什么事情吧？是什么事情呢？”

“忘记啦。”

“是关于我的事情吗？”

“不是。”

“直治的事情？”

“嗯。”她说着，点了点头。“也许是吧。”

直治正在读大学，中途被部队征召，派往南方的岛屿，自此杳无音信。战争结束之后依然行踪不明。母亲说过，她已经做好再也见不到直治的心理准备了。可我却从来没有过这样的心理准备，我只是想着总有一天我们一定会再次相逢。

“本来已经心灰意冷了，可是喝了美味的汤，就不禁又想起直治了。当时应该对他更好一点的。”

直治上高中的时候，对文学异常迷恋，遂开始像不良少年一样生活。都不知道自己为母亲添了多少麻烦。尽管如此，母亲仍然说自己会在喝汤时，啊地一下想起直治。听母亲这么说着，我边吃着饭，眼睛却已经湿了。

“没问题的，直治他没问题的。像直治那样的无赖，哪会那么容易就死掉呢。死掉的人一定是那些老实善良、温柔漂亮的人。

直治这种家伙，拿棒子敲也敲不死的。”

母亲笑了。

“这样说来，和子就是会早死的人喽。”她打趣我。

“啊，为什么？像我这样的大脑门坏蛋，活到八十都没问题。”

“真的吗？要是这样的话，妈妈能活到九十岁。”

“嗯？”

说到这里，我稍稍有些疑惑。坏蛋长寿，美人薄命。母亲是美人呀。但是，美人也想长寿啊。我颇有点不知所措。

“您可真坏！”

我说完，下嘴唇就止不住发抖，眼泪便落了下来。

说个跟蛇有关的故事吧。四五天前的一个下午，附近的孩子在院墙的竹丛中发现了十枚蛇蛋。

“是蝮蛇蛋啊。”

孩子们叫喊着。我心想，如果蝮蛇真的在竹丛里生了十条小蛇，那以后就没法在庭院里待着了。于是我对孩子们说：“烧掉吧。”

孩子们跟在我身后，乐得手舞足蹈。

在竹丛的附近，我把树叶和柴火堆积起来，之后点燃。之后把蛇蛋一枚一枚地扔进火里。蛇蛋不太烧得着。孩子们又继续不断地往火上添树叶加柴火，火势旺了起来，然而蛇蛋却还是没有烧着。

下边的农家姑娘在墙外一边笑，一边问：“你们在干什么呀？”

“在烧蛇蛋啊。要是孵出蝮蛇来，该多可怕呀。”

“蛇蛋有多大呀？”

“鹌鹑蛋大小，白白的。”

“那就是一般的蛇蛋，不是蝮蛇蛋。生蛋是点不着的。”

那姑娘觉得颇为好笑，说完就走了。

火烧了大概三十分钟，蛇蛋是怎么也烧不着。于是我便让孩子们把蛋从火中拾了出来，埋在梅树下面，又收集了一些小石头，堆了起来，当作墓碑。

“好啦，大家来拜一拜吧。”

我蹲了下来，双掌合十。孩子们也乖乖地在我身后蹲下合掌。之后我与孩子们分开了，一个人慢吞吞地爬上石阶。我发现母亲正站在石阶之上，藤萝架下的树荫里。

“你真残忍。”她说。

“我一开始以为是蝮蛇，没想到只是普通的蛇。不过我有好好埋葬它们，没关系的。”

我虽这么说。可是这种事情让母亲看见，确实是糟糕透顶。

母亲绝不是个迷信的人。不过，自从父亲十年前在西片町的宅子里亡故之后，母亲就非常怕蛇。父亲临终之际，母亲曾看到过一条细细的黑绳掉落在父亲的枕畔。她若无其事地把那黑绳拾了起来，才发现是一条蛇。那蛇哧溜一下便逃走了，钻进走廊下面，不知道跑到哪里去了。当时，只有母亲和和田舅舅看到这条蛇。两人面面相觑，最终还是决定默默隐瞒此事，避免惊动前来探望的客人。我们当时虽然也在场，可对于蛇的事情，却一点也不知道。

不过，我所知道的事情则是：父亲亡故的那天傍晚，我曾亲眼看见庭院池塘边的树上爬满了蛇。十年前父亲亡故之时，我才刚满十九。如今我已经是二十九岁的老姑娘了。虽说过了十年，当时的记忆仍旧清晰如新，绝不会出错。我为了剪一些供奉用的花朵，漫步来到庭院的池塘边。我当时在池塘边的杜鹃花旁停下了脚步，猛一抬头，发现杜鹃花的枝头竟缠绕着一条小蛇。我有点害怕，便想去摘另一株棣棠花的花枝。可是那花枝上，竟也缠绕着小蛇。旁边的木樨上，刚发芽的枫树上，金雀花上，藤萝和樱花，乃至每一棵树上，统统都缠绕着蛇。然而，我却并不十分害怕。我只是觉得，这些蛇同我一样，也在为父亲的去世而悲伤。它们从洞里钻出来，似乎是在悼念父亲的在天之灵。之后，我将这件事偷偷告诉了母亲。母亲听后，并没有太惊讶，只是若有所思地歪着头，什么也没说。

然而，这两件事情发生之后，母亲确实对蛇产生了极大的厌恶。不，与其说是厌恶，倒不如说是崇拜和畏惧。总之是对蛇怀有了一种敬畏之情。

母亲看到了烧蛇蛋的事情，心里一定会非常忌讳。我突然觉得烧蛇蛋是一件非常恐怖的事情，而我也在担心这件事是否会给母亲带来祸祟。我就这样惴惴不安了几天，直到第三天还忘不了这件事情。今天早上在饭厅的时候，又错说了什么岂有此理的美人早死之类的话。之后怎么圆也圆不回来，便只好流眼泪。吃完早餐之后，我一边收拾，一边怏怏不乐，一筹莫展，仿佛有一条恶心的小蛇钻进了我的心底，正折损着母亲的寿命。

那天，我在庭院里看见了蛇。那天阳光和煦，是个好天气。我忙完厨房的活儿，正想着把藤椅搬到庭院的草坪上，坐在那里织会儿毛衣。我刚把藤椅搬到庭院里，就在庭院铺石的矮竹处发现了蛇。呀，真讨厌！我心里只是闪过了这么一个念头，也没多想就搬起藤椅回到了檐廊。我在檐廊上摆好椅子，坐下织起毛衣来。到了下午，我正想去庭院角落里的佛堂藏书中取一本洛朗桑[①]的画册，刚一下庭院，就看见草坪上有一条蛇在慢吞吞地挪动着。它就是早上的那条蛇。纤细而修长，是一条高贵的蛇。我想这是条女蛇。她静静地横过草坪，爬到野蔷薇的阴凉处。她在那停了下来，抬起头，细如火焰的舌头抖动着。她四处瞭望了一会儿，之后又垂下了头，懒洋洋地蹲踞在那里。我当时只是打心眼里觉得这是条美丽的蛇，没有多想就去佛堂取画册了。等回来的时候，我又悄悄地向那里瞧了一瞧，蛇已经不在那里了。

傍晚将近，我同母亲在中国式茶室里一边喝着茶，一边望着庭院。在石阶的第三段台阶处，今天早晨的那条蛇又懒洋洋地出现了。

母亲发现了那条蛇。

① 玛丽·洛朗桑（Marie Laurencin，1885—1956），法国女画家，曾在20世纪的野兽派与立体派中享有盛誉。——译者注

“那条蛇是……”

她说着便站了起来，走过来拉起了我的手，呆呆地看着那条蛇。听她这么一说，我心中凛然，好像想到了什么。

“是蛇蛋的母亲？”我说。

“对，对呀。”母亲声音嘶哑地说。

我和母亲拉手屏息，默默地注视着那条蛇。那条蛇悠悠然在石阶上盘踞了一会儿，又摇摇晃晃地开始挪动起来。她软绵绵地横过石阶，往燕尾花那边爬了过去。

“从早上开始，就看见她在庭院里晃来晃去了。”

我小声告诉母亲。母亲长叹一口气，无精打采地坐了下来，把身体蜷进了椅子里。沉沉地说道：“是吧，她在找自己下的蛋呢，真可怜呀。”

我不知道该说什么，只好尴尬地笑了笑。

夕阳照在母亲的脸上，她的眼睛闪着青色的光。她那略带恼怒的脸，美得让人屏息。啊，我突然感到，母亲的脸与刚才那条悲伤的小蛇似乎哪里有些相像。我预感自己心底深处栖息着的那条丑陋的蝮蛇正蠢蠢欲动，说不定在某一天里它就会把这条饱含悲伤的美丽母蛇给杀死吃掉。为什么我会有这样的预感呢？为什么？究竟是为什么呢？

我把手搭在母亲纤细的肩膀上，身体微微抽搐，感到一阵莫名的难过。

日本无条件投降那年的十二月初，我们遗弃了东京西片町的宅子，搬到位于伊豆的一座略带中国风的山中别墅。自父亲亡故以来，家中一切用度均由母亲的弟弟——也是母亲现今唯一的亲人——和田舅舅照管。战争结束，世道骤变。和田舅舅告诉母亲，如今生活已经过不下去了，除了变卖家产已然别无他法，还是把女佣都辞退了，到乡下买座漂亮房子，自由自在地过日子好。母亲对于家用开支之事，一贯是稀里糊涂，还不如一个小孩子。听和田舅舅这么一说，便承他关照，把诸事都拜托于他了。

十一月末，舅舅那里来了一封急信。信上是这么说的："河田子爵在骏豆铁路沿线有一栋别墅，如今正在转让。房子建筑在台地上，宜于观赏风景。田地亦有百坪[①]左右。别墅附近还是赏梅胜地，冬暖夏凉。你们若是住在那里，一定会心满意足。我以为有必要直接与对方当面就转让事宜进行商谈。因此，请你们明天一定来我在银座的办公室一趟。"

"妈妈，您去吗？"我问。

"去，因为拜托舅舅帮忙了。"她满脸凄凉，笑了笑，说道。

翌日，母亲在从前的司机——松山先生的陪同下，中午一过就出门去了。直到晚上八点，松山先生才把她送回来。

"定下来啦。"

母亲走进我的房间，手扶着我的桌子，整个人像瘫痪了一样

① 日本土地面积单位，一坪约 8.306 平方米。——译者注

坐了下来，就说了这么一句话。

“定下什么了？”

“都定下来啦。”

“可是……”我大吃一惊，“房子究竟怎么样，都还没看过呢……”

母亲在桌子上支起一只胳膊肘，手掌轻轻托住额头，小声地叹了一口气：“和田舅舅说了，是个好地方嘛。我觉得也不用看了，索性就闭上眼睛直接搬过去住吧。”

说完她便抬起头来，浅浅地笑了。母亲的脸，有一种憔悴的美。

“这样啊。”

母亲非常信赖和田舅舅。看在母亲这颗美丽而优雅的信赖之心上，我也与她同气连枝了：

“那么，我也闭上眼睛搬过去好了。”

说罢，我和母亲哈哈大笑起来。笑过之后，却感到分外凄凉。

接下来的每一天，家里都会有搬运工前来打包准备搬走的物品。和田舅舅也来了，把要卖的东西也全部卖掉了。我同女仆阿君则忙于整理衣物，收拾破烂儿拿到院子前烧掉。母亲一点儿忙也没有帮，也没有指示我们干这干那，只是成天都待在房间里，磨磨蹭蹭地不知道在干什么。

“怎么啦？不想去伊豆啦？”

我终于壮起胆子，略显刻薄地问了她。

“没。”

她只是神情恍惚，一脸心不在焉地回答。

只用了十天，搬家的东西就全部整理完了。傍晚，我和阿君一起在院子前烧纸屑和稻草。母亲也从房间里出来了。她站在檐廊边上，静静地看我们烧着火。西风吹来，带着一股铅灰色的凉意。烟低低地从地面拂过。我一抬头，猛地瞧见了母亲的脸。她的脸色，前所未有的难看。我不由得惊叫起来：

“妈妈，您的脸色怎么这么难看。”

母亲微微地笑了笑，说：“没什么。”

说完，她又悄悄进屋去了。

被褥都已经打包好了。因此，那天晚上，阿君就在二楼西式房间的沙发上睡了。我和母亲则从邻居那里借来了一套被褥，在母亲的房间里一起睡下了。

她突然出乎意料地对我说：“因为有和子在，我才去伊豆的。我是为了和子才去伊豆的。”

母亲的声音分外苍老而无力。

我吓了一跳，想也没想，就问她：“要是没有和子呢？”

母亲的眼泪立即就掉下来了。

“那还是死了好。妈妈也想在你父亲去世的这座房子里死掉。”

她抽抽噎噎地说着，哭得越来越伤心了。

母亲对我说这般丧气话，迄今为止还是头一次。我之前也从来没见过母亲哭得如这次这般伤心。父亲亡故的时候也好，我出嫁的时候也好，无论是我肚子里怀着孩子回到她这里的时候，还是孩子在医院里流产的时候，或者是后来我卧病不起的时候，抑或是直治做了什么坏事的时候，母亲都没有在我们面前服过软。父亲去世后的这十年里，母亲依旧同父亲在世时一样，不紧不慢，从容优雅。我们就这样在母亲的疼爱下长大成人。而母亲现在已经没钱了。她把所有的钱都给我们，给我和直治，毫不吝啬地花掉了。现今，她只得离开这座已经住了多年的家，与我一起，两个人孤零零地前往伊豆那个小小的山上别墅过凄凉的生活。如果母亲只是个坏心眼儿的小气鬼，一天到头就知道责骂我们，还费尽心思把自己的钱都藏起来，那么不论这世道怎样变化，她也不会有想死的心。啊，贫穷是多么可怕啊，简直是一个悲惨得无可救药的地狱。我有生以来第一次体会到了这样的心情，这种心情溢满心中，苦涩得让人欲哭无泪。生之艰难，恐怕说的就是这种感觉吧。我的身体逐渐麻木，我就这样仰面躺着，仿佛一块石头。

第二天，母亲的脸色依旧不好。她仍然待在房间里磨磨蹭蹭，似乎还想在这个家里尽可能地多待一会儿。和田舅舅见了她，告诉她如今行李与诸般细软都已送上路了，今天就该出发去伊豆了。母亲这才极不情愿地穿上外套，向前来送行的阿君以及时常走动的邻人们默默点头致意。之后，便同我和叔父三人，离开了西片町的家。

火车上没什么人，我们三人都坐下了。在火车上，舅舅高兴地哼着小曲儿。母亲仍旧一脸闷闷不乐，她低着头，好像很冷的样子。我们在三岛换乘了骏岛铁路，在伊豆长冈下了火车。之后又坐了大约十五分钟巴士，下车之后又沿着缓缓的坡道朝着山的方向走。这里有一个小小的村落，村落的尽头，就是那座还算别致的中式别墅。

“妈妈，这里比想象中的要好呢。”我喘着粗气对她说。

“是呀。”

母亲站在别墅门前，眼中掠过一丝喜悦的神情。

“首先是空气好啊，空气清新。”舅舅一脸得意地说。

“确实。”母亲微笑着说。

“真好，这里的空气，真甜美啊。”

三人都笑了起来。

进门一看，东京的家什细软均已送达。从玄关到房间，堆得到处都是。

“再说，从客厅里也能看到不错的景致。”

舅舅喜不自胜，拉着我们来到客厅坐下。

午后三时许，冬天的阳光和煦，照射在庭院的草坪上。穿过草坪走下石阶是一块小小的池塘，池塘周围有很多梅花。庭院之下是一片延展的橘子地。之后是一条村路，对面是水田。再往前是一片松树林。松林的那边便可以望见大海了。坐在客厅向外望去，大海所在的水平线刚好与我齐胸而过。

“真是柔和的景色呢。”母亲略带疲惫地说。

“是空气的缘故吧。阳光与东京的也不一样呢，像是用丝绢过滤了一样。”我兴高采烈地说。

有一个十铺席的房间和一个六铺席的房间，还有一个中式的会客室。玄关和浴室也都有三铺席大小。此外还有饭厅和厨房，以及二楼一间配床的西式大房间。虽说只有这些房间，但是就我和母亲，不，就算是直治回来了，三个人一起住，也并不显得窄小。

舅舅去村里唯一的一家旅馆买吃的去了。没过多久，他就带了便当回来。他在客厅里打开便当，还喝起带来的威士忌，聊起这座别墅曾经的主人——河田子爵游历中国时的糗事。他的兴致似乎很好，而母亲对着便当却未曾动筷。过不久，天就开始暗下来了。

“我想就这么躺一会儿。”母亲悄声说。

我从行李中取出被褥，铺好让她躺下，心里袭来一阵强烈的不安。于是又从行李中找出体温计。一量，母亲居然烧到了三十九度。

舅舅也着了谎，赶忙跑到下面的村里去找医生。

“妈妈！”

不管我怎么叫她，她都是迷迷糊糊神志不醒。

我攥着母亲的手，抽抽噎噎地哭着。母亲真的好可怜啊，我们俩真的好可怜啊。我哭着哭着，怎么也停不下来。我一边哭一边想：让我和母亲就这样一起死掉好了。我如今什么也不需要了。我们的人生，自从离开西片町的那个家开始，就已经走到了尽头。

大约过了两小时，舅舅带着村里的医生回来了。村里的医生看上去年纪不小，穿着一条仙台平纹裤裙，脚上套着白色的足袋①。

诊断完毕后，他说："兴许是染上了肺炎。不过，就算是染上了肺炎，也不必担心。"

说了这么一句无关痛痒的话之后，他给母亲打了一针便回去了。

到了第二天，母亲的烧依旧没有退。和田舅舅交给我两千元，嘱咐我，一旦母亲需要住院，就第一时间发电报通知他。说完，就先行赶回东京了。

我从行李中取出几件必要的炊具，给母亲煮了些粥。她躺着喝了三匙，便摇头不喝了。

快到中午的时候，下面村子里的医生又来看了看。这次他没有穿裤裙，不过那双白色足袋依旧穿在脚上。

"要不还是住院吧……"我对他说。

"不，没那个必要。今天打一针强效药就会退烧的。"

他依旧像昨天一样不痛不痒地回答我，之后打了一针所谓的强效药就回去了。

不过，这针强效药倒还真的有了奇效。中午过后不久，母亲便满脸通红，浑身发汗。换睡衣的时候，母亲笑着说："说不定是个名医呢。"

---

① "足袋"本来是古汉语中的袜子，日语吸收了这个名称，在11世纪时就有记载。后来在日语里变成专指分趾的袜子和鞋。现代日本人在穿和服与木屐时仍然常穿足袋。——译者注

烧退了七度。我非常开心，跑到村里唯一的那家旅馆，从老板娘那里拿了十个鸡蛋。赶紧煮了个半熟，就拿去给母亲吃。母亲吃了三个半熟的鸡蛋，之后又喝了大约半碗米粥。

翌日，村里的那个名医，又穿着白色的足袋前来探望。我对他昨天的那针强效药表达了谢意。“当然是见效的。”他一脸意味深长地点了点头，又郑重其事地诊察了一番，之后便转过身来对我说：

“令堂大人之疾如今已然痊愈。自此之后，令堂大人之饮食作息尽可如常行事。”

他说话一如既往地带着股奇怪的腔调，我强忍着才没有笑出来。

我把医生送到门口。回到客厅一看，母亲已经坐了起来。

“真是名医呀。我的病，就已经好了？”

她脸上洋溢着喜悦，精神焕发。

“妈妈，把纸拉门打开吧，外面在下雪呢。”

花瓣似的鹅毛大雪纷然而至。我打开纸拉门，与母亲并排坐着，透过玻璃窗，眺望伊豆的雪。

“病已经好了。”母亲仍在自言自语。

“坐在这里看着雪，感觉曾经的事情都仿佛一场场梦一样。在搬家的时候，我就对迁居伊豆十分抵触。我只想在西片町的那个家里，一天也好半天也好，尽可能地多待一会儿。坐上火车之后，我的心已经死了一半了。到达这里的时候，刚开始还稍稍感到一点快慰。等到天黑下来时，便开始怀念起东京来了。心中焦虑，精神也开始涣散。这不是普通的病，而是神已经杀死了我一次。昨天的我与现在的我已经不一样了，我昨天死过一次，现在又活过来了。”

从那之后，我们母女二人的山村生活总算是相安无事，平平稳稳地过到了现在。村里人对我们的态度也都非常亲切。搬到这里的时候，是去年的十二月。一月，二月，三月，如今已是四月份了。我们除了吃饭做饭，大多数时间不是在檐廊下织毛衣，就是在中式会客厅里读书喝茶。我们就这样过着与世隔绝的生活。二月梅花开了，整个村子都被梅花淹没了。到了三月，无风的和煦天气多了起来，盛开的梅花却一点也没有凋落的迹象，一直到三月末，都络绎不绝地盛放着。无论清晨还是正午，傍晚还是深夜，梅花都在盛放，开得让人气都喘不过来了。只要一打开檐廊上的玻璃窗，就会有花香轻轻地流进房间里。三月底的傍晚总是会有风，我正在夕阳西照的饭厅里收拾碗筷。窗外吹来了梅花的花瓣，落在碗里，被沾湿了。四月里，我和母亲在檐廊下边织毛衣边说着话，两人的话题，大抵是些种植耕作之类的计划。母亲还说她也想帮忙种点东西。啊，写到这里，总感觉我们俩——就像母亲曾说过的一样，好像已经死过了一次，如今已经复活成另一个不同于曾经的我们了。然而，像耶稣那样复活，终究是人类无法做到的吧。母亲虽然那么说了，可还是会在喝汤的时候，啊的一声，不自觉地想起直治来。而我自己那道过往的伤口，其实也丝毫没有愈合。

啊，我多想毫无隐瞒，把所有的事情都清清楚楚地写下来。我时常暗自思忖，这座山庄的相安无事，兴许不过是虚假的浮云。不过是神明赐予我们的一段短暂的休憩。如今这平安无事的生活之中，似乎已经有某种不祥的阴影正在袭来。母亲表面上假装幸福，实际上却在一天天地衰老。而那寄宿在我心中的蝮蛇，则将母亲当作饵食，一天天地长大。尽管我费尽心思地去抑制它，但也不起任何作用。啊，倘若这只是季节使然就好了。在这段时间里，我时常感到眼下的生活十分难以忍受。焚烧蛇蛋这种令人忌讳的事情，恐怕也是我当下心中灼灼的焦虑使然。结果却只是使母亲徒增悲伤，身体更加衰弱了。

写下“爱情”这两个字之后，我便写不下去了。

二

蛇蛋之事发生后，过了大约十天。又发生了一件不祥之事，此事让母亲更加悲伤和忧郁，同时也蚕食了她的健康。

我引发了火灾。

我居然引发了火灾。从小到大，我做梦也没有想过如此可怕的事情竟会发生在我身上。

用火不慎便会失火，这是理所当然的事情。连这种事情都搞不清楚，难道我真的是所谓的“千金大小姐”吗？

那天，我半夜起来上厕所。走到玄关的隔扇屏风旁边时，发现浴室那边有亮光。我若无其事地走了过去，想看看是怎么回事。结果发现浴室的玻璃窗被染得通红，还听到噼啪噼啪的声响。我急忙加快脚步小跑过去，打开浴室的小门，光着脚跑到外面一看：浴室锅炉的柴火堆正在熊熊燃烧。

我赶忙飞奔到山下带着庭院的一户农家，使劲儿敲着门，大声呼救：“中井先生，快起来呀，失火啦！”

中井先生好像已经就寝了，他回答：

“好，马上就来。”

“求求您了，请您快一点。”我不断地催他。话音未落，只见他只穿着一件睡觉的浴衣，便从家里飞奔而出。

我们两人回到失火的地方，用铁皮水桶从池塘里打水去救火。此时，我听见客厅檐廊下传来母亲啊的一声叫喊。我赶忙扔下水桶，从庭院里爬到檐廊下边，抱住快要倒在地上的母亲，对她说：

“妈妈，不要担心，没事的，您回去休息吧。”

我把她扶到床上，让她躺下。接着又飞奔到失火之处。这一次，我打来澡盆里的水，递给中井先生。他把我递过来的水都浇到柴堆上。但是火势过于凶猛，好像怎么浇水也浇不灭。

“起火啦，起火啦，山上的别墅起火啦。”

只听见山下传来喊声。没多久，便有四五个村民翻过篱笆，跳了进来。他们从篱笆之下，一个接一个地用铁桶把蓄水池里的水传递上来。两三分钟时间便把火扑灭了。只差一点点，火势就要蔓延到浴室的屋顶了。

好险啊。我心里正自庆幸着，然而一想到起火的原因，又后怕起来。直到刚才，我才意识到这场火灾的原因，是傍晚我在收拾浴室锅炉里烧剩下的柴火时，把那些我以为熄灭了的炉柴都放在了柴火堆的旁边，最终引发了火灾。我呆然伫立，想到这里，眼泪都要掉出来了。只听见对面西山家的儿媳妇在篱笆外大声说着：“浴室整个儿都被烧掉了，烧炉子的时候真是太不小心啦。”

村长藤田先生，二宫巡警以及警防团团长大内先生也都过来了。藤田先生脸上依旧是一副温文尔雅的笑容，问道："吓坏了吧，现在怎么样了？"

"都是我的错，我以为那些柴火已经熄灭了……"

说着说着，我愈发地觉得自己处境可悲，眼泪滚滚而落，我低着头，话也说不下去了。我当时想，自己也许会被警察带走，自此成为犯人了。突然间，我又为自己这副乱七八糟的样子感到害臊，就这样光着脚，穿着睡衣。真是狼狈不堪。

"我明白了，您的母亲怎么样？"藤田先生以一种安慰的口吻，平静地对我说。

"现在在客厅休息呢，她可吓了一大跳……"

"不过……"年轻的二宫巡警也开口安慰道，"家里没着火，也是不幸中之万幸。"

山下的中井先生回家换好衣服之后，也跑了过来。

"那个呀，只是柴火稍微燃了一会儿，小火，烧不大的。"

他一边喘着气一边说，试图掩盖我愚蠢的错误。

"原来是这样，我明白了。"

藤田村长连点了两三次头，之后又和二宫巡警小声地商量了一下。之后对我说：

"那我们就回去了，请替我们向您母亲问好。"

说完，他就和警防团长大内先生以及其他人一起回去了。

只有二宫巡警留了下来，他径直走到我面前，他说话声音轻如呼吸一般：

“那么，今晚的事情，我们就不特意上报了。”

二宫巡警回去之后，山下的中井先生问我：

“二宫先生说什么啦？”

他看上去好像在担心些什么，声音紧张兮兮的。

“他说今晚的事情，他们就不上报了。”我回答。

庭院的篱笆那边还有一些邻居留在那里，听了我的回答之后，都松了一口气。“这样啊！”“那就好啦！”“这样就没问题啦！”说着，他们便各自回家去了。

中井先生向我道了晚安之后，也回去了。只剩我一个人怅然若失地站在烧焦的柴堆旁。我双眼含泪，仰望天空，天已经蒙蒙亮起来了。

我在浴室里洗了手脚，又把脸擦了一遍。最终还是觉得无颜去见母亲，于是便窝在浴室三铺席大的房间里磨磨蹭蹭地梳头。梳完头之后，我又跑到厨房把所有的餐具整理了一遍，一直弄到了大天亮。

天亮之后，我蹑手蹑脚地来到客厅。发现母亲早已换好衣服，精疲力竭地坐在中式会客厅的椅子上。她见了我，微微地笑了。脸色苍白得令人害怕。

我没有笑，一言不发地站在母亲的椅子后面。

过了一会儿，母亲说道：

“不要紧的呀，柴火就是用来烧的嘛。”

我一下就被逗乐了，扑哧一声笑了出来。我想起了《圣经》

中的一句箴言："一句话说得合宜，就如金苹果在银器里。"有这样一位母亲，真是我莫大的幸福。为此，我由衷地感谢神明。昨天的事情已经过去，没有必要再耿耿于怀了。想到这里，我透过中式会客厅的玻璃窗，朝清晨的伊豆海眺望。我就这样久久地伫立在母亲的身后，我们的呼吸也最终重叠在一起。

简单地吃过早饭之后，我正收拾着烧剩下的柴火堆。这时，村里唯一一家旅店的老板娘阿咲从庭院的柴扉那里朝我疾步走来，只见她眼里闪着泪光，一边走一边说：

"怎么回事呀？出了什么事啦？我刚刚才听说，唉哟，昨晚到底出什么事啦？"

"对不起。"我小声道歉。

"有什么好对不起的，先不说这个了，小姐呀，警察那边怎么样？"

"说没关系。"

"那就好啦。"她似乎由衷地为此感到高兴。

我跟阿咲商量如何向村里的人们表达自己的歉意和感谢。阿咲说，还是送一些钱好。她还告诉我，应该拿着这些钱去哪些人的家里道歉。

"不过，如果小姐不想一个人去，我也可以陪您一起去。"

"自己一个人去的话会比较好吧？"

"自己一个人去没问题吗？那还是一个人去比较好。"

"那我就自己去吧。"

之后，阿咲还帮着我收拾了烧剩下的东西。

收拾完之后，我从母亲那里拿了一些钱。把一百元的纸币依次用美浓纸[①] 包好，然后在每个包上都写上了“致歉”两字。

我首先去了村公所，村长藤田先生外出有事不在。于是我便把纸包交给了接待处的姑娘，并向她道歉：

“昨晚发生了那样的事情，真是十分抱歉。今后我们一定会多加注意的。请您务必原谅我们，也请您向村长代为转达我们的歉意。”

然后，我向警防团长大内先生家走去。大内先生走出门来，见了我，没发一语，只是露出了一丝忧伤的微笑。我不知怎么的，眼睛已经酸了起来。

“昨天的事情，真是抱歉。”

说完，我就慌慌张张地告辞走掉了。一路上，我泪珠滚滚，脸上化的妆也不成样子了。于是只能先回趟家。在洗手间洗了脸，补好妆之后，我正在门边穿鞋子，母亲从屋子里出来了，问我：“还要出去吗？”

“嗯，还要出去呢。”我头也没抬，回答说。

“真是辛苦你了呢。”她郁郁地说。

多亏母亲的关心，这一次我没有哭，把每家每户都跑了个遍。

拜访区长家的时候，区长有事不在。他的儿媳妇出来见了我，

① 美浓纸是日本的一种印书纸，主产于岐阜县美浓市，主要用来制作高档线装书。纸质洁白，纸纹也很细腻。——译者注

反倒涕泪交加起来。拜访二宫巡警先生的时候，他不停地对我说："好啦好啦，没事啦。村里的人都那么温柔善良。"之后，我又走访了我家附近的住户。他们也都非常同情我，还不住地安慰我。只有我家对面西山家的儿媳妇——说是儿媳妇，其实已经是年过四十的阿婆了，只有她一点儿不留情面地将我斥骂了一通：

"今后你可一定要小心了。我虽不知道你们是皇族还是什么别的名门望族，但是你们那套小孩儿过家家一般的生活方式，让我看着真是担心啊。就你们这样像两个小孩儿一样过活，不失火倒还是怪事了。你们呀，今后一定要好好注意了。昨天啊，要是风再大一点儿，全村都得让你给烧掉了。"

昨晚，山下农家的中井先生跑到村长和二宫巡警面前试图包庇我，说这次失火连个小火也算不上，没关系的。而西山家的儿媳妇当时就站在篱笆外面，大声嚷嚷着什么浴室整个儿都烧掉啦，都是烧炉子的时候不小心之类的话。其实，西山家儿媳妇那些嚷嚷话，也确实是一针见血。事情也确实如她所说。我一点儿也不觉得西山家的儿媳妇有多可恶。母亲虽然安慰我说，柴本来就是拿来烧的。然而，倘若当时的风再大一点儿，恐怕就真如西山家的儿媳妇说的一样，要把整个村子都给烧了。真要发生了那样的事情，我就是以死谢罪也无法弥补自己的过失了。我要是死了，母亲肯定也就活不下去了，这样一来，还给已故的父亲抹了黑。现今已不讲究什么皇族与华族了，终归都是要灭亡的东西了。然而我们已经下定决心，即使终将灭亡，我们也要华丽而体面地死去。不慎失火，谢罪而死。像这般悲惨的死法，实在是叫人死不瞑目。总之，今后一定要更加小心才是。

从第二天起，我把全部精力都花在了农活上。山下农家中井先生的女儿也时不时地来给我搭把手。自从上次失火丑态百出之后，我感觉自己身上的血液颜色仿佛稍稍变深了一些。之前是有条心怀不轨的蝮蛇在我的胸中蠢蠢欲动，如今连血液的颜色也发生了小小的变化。我感觉自己正一天天地变成一个粗野的村姑。这种感觉让我心生苦恼，就连同母亲一起在檐廊下织毛衣，我都感到异常憋闷，几欲窒息。与此相比，下地干活，挖土刨石，反倒让我感到轻松舒畅。

这就是所谓的体力劳动吗？这样的体力活儿对我来说并非第一次。我在战时曾受征召去做打夯工。现在下地干活穿的胶皮底袜子就是当时军中的配给物资。那是我生平第一次穿胶皮底袜子。穿上之后真是大吃一惊，感觉非常舒服。我穿着这个胶皮底袜子在庭院里走了几步，当真感受到了鸟兽赤足行走于大地之上的轻快感，开心得心都要跳出来了。战争中的愉快回忆只有这么一件。想来，战争真是一件无聊至极的事情。

去年呀，也什么都没有。

前年呀，也什么都没有。

大前年呀，也什么都没有。

停战后不久，报纸上登载了这样一首有趣的诗。确实，我感觉在战时似乎发生了各种各样的事情，然而仔细一想，就像诗中所说的一样，好像什么事情都没有发生。我不想说，也不想听任何关于战争的回忆。那么多人死去了，可说起来却依旧那样陈腐无聊。兴许，这只是我自己的任性和自私吧。对我来说，战争之中唯一不那么无聊的时候，就是我被征召之后穿上胶皮底袜子做打夯工的时候。并不是什么开心的回忆，不过拜打夯所赐，我的身体倒是结实了许多。如今，面对日益困窘的生活，我倒还真想去做打夯工过活啊。

战局日渐无望之时，一个身着军服的男子，来到了我们西片町的家里，递给我一张征召状和一张劳动日程表。表上写着，我要从第二天开始，每隔一天去一次立川的深山里劳动。看着这张表，我的眼泪便禁不住流了出来。

“不可以请人代劳吗？”

我止不住眼泪，终于抽泣了起来。

“军队征召的人是你。因此，必须你本人前来。”

那男子的回答坚决强硬，不容置疑。

我决定接受征召。

第二天下起了雨。雨中，我们在立川的山麓整队。一开始，是一个军官前来训话。

“战争必将胜利。”他开口说道。

“战争一定会取得胜利。但是，如果大家不按照军队的命令工作，就会妨碍作战，最终造成冲绳之战的后果。因此，我希望大家只按照我说的去做。还有一点，在这座山里边说不定已经混进了敌人的间谍，请大家相互之间务必小心谨慎。从现在开始，大家就同士兵一样要进入阵地工作了。因此，请大家一定要对阵地的具体情况进行保密，绝不能向他人泄露任何有关阵地的机密。”

山中笼起雨烟。近五百人的男女队员湿漉漉地站在雨中听着这个军官训话。队员之中还混杂有国民学校的男女学生，一个个都冻得都要哭出来了。雨水渗进我的雨衣，渐渐润湿了我的上衣和贴身的内衣。

那天，我们一整天都在用簸箕挑石头。在回程的电车里，我禁不住哭了出来。第二次去的时候，就是拉绳子打夯。我觉得这是最有趣的一个工作。

上了两三次山之后，我发现国民学校的男学生总是以一种奇怪的目光毫不客气地盯着我看。有一天，我正挑着簸箕，有两三个男学生同我擦肩而过。之后，我听到其中一个学生小声地说：

“那家伙，是个奸细吧？”

我听罢，大惊失色。

“他们为什么那么说？”我问与我一同挑着簸箕的年轻姑娘。

“因为你像外国人。”年轻姑娘一脸严肃地回答。

“你也觉得我是奸细吗？”

“不觉得。”

这次，她微微一笑，回答道。

“我是日本人啊。”

说罢，我自己也觉得说了句毫无意义的蠢话，不禁扑哧一声笑了出来。

有一天天气很好，大清早我就跟男人们一起搬运圆木。一个当值监工的年轻军官紧紧皱着眉头，指着我说：

“喂，你……你，给我到这边来。”

说完，他就轻快地往松树林那边走去了。我心里满是不安与恐惧，战战兢兢地跟在他后面。林子深处堆着锯木厂刚刚送来的木板。那个军官径直走到木板堆跟前，猛地转过身来对我说：

“每天都很辛苦吧。今天就请你在这里看着这些木材吧。”

他笑着，嘴里露出了白白的牙齿。

“就站在这里吗？”

“这里又凉快又安静。就请在这木板上睡个午觉吧。要是觉得无聊的话，也许可以看看这个。”

说完，他从上衣口袋里拿出来一本小小的文库本，腼腆地扔在木板上。

“只能请你看看这种书啦。”

文库本上，写着《三套车》三个字。

我拿起那本文库本，向他表示谢意：

“谢谢你啦。我家也有人喜欢看书。现在去南方了。”

“啊，这样啊。是您的丈夫吧。南方的情况可不太好呢。”他好像误会了我的意思，摇了摇头，悄声说。“总之，你今天就在这里守着吧。你的便当，我一会儿会给你拿过来的。你就好好在这休息吧。”

话音未落，他就疾步跑回去了。

我在木材板上坐下，读起那本书来。才读了一半，就听见那军官踏着咔嚓咔嚓的脚步声，走了过来。

“给你拿便当来了。一个人待着挺无聊的吧。”

说完，他把便当放在了草地上，又急匆匆地回去了。

我吃过便当，在木材板上躺下，继续读起书来。全部读完之后，便昏昏沉沉地睡去了。

睁开眼，已经是下午三点了。我突然觉得，那个年轻的军官似乎之前在哪里见过。然而却怎么也想不起来了。我从木材板上下来，捋了捋头发。这时，又听到咔嚓咔嚓的脚步声。

“啊，今天真是辛苦你啦。现在你可以回去啦。”

我走近年轻的军官，把文库本还给了他。本想好好向他道谢，可话到了嘴边却什么也说不出来。我就这么一声不吭地仰望着他的脸。目光相交之时，我的眼泪便扑簌簌地落了下来。年轻军官的眼睛里也有泪光一闪而过。

谁也没有说话，我们就这样默默分别了。从那之后，我再也没有在劳作的地方看到过那位年轻的军官。我也只是在那一天里得以稍事休息。之后，每隔一天，仍然要在立川的山中做苦力。母亲常常为我的身体状况感到担忧，而我的身体反而一天天地变得结实了。现在，我心中依然对打夯工这个活计隐隐地怀着自信。

而且，对田间的农活也并不感到棘手。

我虽然说过既不想说也不想听有关战争期间发生的任何事情。不过最终还是说到了自己在“珍贵的体验”。然而，关于我的战争记忆，我唯一想说，恐怕也只有这么一件事了。其他的，大概就像那首诗中所描述的：

> 去年呀，也什么都没有。
> 前年呀，也什么都没有。
> 大前年呀，也什么都没有。

战争在我身边留下的东西只有这么一双胶皮底袜子，这是多么的愚蠢与虚幻啊。

从胶皮底袜子说起，又扯了这么多无关紧要的话。我就穿着这双胶皮底袜子——战争期间唯一的纪念品，每日下地劳作。在心底深处则隐藏着焦虑与不安。这段时间里，母亲也显著地衰老了。

蛇蛋。

火灾。

从那开始，母亲已愈发显著地变成一个病人模样了。而我正与此相反，日益变成了一个粗野下流的村姑。我禁不住感到，在一种说不清道不明的情况之下，我正一点点吸走母亲身上的生气，而这些生气则让我一天天地强壮结实起来。

失火的时候，母亲只开了一句玩笑说柴火本来就是拿来烧的，此外再没有就火灾这件事情说什么了。而且，为了此事，母亲反倒还一直在安慰我。然而，母亲内心受到的冲击一定比我受到的还强十倍吧。那场火灾发生之后，母亲常在半夜里发出呻吟。在大风天的夜晚，母亲会在深夜里起床，装出去上厕所的样子在家中四处巡视。她的脸总是毫无血色，有时候连走路都费劲。之前，她还说要帮我干点儿农活。有一次，我明明已经劝她说："不用啦，不用啦。"她还是硬要从水井那边给我打来五六桶水到地里。结果第二天，她便嚷嚷着肩膀疼得喘不过气，不得不在床上躺了一天。发生了这件事之后，她似乎总算是对地里的农活死了心。偶尔，她还是会到地里来，然而只是定定地站在那里，一声不响地看我干活。

"听说，喜欢夏天的花的人，就会在夏天里死去。这是真的吗？"

今天，母亲又定定地站在那里看我干农活了。看着看着，她突然冒出这么一句话。我并没回答她，只是默默地给茄子浇水。如此说来，如今已是初夏了。

"我呀，喜欢合欢树的花。可惜这庭院里一棵合欢树也没有。"母亲又平静地说道。

"不是有很多夹竹桃吗？"我故作粗鲁地回答她。

"那个呀，我不喜欢。夏天的花，我大抵都喜欢。夹竹桃，有些过于轻佻了。"

"我觉得蔷薇也很好。不过，蔷薇花四季都会开。喜欢蔷薇的人，春天会死，夏天会死，秋天会死，冬天也会死。不得不死四次呢。"

说完，我和母亲都笑了。

"休息一下吧！"母亲保持着笑容，又对我说，"今天，想跟和子说点儿事情。"

"什么事情？要是与死相关，我就不听了。"

我跟在母亲身后来到藤萝架下的长椅上并排坐下。藤萝的花已经开过了，和煦的午后阳光，透过藤萝的叶子落在我们的膝盖上，把膝盖染成了绿色。

"之前就已经听说这件事了，想等到我们心情都很好的时候再说。一直等到了今天。总之，不是什么好消息。但是，今天不知怎么的，话就自然而然地说出来了。唉，希望你能耐心听我把话说完。其实，直治他还活着呢。"

我呆住了，身体都变得僵硬了。

"五六天前，和田舅舅那里来了信。以前在舅舅公司工作的一个人，最近从南方回来了。他去拜访舅舅，闲聊寒暄了一阵。聊到最后，才发现他和直治是同一个部队的。他告诉舅舅直治平安无事，而且马上就要回来了。但是，有一件不好的事情。听他说，直治抽上了鸦片，似乎染上了严重的毒瘾……"

"我就知道！"

我仿佛吃了什么苦的东西，嘴巴都歪了。直治在高中的时候，曾模仿一位小说家吸食毒品，染上了毒瘾。为此，他在药店欠下了巨额的债款。母亲花了两年时间才还清他的欠款。

“是啊。他似乎又开始使用麻醉药了。不过，听那个人说，戒不掉毒瘾的人是不允许还乡的。所以他一定是戒掉了毒瘾才回来的。舅舅在来信中还说，即便他戒了毒回来，也不要让他立即出去工作。现在东京非常混乱，正正经经在那里工作的人都有点神志不清，更何况他一个刚刚戒毒不久的病人。说不定一到东京就要犯病，生出什么搞不清楚的事端出来。所以，直治一回来，最好哪里都不要让他去，直接把他带到这个伊豆的山间别墅来静养一段时间。这是其一。此外，和子，舅舅还有一个吩咐。舅舅说，如今，我们的钱都已经用光了。存款冻结，财产税缴纳什么的。对舅舅来说，像以前那样给我们寄钱也变得不那么容易了。而且，直治回来之后，妈妈、直治还有和子，就是三个人一起生活了。光靠舅舅一人来筹措三人的生活费，未免有些过于为难他了。所以，舅舅说，最好趁现在给和子找个婆家，嗯，或者，找个主家，哪样都行。”

“找个主家？去当女佣？”

“不是，舅舅说的是，就是那个驹场……”

她说了一个皇族的名字。

“那位皇族，同我们也有些血缘。所以，和子也兼做他家千金的家庭教师。为他们家当差，和子也不会觉得太寂寞憋屈。”

“就没有别的选择了吗？”

“其他的工作，太勉强和子了。舅舅是这么说的。”

“怎么就勉强了，啊？有什么勉强的？”

母亲只是凄凉地笑了笑，什么也没有说。

“真讨厌，不要再跟我说这些了。”

我也意识到自己失言说了一些不该说的话。不过我已经无法克制自己了。

“我，我穿这种胶皮底袜子，穿这种胶皮底袜子……”

话一说出口，我的眼泪就涌了出来，想也没想，就哇的一声大哭起来了。我抬起头，用手背抹着眼泪。我心里一面想着，不能当着母亲的面这样，绝对不行。可言语却仿佛无意识，与肉体完全无关一般，连续不断地冒出来：

“您曾经不是说过吗？因为有和子在，因为是为了和子，才来伊豆的。您不是这样说过吗？要是和子不在了，您也就死掉了。您不是这样说过的吗？所以啊，所以，和子哪里都不会去的。和子就待在您的身边，穿着这个胶皮底袜子下地干活也是想让您吃到新鲜的蔬菜。和子心里想的就只有这些。可您一听说直治要回来，就立刻把我当成了负担，想让我去皇族家里当女佣。真是太过分了，太过分了呀。”

我心里也明白，自己说的话已经非常过分。然而言语却像是一个活蹦乱跳的别种生物，它自己脱口而出，怎么也停不下来。

“穷，没有钱，把我们的和服卖掉不就好了吗？把这座房子也给卖掉不就好了吗？我干什么都可以。在村公所里当女文员，或者干别的也可以。要是村公所用不着我，我还可以去当打夯工。穷算得了什么？要是妈妈喜欢我，我就一辈子都待在妈妈身边。可是妈妈好像更喜欢直治。那我走，那我就走吧。反正我和直治从小性格就合不来。三人一起生活，只会让大家都不开心。我已经和妈妈生活了足够长的时间了，已经没什么好留恋的了。今后就让直治和妈妈两人一起过自家人的生活吧。就让直治好好尽尽他的孝心吧。我已经受够了。迄今为止的生活，我已经彻底受够了。我要走。我今天就搬出去。我是有地方去的。”

我站了起来。

“和子！”

母亲严厉地呵斥了我。与此同时，脸上一副是我从没见过的、威严满满的神情。她也轻快地站了起来，面对着我。看上去好像比我还要高一点。

我赶忙想要道歉，可是嘴里却怎么也说不出来。不仅如此，反而还蹦出了别的话来。

“骗人！妈妈骗我。在直治回来之前，妈妈都是在利用我。我是妈妈的女用人。用完我之后，就把我支使到皇族家去了。”

我哇的一声哭了出来，连我自己也没想到。我就这么站着哭了起来。

“你真是个傻瓜！”

母亲低声说，她的声音因愤怒而发抖。

我抬起头来，嘴里又不自觉地蹦出一堆不该说的蠢话：

“对，我就是傻瓜。因为是傻瓜，所以才被骗啊。因为是傻瓜，所以才被人当成麻烦。我还是消失掉的好，对不对？穷又怎么样？钱又算得了什么？这些我都不懂。我只相信爱。我只相信妈妈对我的爱。我是相信妈妈对我的爱才活到现在的。”

母亲突然背过身去了。她在哭。我想向她道歉，想上前去抱住她。可是因为刚干完农活，双手依然脏兮兮的。我看着自己的脏手，心里又恼火起来：

“只要我不在就好了吧？那我走。我有地方可去。”

说完，我就向浴室那边疾步小跑，边跑边哭。跑到了浴室，我洗了脸和手脚之后就进了房间。换衣服的时候，我又号啕大哭起来。我真的好想哭。我跑到二楼的西式房间，猛地躺倒在床上，拿被子蒙住头，使劲儿地哭着，感觉整个人都被泪水掏空了。哭着哭着，我渐渐开始神志不清了，开始想念起某个人来，想他，想看他的脸，想听他的声音。这种特殊的心情，就仿佛两只脚的脚底有艾草在灸烧[①]，而我则一声不响地忍耐着。

傍晚渐近，母亲不声不响地走进了二楼的西式房间。她咔哒一声打开电灯，朝床这边走了过来。

“和子……”

她的声音非常温柔。

“嗯。”

---

① 在脚底点燃艾草，用以刺激穴位的一种疗法。——译者注

我在床上坐了起来，两手挠了挠头发。看见母亲的脸，我扑哧一声笑了。

母亲也微微一笑，在窗户下的沙发上坐下了。她把自己的身体深深地陷进沙发里。

“有生以来，这是我第一次违背和田舅舅的吩咐……妈妈已经给和田舅舅写好回信啦。回信上说了，我自己孩子的事情，就让我自己来处理吧。和子，我们把和服拿去卖了吧。把我们俩的和服一点点卖了，下狠心花点钱过几天好日子。我也不想让你再下地干活了。多花点钱买些蔬菜不也可以吗？每天都那样下地干活，可要把你累坏了。”

每天的农活确实让我稍稍感到有些辛苦。之前那番近乎疯癫的大哭大闹也是因为干活疲劳，心情糟糕，对一切都感到可憎可恨。

我坐在床上，低着头，默然不语。

“和子。”

“嗯。”

“你说你有地方可去，那地方是哪里？”

我感到自己的脸已经红到了脖子。

“细田先生那里？”

我没说话。

母亲深深叹了一口气：

“说说以前的事情可好？”

“好。”我小声说。

“你离开山木先生家，回到西片町的家里来的时候，妈妈本不想责怪你什么。但是，妈妈还是说了一句‘和子辜负了妈妈’，还记得吗？说完之后你就哭了……对不起，妈妈不该用辜负这么过分的词……”

听母亲这么一说，我当时就感动得泣泪了。

“妈妈当时说辜负这个词，其实不是在说你离开山木先生家这件事。那会儿，山木先生告诉我，和子其实在和细田恋爱。听说这件事后，我脸色当即就变了。因为细田先生早就身为人夫，连孩子都有啦。不管他多么爱你，都是不会有结果的……”

“居然说我们在恋爱，真是过分。山木先生只是在一个劲儿瞎猜罢了。”

“真的吗？你呀，不会还在想着那位细田先生吧？你说有地方去，是哪里呢？”

“反正不是细田先生那里。”

“是吗？那是哪里呢？”

“妈妈，我这段时间就在想。人与其他动物的根本区别究竟是什么？语言也好智慧也好，思考也好社会秩序也好，人与其他动物在这诸项之中虽有程度上的差别，但这些能力和特征，动物并非没有。也许区别就在于人是有信仰的吧。人虽自诩为万物之灵长，可是与其他动物相比并没有什么本质上的区别吧。可是呀，妈妈，有一点，您不知道吧？其他生物绝对没有的只有人才有的东西，那就是秘密，对不对？”

母亲的脸上微微泛红，她的笑容非常动人。

“啊，真希望和子的这个秘密能够结出一个好的结果。妈妈每天早上都在向爸爸祈祷，希望和子能够得到幸福。”

我的脑海中，突然浮现出一幅那须野的秋天景象。那时，父亲驾车带我去那须野游玩，我们在中途下了车。胡枝子花、石竹花、龙胆草、女郎花，还有其他的秋季花草，都一并开放了。野葡萄的果实还是青色的。

之后，我与父亲在琵琶湖上乘了汽艇。我跳进水里，水藻里栖息的小鱼亲吻着我的脚，它们在湖底映得清清楚楚。映像随着水波轻轻地漾动着。这些景象前后并无任何关联，突然浮现在我的心中，之后又消失得无影无踪了。

我从床上滑下来，抱住母亲的双膝。

“妈妈，刚才的事，真是对不起。”

我终于说出了口。

想来，那段日子，幸福的最后一丝火光依然在照耀着我们。那之后不久，直治就从南方回来了，真正的地狱便开始了。

三

心中焦虑，发慌，喘不过气来几近窒息。这或许就是所谓的不安吧。苦涩的心潮不停地往复拍打。如雷雨过后的天空，慌乱的白云一朵接一朵地匆匆飘过，我的心脏一下勒紧，一下放松。脉搏停止了，呼吸也变得稀薄。眼前一片模糊暗淡，全身的力气，仿佛都从指尖流走了，我连毛线也无法继续织下去了。

这段时间，阴雨连绵。不管做什么都心不在焉，提不起精神。今天，我把客厅的藤椅拿到了檐廊外面，想把今年春天还没织完的毛衣，再继续织下去。毛线是淡牡丹色的，颜色昏暗，不够鲜明。我先添了一些深蓝色的毛线，将其织成一件毛衣。这淡牡丹色的毛线，距今已有二十年的历史了。那是我上小学时，母亲给我织的一条围巾上的毛线。围巾的一端可以作头巾，我戴上之后照照镜子，发现自己就像个小妖精。而且，围巾的颜色也跟其他同学的完全不一样，我虽然不太喜欢，但也没有办法。一个来自关西的同学——家里纳税很多，虽然他曾以一副大人口气夸赞过这围巾很不错。但是我依旧愈发地引以为耻。之后，有很长一段时间，我都把它丢在一边，再没戴过这条围巾。今年春天，颇有一点藏品再利用的意味，我将这条围巾拆开，打算用它的毛线织一件毛衣。不过，我是真的不太喜欢这种暗淡的颜色，于是没织完又扔到一边儿去了。今天恰好没什么事，于是我便又将它取了出来，不紧不慢地继续织了起来。但是，正织着毛衣的时候，我又发现，这淡淡的牡丹色毛线，与灰色的阴雨天空竟融为了一体，混合出一种难以言喻的柔和色调来。我以前并不知道这些，服装的颜色必须要与天空的颜色相互调和。这么重要的事情，我以前并不了解。调和呀，多么漂亮呀。为此，我感到有些吃惊和茫然。灰色的阴雨天空与淡淡的牡丹色毛线，两相组合之后，各自都开始熠熠生辉起来。真是不可思议。手上拿着的毛线突然开始变暖，而湿冷的阴雨天空也变得像天鹅绒一般柔软光滑了。这使我想起了莫奈画中的雾中寺院。这毛线的颜色，让我头一回领悟到法语中所谓的品味。真是好的品味呀。而母亲是知道的，她清楚地知道冬天下雪的天空，和这淡淡的牡丹色，是多么完美地互相调和。因此才特地为我挑选了这条围巾。而我却愚蠢地厌恶这条围巾。当时并没有强迫我戴上那条围巾而是随我所愿的母亲，在这二十年间（直到现在，我才真正发现这围巾的颜色之美），从未就这围巾的颜色作哪怕一点儿说明，只是佯装不知，沉默等待的母亲啊！我深深地感受到了母亲对我的好。而与此同时，这么好的一个母亲，就这样不断地被我和直治所折磨，愈发地穷困而衰老了。她不久就会死去吗？突然间，一种无法抑制的不安和恐惧涌上我的心口。这样那样的事情开始在我的脑子里不停打转。前路暗淡渺茫，对于未来，我满是不祥的预感。我心里开始发慌，慌得喘不过气来。连手指头都没有力气了。我把编针放在膝盖上，大口喘着气，抬起头，闭起眼睛。

“妈妈……”我嘴里情不自禁地念叨着。

母亲正靠在客厅一角的桌子上读书。

“嗯？”她诧异地应声道。

我一下子张皇失措，之后赶忙故意大声说道：

“蔷薇花终于开啦！妈妈，您知道吗？我刚刚才发现，终于开啦！”

那是客厅檐廊前的蔷薇。是和田舅舅之前从不知是法国还是意大利（记不太清楚了），总之是从很远的地方带回来的。两三个月前，舅舅把这些蔷薇移植到了这座山间别墅的庭院里。今天早晨，其中的一朵蔷薇花终于开了。我虽早已发现，却有意隐瞒，装作刚刚才发现的模样，故意大惊小怪一番。花是浓紫色的，自有一股凌然之气。

“知道啦。”母亲平静地说。

“你呀，把这件事看得很重要嘛。”

“也许是吧，您觉得我可怜吗？”

“不。我的意思是，你呀，就是这样一个人。你会在厨房的火柴盒上贴列那狐[1]的画，会给娃娃做手绢，你喜欢这样的东西呢。所以啊，当你说起庭院里的蔷薇时，听起来就好像在说一个有生命的人。”

“因为我没有孩子呀。”

这句我自己完全没有意料到的话，竟然脱口而出。说完之后，我便惊觉失言，羞得不得了，只好不停地摆弄膝上的毛线。

——都已经二十九岁了。

我仿佛清晰地听见一个男低音从电话里传来。我因为害羞，双颊灼烧一般发烫。

母亲什么也没说，又继续看书了。最近这段时间里，母亲都戴着纱布口罩，因此她愈发沉默寡言了。这口罩还是直治吩咐戴上的。大约在十天之前，他脸色黝黑地从南方的岛屿回来了。

事先没有任何的通知。就在一个夏天的傍晚，他从后面的柴扉里走了进来。

“啊，真没劲。真是个没意思的地方啊。我们不如贴上一个‘来来轩，烧卖有售’吧。”

这就是他第一回和我见面时说的寒暄话。

在那之前两三天，母亲舌头患病，在家卧床。她的舌尖从表面上看好像没什么变化。可她说舌头一动就会疼痛不已。进食也只能喝些稀粥。问她要不要看看医生，她却一个劲儿地摇头。

① 列那狐是法国民间童话故事中的一个寓意复杂的角色。它既敢于愚弄象征王权贵族的狮、熊、狼，也常常欺凌和伤害代表弱小无辜的家鸡、黄雀、鹭鸶；它既有聪明、机智的一面，又有奸诈、说谎的一面。——译者注

“会被人笑的。”她苦笑着说道。

我给她涂了些吕戈尔氏液[①]，然而一点效果也没有。为此，我不可名状地焦虑起来。

这时，直治回来了。

直治来到母亲的枕畔坐下，向母亲道了安。之后立刻又站了起来，在狭窄的家里四处踱步，我跟在他后面，对他说：

“怎么样？母亲有没有变？”

“变了，变了。妈妈老了。早点死掉吧。如今这个世道，妈妈这样的人是无论如何都生存不下去的。太凄惨了，简直让人看不下去。”

“我呢？”

“下贱了不少呢，脸可滋润了，好像同时好上了两三个男人一样。有酒吗？今晚喝点儿吧。”

我走到村里那所唯一的旅店，告诉老板娘阿咲，弟弟直治回来了，想拜托她沽一些酒给我。阿咲说不凑巧，酒刚好卖完了。不得已，我只好回去告诉直治酒已经卖完。直治听我说完，脸上一副我从未见过的、陌生人一般的表情，不屑地说我不懂办事。之后，他向我打听了旅店的地址，穿上木屐就飞奔出去了。等了许久也不见他回来。我做了直治喜欢吃的烤苹果，还准备了一些鸡蛋做的菜肴，把饭厅的灯泡也换成了新的。又等了许久，阿咲突然

① 复方碘溶液，以制造者法国医生吕戈尔的名字命名，用于杀菌和消毒。——译者注

从厨房那边露出脸来：

“喂喂，会不会出事啊？他在喝烧酒呢。”

阿咲把她那双本来就圆乎乎的鲤鱼眼睁得更圆了，一副事态严重的样子，小声对我说道。

“烧酒，是甲醇吗？”

“不，不是甲醇，不过……”

“喝了不会生病吧？”

“不会，可是……”

“那就让他喝吧。”

阿咲像是咽下一大口口水一般，点了点头，回去了。

我来到母亲身旁：“在阿咲那里喝酒呢。”

母亲听完，稍微咧了咧嘴，笑了笑：“嗯。不知道他还抽不抽鸦片。你先去吃饭吧。从今晚开始，我们就三个人一起在房间里睡了。把直治的铺盖放在最中间。”

我感到一阵酸楚，心里直想哭。

半夜，直治回来了，他的脚步声非常大。我们在房间里支起一个蚊帐，三人一起钻进去睡了。

“你在南方的事情，有没有说给妈妈听听？”

躺下的时候，我问他。

“什么也没有，什么也没有。忘记啦。到了日本之后就坐上了火车，火车窗户外面能看见水田。漂亮极啦。就这些了。把灯关了睡觉吧。”

我关了灯。夏夜的月光如洪水一般溢满整个蚊帐。

第二天早上，直治趴在床上，抽着烟，眺望着海那边的远方。

“你说你舌头痛？”他开口问道，仿佛刚刚才发现母亲不太舒服。

母亲没有回答，只是微微一笑。

“一定是心理原因引起的。晚上睡觉的时候嘴巴也张着吧。真是不卫生。戴上口罩吧。纱布上浸一些利凡诺溶液[1]，放在口罩中间就好了。”

我听了之后，扑哧一声笑了出来。

“这叫什么疗法呀？”

“这叫作美学疗法。”

“可是，妈妈一定不喜欢戴口罩之类的东西。”

母亲不仅不喜欢戴口罩，眼罩、眼镜以及其他一切戴在脸上的东西，她都非常不喜欢。

“妈妈，戴上口罩吧？”我问她。

“我戴。”

她认真地低声答道。我心里一惊：好像只要是直治说的话，母亲都会老老实实地言听计从。

我吃过早饭之后就按照直治刚才说的，在纱布上浸了利凡诺溶液，做好口罩，拿给母亲。母亲一言不发地拿过口罩，躺在床

① 另一种杀菌液。——译者注

上，老老实实地把口罩的绳子套在两只耳朵上。那副样子，乖巧得像个小女孩。我看到这一情景，心中袭来一阵悲伤。

刚到午后，直治就说他必须去东京见一个朋友和另一个文学上的老师。他换上西服套装，从母亲那里拿了两千元钱就上东京去了。过了十来天，他还没有回来。母亲就这么每天戴着口罩，等着直治回家。

“利凡诺溶液，真是好药呀。戴上这个口罩之后，舌头就不痛了。”母亲边笑边说。

可是，我总觉得母亲说的并不是真话。她虽嘴上说没事了。可起床之后，还是没有什么食欲，话也越来越少了。我非常担心母亲。而直治呢，他究竟在东京干什么呢？一定和那个小说家上原先生一起在东京鬼混，在东京那疯狂的漩涡中泅泳。我越想越心酸，冷不防对母亲说起了蔷薇开花之时。之后，又意想不到地说了“自己没有孩子”之类的话。我越来越说不下去了。

“啊！”

我叹了一声，站了起来。那么去哪呢？没有任何地方可去。我孑然一身，仅止于此，只好稀里糊涂摇摇晃晃地爬上楼梯，来到二楼的西式房间。

如今，这里已经成为直治的房间了。四五天前，我同母亲商量过之后，拜托山下农家的中井先生帮忙，把直治的衣橱、书桌、书箱，此外还有他的藏书和笔记本，一股脑儿装了五六个木箱子，总之，把他在西片町那栋房子里的所有东西，都搬到了这里来。

想在直治从东京回来之前，把东西暂时堆在这里。等他回来之后，再让他把各样什物归置到他喜欢的地方去。因此，房间里的杂物现今依然堆得到处都是，连个落脚的地方都没有。我心不在焉地从脚边的木箱里捡起一本笔记本，只见笔记本的封面上写着：

夕颜[①] 日记

这似乎是直治罹患毒瘾期间的手记。零零乱乱地记述如下：

我觉得自己要被烧死了。痛苦，虽然痛苦，嘴里却喊不出一言半语。这种古来罕见、自人世开拓以来不见先例的、深不可测的地狱之苦，我已无法掩饰。

思想？谎言。主义？谎言。理想？谎言。秩序？谎言。诚实？真理？纯粹？统统都是谎言。据说牛岛的紫藤，树龄能逾千年。熊野的紫藤，树龄亦有百年。其花穗，前者最长九尺，后者亦五尺有余。我只为那花穗心潮澎湃。

那也是人之子。活着。[②]

所谓逻辑，归根结底是对逻辑的爱，而非对活着的

① 本意为夜间开花、清晨凋谢之意，又指葫芦草。同时亦是日本谣曲名，取材于《源氏物语》。——译者注

② 加粗部分原文为片假名。——译者注

人的爱。

金钱与女人。逻辑羞怯地匆匆离去。

浮士德博士便是勇敢的实证：历史、哲学、教育、宗教、法律、政治、经济、社会，比起这诸般学问，一个处女的微笑要更为可贵。

所谓学问，它的另一个名字叫虚荣。是人为了不成为人所做的努力。

我敢对歌德起誓。我能妙笔生花。我的小说，全篇结构严谨，滑稽适度；或让人如坐针毡，满眼悲伤；或让人肃然起敬，如所谓正襟危坐。我的小说宛如完璧，朗朗诵读起来，恍若银幕上的解说词。惭愧惭愧，我能写出来吗？本来，这种杰作意识，就是十分小气的。正襟危坐读小说，此乃狂人所为。真若如此，倒不如索性把和服礼服也一并穿上好了。好的作品，是不会装腔作势的。我故意把一篇小说写砸，只为博朋友心底一笑。一屁股摔在地上，再挠着脑袋爬起来跑掉。啊，朋友这时笑得多开心。

为文不熟，为人亦不周。这般风情下，还给人吹玩具喇叭。全日本第一的傻瓜就在这里。你还好，尚健在。……所期望的爱情，究竟为何物？

朋友沾沾自喜。“那是那家伙的恶习，真可惜啊。”

他抱怨道。被爱这种事情，他不知道。

完美无缺的人存在吗？

真无聊啊。

我想要钱。

没什么大不了的。

睡着睡着就死了。

在药店已经赊欠下千元的欠款。今天，我悄悄带着当铺的掌柜来到我家，进到我的房间。我跟他说："这房间里有什么值钱的东西吗？有的话就拿走吧，我急用钱。"掌柜不屑一顾地跟我说："算了吧，又不是你的东西。""好，"我大言不惭地对他说，"既然这样，那你就把我迄今为止用零花钱买的小玩意儿都全部拿走吧。"我把我收集的那些小玩意儿全部归置到一起，却没有一个值钱的玩意儿。

首先，是一个石膏像的手臂，是维纳斯的右手。像大丽花一样的手，纯白色的手，就这么一只手单独放在台座上。可是，仔细一看就会发现：维纳斯，由于自己的裸体被男人看见，她十分惊讶，害羞连连。她的胴体陡然变成了浅红色，正滋啦滋啦地发烫。她的身体扭曲着，手的姿态还流露着羞怯。手指的指尖没有指纹，手心上也没有掌纹，是一只纯白而纤细的右手。这苗条的右手，透露了维纳斯心中的苦恼，让人一阵心疼。然而，这是所谓的非实用的收藏品。掌柜给了个估价：五十钱。

其他的，还有巴黎近郊的大地图，直径一尺左右的赛璐珞陀螺，写出的字比线还细的特制钢笔尖……都是些偶然淘到的玩意儿，可那掌柜却微微一笑，说声告辞。“等等！”我拦住他。最后，总算让他背走了好大一堆书，得了五块钱。我书架上的书，大都是些廉价的文库本，以及一些从旧书店里淘来的旧书，当然也就卖不了几个钱。

千元的借款，如今只筹到了五块。在这世上，我的本事大概也就到此为止了。这可不是什么好笑的事情。

颓废派？可是，不这样就没法继续活下去。比起那些批判谴责我的人，我更感谢那些直接对我说去死的人。简单明了嘛。可是，人是不会随随便便就对别人说去死的。真是群小肚鸡肠、老谋深算的伪君子。

正义？所谓的阶级斗争之本质，其实并不在这里。人道？不是开玩笑，对此我是有所了解的。无非是为了自己的幸福，将对方打倒，杀死。“死吧！”若不是这般宣告，那又是什么呢？可别忽悠我。

然而，我们所处的阶级里，并没有什么了不起的人物。净是些白痴，幽灵，守财奴，疯狗，牛皮王，斯文败类，还有从云上往下尿尿的家伙。

“去死！”这种话都略嫌浪费。

战争。日本的战争，是自暴自弃。

在自暴自弃的战争中赴死，还是算了吧，我更想一个人独自去死。

人们撒谎的时候，一定会装出一本正经的模样。看看领导们这会儿那副一本正经的模样，哇！

我想和那些不想受到尊敬的人一起玩。

然而，那些好人，是不会和我玩的。

我以早熟的模样示人，人们便传言我早熟。我以懒惰示人，人们便传言我懒惰。我装出一副写不出小说的模样，人们便传言我写不出小说。我把自己伪装成一个谎话连篇的人，人们便传言我是个骗子。我装作一个有钱人，人们便传言我有钱。我假意冷淡，人们便传言我是个冷漠之人。可是当我真正愁苦，不经意之间发出呻吟的时候，人们却传言我是在假装忧愁。

总是龃龉。

所以，除了自杀之外就没有别的办法了吗？

我是如此痛苦，可是除了自杀之外再无其他办法。想到此处，我放声大哭。

春天的早晨，在阳光的照耀下，两三朵花蕾初绽在梅树的枝头。在这梅树的枝头上，一个海德堡的年轻学生，悄悄地自缢而死。

“妈妈，骂我吧。”

“怎么骂呢？”

“骂我胆小鬼。”

“是吗？胆小鬼……这样可以吗？”

妈妈身上，有一种无与伦比的好。一想到妈妈，我就想哭。为了向妈妈道歉，我甚至可以去死。

请原谅我吧。如今，就请原谅我这一次吧。

盲眼之雏鹤，
黑暗之中一年年，
凄凄然长成。
（元旦试作）

吗啡　阿托罗莫尔　那尔科艽　鸦片碱　巴比那尔　旁奥品　阿托品[1]

自尊心是什么？所谓自尊心。

人，不，是男人，男人没有优越感（我比别人优秀）（我身上有优点呢），难道就没办法活下去吗？

我讨厌人。人们也讨厌我。

智慧的角力。

严肃＝愚蠢之感

总之啊，只要人活着，就一定会要诡计。

一封求人借钱的信。

请回信。

请务必回信。

希望回信里一定要是好消息。

我已知自己将要历经诸般屈辱，我一人独自呻吟。

我不是在演戏。绝对不是。

求求你了。

① 皆为药品名，止咳剂、镇静剂等。——译者注

我简直要羞惭而死了。

我绝没有夸大其词。

每一天每一天，我都在等着回信。日日夜夜抖个不停。

不要把我摔倒在地。

我听见隔壁传来阵阵窃笑。深夜，在床上辗转反侧。

不要让我遭逢欺辱。

姐姐！

读至此处，我合上了这本《夕颜日记》，放回木箱之中。我走到窗边，将窗户全都打开。望着白色烟雨中的庭院，我想起了那时的事。

如今，已经过去六年了。当时的直治麻药成瘾，这成为我离婚的原因。不，不能这么说。即使直治没有麻药成瘾，即使没有任何事情发生，我也迟早都会离婚，似乎生来便已注定。直治苦于偿还他在药店欠下的巨额债款，一而再再而三地找我借钱。那时，我刚嫁给山木不久，金钱上并没有那么多余裕。而且，用夫家的钱悄悄接济自家的弟弟，确实是件不太光彩的事情。因此，我只得和陪嫁过来的婢女阿关商量，把我的手链、头饰和洋装裙子都卖掉了。弟弟是寄了信来问我要钱。此外，信上还说：

如今，我已万分屈辱痛苦，实在无颜与姐姐相见，连电话都不好意思打了。请姐姐吩咐阿关，将钱交给住在京桥某町某丁目的茅野公寓的、姐姐也略有耳闻的那位小说家上原二郎手里。人们都说上原先生是个无耻之徒，其实他并不是那样的人。所以，请放心把钱交给上原先生。上原先生收到钱之后，会立即电话通知我。恳请姐姐务必要如此行事。我不想让妈妈知道我如今用药成瘾的事情。我会在妈妈知道这事之前，想办法把毒瘾戒掉的。这一回，我一收到姐姐的钱，就去把药店的欠债全部还掉。之后就去盐原的别墅那边把身体养好了再回来。真的，一旦我把药店的钱都还完了，我就从此彻底戒除麻醉药。我向神明发誓，请相信我。请向妈妈保密，让阿关把钱送到茅野公寓的上原先生那里。

拜托了。

我按照信上的要求。让阿关偷偷把钱送到了上原先生的茅野公寓去。弟弟信中所发誓言从来都不算数，他没有去盐原的别墅，毒瘾倒是愈发严重了。他写来要钱的那些信，文辞恳切，近乎哀号，每每都要以那种令人侧目的悲哀姿态发誓自己这回一定戒掉麻醉药。我知道他大约又在说谎，然而毫无办法，最后还是让阿关把胸针之类的东西都拿去卖了，换了钱送到上原先生的公寓去。

“上原先生是个怎样的人呢？”

“身材矮小，脸色也不好。是个挺冷漠的人。”阿关回答。

“不过，他不常待在公寓里。大多数时间是他太太和六七岁的女儿在那里。这位太太，并没有多么漂亮，可是非常温柔，是个很能干的人呢。若是把钱交给那位太太，是大可以放心的。”

那时的我，同现在的我比起来……不，没法比，完全是两个不同的人。那时的我懵懵懂懂，什么事情都要比别人反应慢半拍。可即便如此，弟弟还是持续不断地来信要钱，而且金额也愈来愈多，懵懂如我也禁不住担心起来。一天，看完能剧。在银座时，我把司机打发走了，独自一人步行造访了京桥的茅野公寓。

上原先生正一个人在房间里看报纸。他身着条纹夹衣和藏青色碎花羽织外套，看上去像个老人，又像个年轻人，仿佛一只我见所未见的奇珍异兽。这便是他给我的奇怪的第一印象。

“内人和孩子一起去领配给了。”

他说话略带鼻音，断断续续。似乎是错把我当成了太太的朋友。我告诉他我是直治的姐姐。我刚说完，只听他哼地笑了一声。不知怎的，我打了个冷战，感到一阵恐慌。

“出去走走吧。”

说着，他已经披上了和服外套，从鞋柜里拿出一双新木屐。穿上之后，便先行走上公寓的走廊。

外面，是初冬的傍晚。风很冷。感觉像是从隅田川吹来的河风。上原先是顶着风，右肩微微耸起，一声不吭地往筑地方向走去。我疾步小跑，跟在他身后。

我们走进东京剧场后面大楼里的地下室。这是一个面积约二十铺席的细长房间。四五组客人正隔着桌子，各自静悄悄地喝着酒。

上原先生用玻璃杯喝酒。他又为我取来一个玻璃杯，给我斟上酒。我喝了两杯酒，并没有什么反应。

上原先生一边喝酒，一边抽烟，一直都没有说话。我也没说话。虽说这是我有生以来第一次来到这样的地方，不过我却镇静异常，心情也还不错。

“要是只喝点酒倒还好……”

“啊？”

“啊，我是说你弟弟。他要改作喝酒就好了。我以前也曾麻药成瘾。人们总觉得麻药成瘾很糟糕很可怕，其实和喝酒一样，都是一码事。人们对于喝酒，倒是出乎意料地宽容。把你弟弟变成个酒鬼吧。你说好不好？”

“酒鬼，我见过一次。新年里，我出去的时候，司机的一个朋友脸红得像个小鬼，正在副驾驶座上呼呼大睡。我见了他，吓得大叫起来。司机跟我说，酒鬼就是这个样子，真是没办法，说完就把他从汽车上扛了下来，不知带到哪里去了。软绵绵的，好像没有骨头一样，嘴里还嘟嘟囔囔地说着些什么。那是我第一次见到酒鬼，还挺有意思的。”

“我也是个酒鬼。”

“啊，不过，不一样吧？”

“你呀，也是个酒鬼。”

“没有的事。我是见过酒鬼的，完全不一样呀。”

上原先生头一回露出了开心的笑容：

“这样的话，你弟弟也许成不了一个酒鬼。总之，还是喝酒要来得好一点。回去吧。时候不早了，会不会不方便？”

“没有，没关系的。”

“不是，其实反倒是我觉得有些憋闷。老板娘，结账。”

“这么多东西，不少钱吧。要是钱不够的话，我身上还带了些。”

“唔，那好吧，那就你埋单吧。”

“不知道够不够。”

我看了看包里的钱，告诉上原先生还剩多少。

“把我当傻瓜呢？这么些钱，还能再喝个两三家呢。”

上原先生紧皱着脸，说完，又笑了。

“还要再去什么地方喝几杯吗？”

我问罢。他一本正经地摇了摇头。

“不去了，已经喝了不少了。我给你叫辆出租车，回去吧。”

我们沿着地下室阴暗的楼梯往上爬，上原先生先我一步走在前面。爬到楼梯正中的时候，他突然转过身来，猛地亲了我一下。我就这么紧闭着嘴唇被他吻了。

其实，我并不怎么喜欢上原先生。然而，从那之后，我便有了所谓的秘密。上原先生咯噔咯噔地疾步走上楼梯，而我则跟在后面，心中却不可思议地如止水一般透明。我慢悠悠地爬上台阶，走了出来。河风吹拂在脸上，我心情大好。

上原先生为我拦了一辆出租车，我们就这样默然分别了。

我随着车子摇摇晃晃，感到世间宛若奔涌的大海一般广阔。

“我有情人呢。”

有一天，我遭到丈夫的斥骂，心中凄凉不已，嘴里便突然冒出了这么一句话。

“我知道，是细田对不对？还是死不了心对不对？”

我沉默不语。

每当我们之间发生不和时，这个问题就会被一而再再而三地抛出来。“不行了，我再也受不了了。”我心里想。就好像做裙子的衣料，若是剪裁错了，就再也缝不好。只能全部都扔掉，只能再找新的衣料来剪裁。

“难不成，你肚子里的孩子竟是……”

一天夜里，丈夫竟然对我说出这种话来。我感到十分恐惧，全身都瑟瑟发抖。现在想来，我也好，他也好，当时都还太年轻了。我不懂爱情，甚至连爱也不懂。我对细田先生画的画深深着迷。我见了人就说："要是能成为细田先生的夫人，每天的生活该多么美好啊。要是不与这么有趣的人结婚，那结婚本身还有什么意义呢？”因此，大家都对我产生了误解。可即便如此，即便我连爱与爱情也分不清，我还是若无其事地将“我喜欢细田先生”这件事公之于众了。说出去的话如泼出去的水，再也收不回来。事情便愈发地纠扯不清了。最后，竟连我腹中的婴儿也遭到了丈夫的怀疑。虽然我们俩谁都没有直接说过离婚之类的话，然而不知不觉之间，周围的人都开始对我们侧目而视了。我同随我陪嫁的阿关一起回到了娘家，不久之后，腹中的胎儿也流产了。我也因之卧病在床。同山木之间的关系，也就到此为止了。

对于我的离婚，直治似乎隐约感到他自己负有不可推卸的责任。他说他会去死，说完便号啕大哭起来，哭得脸都变了形。我问他，现在还欠药店多少钱。他告诉了我，欠款的金额依然多得吓死人。而且，我之后才知道，他没有跟我说实话，又跟我撒了谎。实际的欠款，要比他当时告诉我的多三倍左右。

“我碰见上原先生了。他人很好。以后同上原先生一起去喝酒吧，好不好？喝酒的话，也花不了多少钱，对不对？酒钱你就找我要好了。药店还钱的事情，你就不要担心了，总有办法解决的。”

他听我说了我同上原先生见面的事情后，莫名其妙地异常开心。当晚，他从我这里拿了钱，就立刻去找上原先生游玩去了。

成瘾，或许是一种精神疾病。我对上原先生表示了赞许，之后又从弟弟那里借了上原先生写的书来读。“真是个了不起的人呀。”我说。弟弟听了却说：“这种事情，姐姐你怎么理解得了？”话虽这么说，可他看上去依旧非常高兴。“那你再看看这个吧。”说完，又递给我另一本上原先生的著作。于是，我也开始认真地读起上原先生的小说来了。两人七嘴八舌地讨论上原先生的诸多传闻。每天晚上，弟弟都大张旗鼓地跑去找上原先生游玩，渐渐地，如上原先生计划的那样，他开始迷上喝酒了。关于还钱的事情，我则悄悄告诉了母亲。母亲听罢，用手捂住了脸，木然半晌，又再次抬起头来，脸上露出凄凉的笑容，说："想也想不出办法来呀。也不知道要多少年才能还清呢。每个月都想办法还上一点吧。"

如今，已经过去六年了。

夕颜。啊，弟弟也很痛苦吧。他已无路可走了，每天只知道拼命地喝酒。要做什么？该怎么做？他仍然一无所知。

不如再狠一狠心，做一个地地道道的坏蛋吧。这样一来，说不定他反倒会变得开心一点。

"完美无缺的人存在吗？"——直治的笔记本里写着这么一段话。如此说来，我是有缺陷的，舅舅是有缺陷的，母亲也是有缺陷的。所谓缺陷，难道不就是温柔吗？

四

究竟该怎么办？要不要写信呢？我茫然失措，不知如何是好。可是今天早上，我突然想起耶稣的一句话：“驯良如鸽子，灵巧如蛇。”之后，便不可思议地精神大振，遂决定给您写信。我是直治的姐姐。您还记得吗？如果忘记了，就请回忆一下吧。

直治这段时间给您添了不少麻烦，真是十分抱歉。（可是，直治的事情是他自己擅自决定的。由我来道歉，似乎没有什么意义。）这一次，我写信相求，并不是为直治的事情，而是为我自己的事情。听直治说，您在京桥的公寓受了灾，于是搬到了现在的住所。本想亲自前往拜访您在东京郊外的宅邸。然而因为家母身体不适，无法丢下她只身前往，因此未能成行。只能在此给您写信了。

想与您商量一件事情。

我想要与您商量的事情，在至今为止的“女大学生”看来，也许非常龌龊肮脏，其中包含着恶劣的犯罪亦未可知。但是，我实在是，不，是我们，我们实在是无法在现今的状态下继续生活下去了。您是我弟弟直治在这世上最为景仰的人，因此想请您听听我的想法，给我一些指导。

我已经无法忍受现在的生活了。已经不是喜欢和讨厌的问题了，是我们家里的三个人如今已经无法再这样生活下去了。

昨天，我也非常痛苦，身体发烫，呼吸困难。我自己真是束手无策。过了中午，山下农家的姑娘冒雨扛来了米，而我则按照约定将衣服拿给她。姑娘在饭厅与我面对面坐下，一边喝着茶，一边用一种十分现实的口气对我说：

“你，卖东西过活，还能维持多长时间？”

“一年半年的吧。”我用右手捂住半边脸，继续说道，“好困啊，想睡觉，完全没办法。”

“累了吧。或许是神经衰弱导致瞌睡。”

“是吧。”

我差点流下泪来，脑海里突然浮现出现实主义与浪漫主义两个词来。对我来说，现实主义是不存在的。这样的状态究竟还能维持多长时间呢？想到这里，我就冷汗直冒。母亲，已经和病人差不多了，经常卧病在床。我弟弟，如您所知，患有严重的心疾。在家里时，他成天都要上附近那家兼作旅店的饭馆喝烧酒，三天两头把我们的衣服拿去卖了钱，跑到东京去。但是，令我真正痛苦的事情，并非这些。我只是预感到，我自己的生命在这日常生活中，如芭蕉叶未落而已先行腐烂了。我茫然伫立着，清晰地感到自己的身体在一点一点衰老腐朽。太可怕了。我已经不堪忍受了。因此，尽管会遭到“女大学生”的侧目，我也要逃离现在的生活。

因此，我想同您商量。

现在，我想明确地向母亲和弟弟宣告：我在之前就已经与某人相爱。今后，我要去当他的情妇了。我想将此事明明白白地告诉他们。这个人您也认识。他名字的首写字母是M·C。以前，每当发生什么令人痛苦的事情，我都想飞奔到M·C那里去。相思之苦袭来，令人痛不欲生。

M·C与您相同，也有太太和孩子。而且，似乎还有比我更加年轻漂亮的女朋友。可我自己却觉得，除了M·C那里，我已别无其他生路了。M·C的太太，我还尚未见过。但似乎是一位善良而温柔的女人。我一想到这位太太，就觉得自己是个可怕的女人。可是，我现在的生活比这还要可怕，我只能依靠M·C。我希望自己能够驯良如鸽子，灵巧如蛇。我希望自己能够实现自己的爱情。但是，母亲也好，弟弟直治也好，乃至这世间的任何一个人，都不会赞同我的所作所为。您呢？归根结底，我只能自己一个人考虑，一个人行动，除此以外别无他法。一想到这里，我的眼泪就流出来了。这是我生平第一回遭遇这样的事情。难道这样一件难事，就得不到周围人的一点儿祝福吗？我苦思冥想，好像自己正在思考一道异常麻烦复杂的因数分解代数题答案。我感觉似乎在某个地方，有一个线头，能够哗啦啦完美地解开这团乱麻。想到这里，我又忽然间变得开朗乐观起来。

可是，最为关键的是，在M·C心中，我又是个怎样的人呢？一想到这里，我又沮丧了起来。我就是那种，所谓送上门来的……怎么说好呢，绝不能说是自己找上门来的老婆。可以说是，不请自来的情妇吧。就是如此。因此，只要M·C不愿意，事情就到此为止了。所以，我才来求您，希望您一定要帮我问一问他。六年前的某一天，我的心里悄悄挂起一道淡淡的彩虹，那既不是爱情，也不是爱。岁月流逝，这道彩虹变得更加鲜艳，色彩变得更加浓厚了。直到现在，这道彩虹都一直挂在我心里，从来没有消逝过。雨后晴空中的彩虹倏忽即逝。而一个人心中的彩虹，是不会消逝的。请您一定帮我问问他。他究竟对我怎么想呢？他是否也把我看作一道雨后晴空中的彩虹呢？而这道彩虹，是否早已消逝？

如果是这样，那我也只好擦去自己的彩虹了。可是，只有先行抹除我的生命，我心中的彩虹才会消逝。

敬候佳音。

此致上原二郎先生（我的契诃夫。My Chekhov. M·C）

这段时间，我一点点地胖了起来。与其说越来越像一个动物一般的女人，倒不如说越来越像个人了。这个夏天里，我只读了劳伦斯的一部小说。

您没有回信，于是我再一次写信给您。之前给您写的那封信，满纸竟是狡猾如蛇的诡计，想必早已被您一一识破了吧。确实如此，那封信里的每一行，都绞尽了我的脑汁。然而，归根结底，我写这封信，也只是想让您帮我一把，只是想问您要些钱而已。我不否认我有这样的目的。可是，我如果仅仅只是想找个资助人的话，那么，不好意思，我并没有必要特地来叨扰您。又有钱又对我好的老头子多了去了。实际上，前不久，我才有过一次奇妙的类似相亲一样的经历。那位先生的名字，恐怕您也知道。是个年过六十依然单身的老头儿，好像还是什么艺术院的会员。这样一位艺术宗匠，为了我，还特地到我们的山间别墅来了一趟。这位老师就住在我们西片町的老家附近，和我们属于同一个邻组[1]，有时还

① “二战”时日本管理基层民众的组织。——译者注

能见上几面。有一次，我记得好像是一个秋天的傍晚。我和母亲二人，乘汽车从他家门前经过，母亲只是透过车窗向他稍稍点了点头。他那严肃紧张的黑脸庞顿时就红了，红得胜过枫叶。

“看对眼儿了？”我笑嘻嘻地说，“妈妈，他喜欢你呢。”

可是，母亲却镇定自若，仿佛自言自语般说道：

“不，那是一位了不起的人。”

尊敬艺术家，是我家的家风。

那位老师的太太，很早以前便去世了。在和田舅舅的一位皇族朋友——谣曲《天狗》[①]的票友——的介绍下，他向母亲提出了请求。母亲说，和子怎么想就怎么说，直接给那位老师回信就好。我也没多想就直接说自己不愿意，现在还没有结婚的意向，稀里哗啦地便把自己的想法写在了回信上。

“拒绝他真的没关系吗？”

“这个……我也觉得有些不太好。”

那段时间里，这位老师寓居在轻井泽的别墅。于是，我将回信送到了那里。可没想到的是，第二天这位老师便因事启程前往伊豆温泉了，他虽与回信擦肩而过，却

① 谣曲，是日本古典传统戏剧能乐中的唱段和念白。有关天狗的谣曲中，最有名的是《鞍马天狗》。——译者注

径自顺路前来拜访了我们。他完全不知道我已对他有所答复，就这么突然地出现在了我们的山间别墅。这些艺术家呀，不论到了怎样的年纪，都还是那么孩子气。

母亲身体不适，因此是我出来接待的他，在中国式的客厅里给他奉茶。

“唔……那封拒信，据我所知，现在已经送到轻井泽了。这件事情，我已经好好地考虑过了……”我对他说。

“是吗？”他张皇失措起来，擦了擦汗，又说，“可是，还是想请您再好好考虑一次。我虽然不能给你，怎么说好呢，虽说恐怕不能给你所谓精神上的幸福。但是，作为代价，我可以满足你在物质上的一切要求，使你得到物质上的一切幸福。光这一点，我敢明明白白做保证的。唔，坦率地说，我就是这么个意思。”

“我不太明白您所说的幸福。恕我冒昧，契诃夫在给他妻子的信中写道：‘请为我生个孩子，生一个我们的孩子。’尼采在他的随笔中，也曾有过‘一个想给他生孩子的女人’这样的表述。我想要孩子。幸福那种东西，怎么都无所谓。我也想要钱，但是只要这些钱足够把我的孩子养大，对我来说就足够多了。”

老师脸上露出了奇怪的笑容：“您这样的人，真是不多见呀。见了谁都是有话直说。与您这样的人一起生活，兴许能给我的工作带来新的灵感。”

他似乎端起了艺术家的派头，说起话来也不再像个老人了。如果我真的能让这样了不起的艺术家在艺术创作上重获新生，那我也算是实现自己的人生价值了。但是，我心里却无论如何都不能想象自己被这位老师拥搂在怀的样子。

“就算我心里没有您也没关系吗？”我微微一笑，问他。

“你是女人，没关系的。女人呀，不用把什么事情都想得太清楚。”他一脸严肃地说。

“可是，像我这样的女人，心里要是没有您，是完全没办法和您结婚的。我如今已经是个老姑娘了，明年就三十了。”

话音刚落，我就忍不住想捂住自己的嘴巴。

三十。我忽然想起曾经读过的一本法国小说里的一段话：“三十岁之前的女人，身上依旧会残留着少女的气息。而三十岁的女人身上，就已经完全没有少女气了。”一阵凄凉之感瞬间袭遍全身。窗外，大海沐浴在正午的阳光之下，波光粼粼如玻璃碎片。当初读到这段话的时候，心中并没有什么感觉，只是觉得理所当然：一旦过了三十岁，女人的生活就算是结束了。现在想来，还真是怀念当时的心境啊。我的手镯、项链、裙子、腰带将一件一件地从我身上消失。而那少女的气味，也将渐渐变淡。中年妇女，真糟糕啊。啊啊，真讨厌啊。可中年妇女的生活之中，也还是有女人的生活的。在这段时间里，我逐渐弄明白了这一点。我想起十九岁时，我的那位英国女教师回英国之前曾对我说：

“你不能恋爱。恋爱对你来说只会徒增不幸。等你再长大一些，三十岁之后再说吧。”

不过，当时的我听了这段话，只是感到不知所云。当时的我，根本无法想象三十岁之后的事情。

“有传言说，你们想要卖掉这座别墅。”

老师满脸心怀不轨的样子，突然说出了这么一句话。

我笑了。

“对不起，您让我想起了《樱桃园》[1]。是您想买吗？”

老师果然敏锐地察觉到了什么。他似乎生气了，歪着嘴，没有说话。

确实，有一位皇族看中了这里，想出五十万新日元买下。不过这件事很快就不了了之了。老师一定是听说了这样的传闻。不过，被我当作《樱桃园》里罗巴辛[2]这样的人物看待，老师的心里恐怕非常不舒服。之后，他又与我稍稍客套了几句，就告辞回去了。

---

① 俄国作家契诃夫的戏剧，展现了当时俄国贵族阶层的衰落。——译者注

② 《樱桃园》中的人物，商人，祖父和父亲过去都是樱桃园的奴隶。罗巴辛自己则靠种植和贩卖罂粟发了财，最终买下了贵族的樱桃园。——译者注

我现在并不是把您当作罗巴辛。我就坦白跟您说了吧。我只是希望您能接受我这个送上门来的中年妇女。

第一次与您相见，已经是六年前的事情了。那时，我对您这个人一无所知。只知道您是我弟弟的老师，而且还是一个名声不太好的老师。我们一起用玻璃杯喝了酒，之后您就同我开了一个小小的玩笑。不过我不介意，只是奇怪地感到轻松，既不喜欢您，也不讨厌您，对您也没有什么特别的感觉。之后，为了讨弟弟开心，我从他那里借了您的书来看。有时觉得有趣，有时也觉得无聊，算不上什么热心读者。可在这六年之间，不知不觉，您就像雾气一样渗进了我的心里。那天夜里，您在地下室的楼梯亲吻了我。这件事情如今愈发清晰生动地映现在了我的脑海里。不知道为什么，我忽然感觉，那就是决定我命运的一个重大事件。我很想您，这也许就是爱情吧。一想到这里，我又开始惴惴不安，一个人抽抽噎噎地啜泣起来。您和别的男人完全不同。我并不是像《海鸥》[①]里的妮娜一样，爱上了作家。对于小说家，我并未有什么憧憬。如果您把我当成了文学少女，那我真是要不胜惶恐了。我只是想要一个您的孩子。

如果能在更久之前，在您还是单身，而我还未嫁给

① 俄国作家契诃夫的戏剧。妮娜是其中的女主角，生于乡村富裕家庭，满怀理想与信念。——译者注

山木之前，我们就相遇并且结婚。也许我就不会像现在这般痛苦了。不过，对于同您结婚这件事情，我如今是不敢奢求的。将您的太太赶走，这样卑鄙粗暴的事情我是做不出来的。我可以做您的妾（我本不想用“妾”这个词的。如今也是不得已而为之；可是，即便说是“情妇”，在人们看来，和“妾”也没什么区别；所以，还是明说好了），即使是做您的小妾也无所谓。然而世间的小妾，生活似乎都很艰难呢。听人们说，小妾一旦无用，就会被人遗弃。人们还说，一个男人无论年轻时多么荒唐，只要年过六十，都会回到正妻的身边。西片町的老仆人和奶妈聊天时，我也听他们说过：“千万不能给人当小妾。”但是，他们说的是世上小妾们的普遍状况，与我们的情况并不一样。我觉得，对您来说最重要的事情，莫过于您的创作。因此，您若是喜欢我，我们之间若是相处融洽，对您的创作也会有好处。这样一来，您太太对我们之间的事情也会睁一只眼闭一只眼。这道理虽说有些牵强，可我觉得我的想法并没有错。

问题只在于您的答复了。您究竟是喜欢我，还是不喜欢我，抑或是根本无所谓？我十分害怕得到您的答复，然而又不得不向您寻求答复。在之前的信中，我说自己是您不请自来的情妇。现如今，在这封信里，我又说自己是个送上门来的中年妇女。可现在想来，如果没有您的答复，我即使是送上门去，也是无门可送。只能自己一个人待着，昏昏然地日益憔悴。因此，我目前什么也做不了，只能静候您的佳音。

我刚才忽然意识到，您在小说里，写了不少恋爱冒险故事。因之，世间便传言您是一个品行不端的人。可事实上，您是一个守规矩的人吧？我并不懂什么常识和规矩。只要是我喜欢的事情，我就会去做。我认为这才是美好的生活。无论怎样，我都不想生别人的孩子，我只想生您的孩子。因此，我才来同您商量。您如果明白我的心意，就请您给我回信。请您将您的想法明明白白地告诉我。

雨停了，起风了。现在已经是下午三点了。我要去领一些配给的一级酒[①]（六合[②]）。我把两个朗姆酒的酒瓶放进袋子里，把信塞进胸前的口袋，走了约十分钟，来到山下的村子里。这酒不是给弟弟喝的，是给和子喝的。每天晚上都要用玻璃杯喝上一杯。酒，还是要拿玻璃杯来喝呀。

您想不想来我这里喝一杯呢？

此致M·C先生。

① 1940年至1992年间日本酒级制度的分类，分为特级、一级、二级。如今称作金撰、银撰，或上撰、佳撰。——译者注

② 日本度量衡中的体积单位，一升的十分之一。——译者注

今天又下雨了。是眼睛看不见的雾一般的蒙蒙细雨。每一天我都待在家里翘首以盼。可直到今天为止，您的回信依然不见踪影。您到底是怎么想的呢？在之前的那封信里，我是不是不应该说老师的事情？您是不是以为我写那件相亲的事情，是想激起您的竞争心理呢？可是，那件亲事，早就已经无疾而终不了了之了。刚才我还和母亲一同笑话这件事情呢。母亲最近老说她舌头痛，直治就向她推荐了美学疗法。用了美学疗法后，她的舌头痛确实缓解了，近来精神也好了不少。

刚才，我站在檐廊边上，眼望一阵旋风卷着细雨，心中猜测着您的想法。

“牛奶煮好啦，来吧。”

母亲在饭厅那边叫我。

“天气冷，所以煮得比较烫。”

在饭厅里，我们一边喝着冒热气的牛奶，一边聊着前些日子那位艺术宗匠的事情。

“他和我本来就不合适。”

“确实不合适。”母亲满不在乎地说。

“是我这个人太任性了。倒也不是不喜欢艺术家，而且他似乎还很有钱，同他结婚也不是不可以。可是，还是不行。”

母亲笑了。

“和子你可真是。虽然不喜欢他，可是又和他喜笑颜开地说话。你的心思，真是叫人猜不透啊。”

“所以才有意思嘛，我还想跟他再好好聊聊呢。怎么了，我这个人是不是不检点？”

“不，你就是太黏糊了，和子很黏糊。”

母亲今天精神很好。

从昨天开始，我换了发型，开始把后颈的头发往上梳。她看了看，说：“这样的发型，还是头发较少的人梳起来更合适。你的发髻太大了，上面都可以放个小金冠了。不好看。”

“和子好失望。可是，妈妈有一次不是说了嘛，和子的颈子又白又漂亮，把颈子露出来才好看。”

“就记得这么件事。”

“即使是被人随便夸夸，也会一直都记得。能记住的都是令人高兴的事情嘛。”

“之前的那位，是不是也夸了你什么？”

“是呀。所以才缠住他聊了这么久。他说他同我在一起灵感就禁不住奔涌而出。其实我也不是不喜欢艺术家。但是像他那样煞有介事地装出一副了不起的模样。我非常讨厌。”

“直治的老师是个怎样的人呢？”

我听罢，整个人不寒而栗起来。

“不太清楚。不过，直治的老师似乎都是些贴着标签的坏蛋。”

“贴着标签？”母亲眼睛一亮，喃喃自语道，“这个说法有意思。好像小猫脖子上挂着铃铛，会让人觉得非常可爱。如果坏蛋脸上贴了坏蛋的标签，那人们就都知道他是坏蛋了。这样一来岂不是更安全吗？没有贴标签的坏蛋，才真正可怕呢。”

“说得对。”

我高兴得飘飘然了，身体仿佛轻烟一般要被天空吸走了。你明白我为什么开心吧？要是不明白的话……我可要打您了。

您真的不想来我们这里坐坐吗？虽然我可以吩咐直治让他带您过来，但这样做却总感觉有点儿别扭。您可以乘着酒兴来一次突然造访。让直治带您来也行。不过，还是您一个人来比较好，最好是直治不在家上东京去的时候。直治要是在这儿，他肯定得抓着您去阿咲的店里喝烧酒。直治要是在，事情肯定就变成这样了。我们家，祖先世代都尊敬艺术家。名叫光琳[①]的画家，曾经在我们京都的家里待过很长时间，还为我们在隔扇上画过一幅

① 尾形光琳（1658—1716），日本江户中期画家，擅长装饰画，创建了表现华丽的琳派风格。在水墨画、陶瓷器彩画以及泥金画等方面亦有不少杰作。——译者注

非常漂亮的画。因此，母亲见您来访，一定会非常高兴。我们会让您在二楼的西式房间里歇息。到时请您可不要忘了关电灯。我会一只手拿着小小的蜡烛，爬上黑暗的楼梯，然后……这样不行吧？发展得有些太快了。

我喜欢坏蛋。我喜欢贴着坏蛋标签的坏蛋。所以我也想成为一个贴着标签的坏蛋。我觉得这是我唯一的生存方式。您是日本第一的贴着标签的坏蛋。我听弟弟说，现今有很多人恨您透顶，他们攻击您，说您肮脏污秽、卑鄙下流。可我知道这些之后却愈发喜欢您了。像您这样的人，一定有着各式各样的情人。可过不了多久，您就会只喜欢我一个人了。不知道为什么，我就是这么想的。您会同我一起生活，这样一来，您每天就都能够愉快地进行创作。小的时候，我常听人对我说："只要和你待在一起，就能忘记辛苦。"我迄今为止，也从来没有被别人讨厌过。大家都说我是好孩子。所以我想，您是一定不会不喜欢我的。

要是能见您一面就好了。现在我已经不需要您的答复了。我要去见您。我要去东京，去您的宅邸门前等您。这是最简单的办法。可是，母亲已经是半个病人了。我只能片刻不离左右地照料她，又当护士又当女佣，怎么也走不开。所以，我求求您了，请您来见我吧。我只希望能见您一面。只要我们能见上一面，所有的事情就都能迎刃而解。请看看我嘴角两侧出现的细微皱纹吧。请看看这饱含一整个世纪的悲哀的皱纹吧。我的面容，强过我所说的一切语言，它将把我的心中所想统统向您坦白。

在我最初写给您的那封信上，我曾写到过我心中架起的那道彩虹。那道彩虹不像萤火虫的光那样，也不像星光那样。那道彩虹并没有那种优雅的美。我的心情若是像那样淡泊而高远，我也就不会像现在这般痛苦了，也就能渐渐忘掉您了。我心中的彩虹，是一道火焰之桥，烧得我焦灼不堪。麻药成瘾者求药而不得的心情，比之仍旧不及。我虽然明白自己的所作所为并非肮脏不堪，但仍然会冷不防地打个哆嗦，感觉自己好像正在做一件天大的蠢事。我难道是发疯了吗？我时刻反省自己。我的心境，就在以上诸般极端之间来回摇摆。尽管如此，我依然有冷静的时候，也曾慎重谋划过不少事情。真的，请您到我这儿来一趟吧。什么时候来都可以。我哪里也不去，就一直在家里等您。请您相信我吧。

请再见我一面。等到那时，您不喜欢我的话，可以明明白白地告诉我。我心中的火焰是您点燃的，所以也请您来熄灭。仅凭我一个人的力量，是无法熄灭这火焰的。总之，请您无论如何见我一面吧，您见我一面我就得救了。在《万叶集》和《源氏物语》的时代，我的请求根本就算不上什么。我的愿望，只是想当您的爱妾，想当您孩子的母亲。

如果这样一封信也要受人嘲笑，那么他们嘲笑的便是一个女人为了生活所付出的努力，嘲笑的是一个女人的生命。我已不堪忍受港湾里沉滞的空气，我要扬帆起航，即便港湾之外会有狂风暴雨。闲置不用的帆，总是肮脏污秽。嘲笑我的人们，一定都是那些闲置不用的帆。他们这些人，什么事也做不成。

真是个棘手的女人。可是，就这个问题而言，最痛苦的人其实是我。那些站着说话不腰疼的旁观者，他们收起丑陋肮脏的帆，一边懒洋洋地躺在那里休息，一边却要批评别人的所作所为。简直是毫无意义。我不想听别人跟我大谈特谈什么思想道理。我没有思想。我从来不以思想和哲学这些东西来指导我的行动，一次也没有过。

我知道，那些备受世人嘉许和尊敬的家伙，都是些谎话精和伪君子。我不相信世人。只有那些贴着标签的坏蛋，与我才是同伙。贴着标签的坏蛋。就是让我背着这个十字架去死我也心甘情愿。即便是受千夫所指，我也依然要反唇相讥。你们这些没有贴上坏蛋标签的坏蛋，岂不是更加危险吗？

您明白了吗？

爱情是没有理由的。这么说好像有点强词夺理。我感觉自己不过是在模仿弟弟的语气。我就在这儿等您。我想与您再见一面，仅此而已。

等待。啊，人生之中，喜怒哀乐，五味杂陈。可这诸般感情，在人生之中所占的比例不过百分之一。剩下的百分之九十九，难道不应该是生活中的等待吗？我满心焦灼地在檐廊下等待着幸福的脚步声，等到的却是一场空无。人生真是太悲惨了。人们都说，如果不曾出生该有多好。这就是现实。人们日复一日，从早到晚，虚无地等待着什么。真是太悲惨了。要我说，其实出生下来也挺好的。我也想好好体会一下生命和世界。

您还是无法冲破道德的束缚吗？

此致 M·C（这并不是 My Chekhov 的缩写。我并没有爱上作家。My Child。）

五

今年夏天，我给一个男人去了三封信，他一封也没有回。无论我如何思量，都已找不到其他的生路了。因此，我将心中所想都写在了那三封信上。怀着从悬崖上投身怒涛的决心，将那三封信投递出去了。可无论我如何望眼欲穿，最终还是杳无回音。我装作一副什么事都没发生的样子，向弟弟直治打听了那个男人的情况。他依然一切如旧，每晚都去喝酒。他创作的作品不断地僭越道德的底线。他自己也愈发遭到世人的厌弃和憎恨。他还劝直治去做出版。直治自己也对此跃跃欲试，请了他还有另外两三个小说家做顾问，似乎还找到了一个出资人。听直治如此说来，我感觉，在我爱的这个人周围，竟然没有任何事情与我相干。我的气息竟然一丝一毫都没有渗透进他身边的氛围中去。我感到羞耻，然而更甚于羞耻的是，我感到这个真实的世界，和我所思考的世界，是完全不同的两个世界。我感觉自己似乎是一个奇怪的生物，独自一人被遗弃在这里。喊天天不应，叫地地不灵。我仿佛站在秋天的旷野之上，一种从未体味过的凄怆之感向我袭来。这就是所谓的失恋吧。自己就只能茫然伫立在旷野之中，等到天黑之后被夜晚的露水冻僵而死。一想到这里，我便呼吸急促，双肩颤抖，心潮剧烈地涌动起来。我失声痛哭，却流不出任何泪水。

事到如今，我想尽一切办法都得去一趟东京，见上原先生一面。我如今已扬帆出港，不能再茫然失措地待在这里了。我只能沿着这条路走到底了。我心中已暗自做出了上京的决定，可就在这时，母亲的健康状况却出了问题。

一天晚上，她猛烈地咳嗽起来。拿体温计一量，竟烧到了三十九度。

“因为今天天气冷，着凉啦。明天就没事啦。”

母亲一边咳嗽一边小声地说。可我却觉得，这并非一般的咳嗽。于是，心中暗自决定明天就去请山下村里的医生来看看。

第二天早上，母亲的体温又退回到了三十七度，也不怎么咳嗽了。尽管如此，我还是去找了一趟医生。我将母亲近来身体愈发虚弱，昨晚又咳嗽发烧，恐怕不是一般的着凉感冒诸般情况都告诉了医生。希望他能来给母亲看看病。

医生让我稍等片刻。随后，他从客厅一角的橱柜里拿出了三个梨给我，说是别人送的礼物。正午刚过，他就穿着白底蓝花纹上衣和夏季短和服外套过来看病了。同以前一样，他又是听诊又是叩诊，花了不少时间。之后，他转向我，说：“无须挂心。用药便可痊愈。”

我觉得非常好笑，但还是拼命忍住了笑，一脸严肃地问：“那需不需要打针？”

“勿用。受寒而已，静养即可除之。”他说。

然而，一周之后，母亲的体温依旧没有减退。咳嗽好了。但体温早上依旧是三十七度七左右，到了傍晚又变成了三十九度。从第二天起，医生似乎就因为吃坏了肚子，跑去休息了。去拿药的时候，我告诉护士母亲的病情似乎不太乐观，并拜托护士将我的话转告给医生。可医生听后，只是给了我一些药水和药粉，依旧告诉我无须担心，只是普通的感冒而已。

直治同以往一样，又去了东京，十来天也不见回来。我一个人在家里惴惴不安，于是就给和田舅舅写了一张明信片，告知他母亲病情的变化。

母亲发烧之后的第十天，村里的医生说他的腹泻终于好了，于是前来给母亲看病。

他一脸全神贯注的表情，一边为母亲叩诊，一边大声叫道：“明白了，明白了。”

然后他又转向我说：“烧热之因，吾已知晓。乃是左肺浸润所致。且勿心忧。目下，烧热还会持续些许日子。静养即可。无须挂心。”

真的吗？我心下思量。好像落水者抓住了救命稻草，医生的诊断，也让我长舒一口气。

医生回去后不久，我对母亲说：“太好啦，妈妈。只是肺部有少许浸润，这种情况，人们多多少少都会有的。只要您打起精神来，就一定会好起来的。今年夏天的气候真是不对劲。真讨厌夏天。和子连夏天里的花也不喜欢。”

母亲眯着眼睛笑道：“都说喜欢夏天的花的人，会在夏天死去。我本来觉得自己熬不过这个夏天啦。可是现在直治回来啦，我会活到秋天的。”

直治那样的家伙，竟然都能够成为母亲活下去的支柱。这么想来，还真是心酸。

“现在已经过了夏天，所以妈妈您的危险期也已经过去啦。妈妈，您看，庭院里的胡枝子花已经开了呢，还有女郎花、地榆花、桔梗、黄背草、芒草，也都能看得到了。如今已经是秋天的庭院啦。到了十月份，您的烧就会退了。”

我心中默默祈求，希望九月的闷热天气——所谓的残暑季节——赶快过去。到时候，菊花就开了，小阳春里的明媚天气也会持续好一阵子。到了那时，母亲的烧一定会减退，身体就会变好，我也就能同那个人相见了。我的计划说不定也能像大朵的菊花开放一般顺利实现呢。啊，十月赶快到来吧。十月到来，母亲的烧也退下来，这样就万事大吉啦。

在我给和田舅舅寄去明信片的一周之后，他请来了曾经的御医——三宅老先生。他们带着护士，从东京过来为母亲看病。

老先生同亡父有过私交。因此，母亲见了他十分高兴。而且老先生行事向来不拘小节，说话也比较随便，所以和母亲很是相处得来。那天两人聊得非常投机，早已把看病之事扔在了一边。

我在厨房里用心做着布丁，等我把布丁端到房间里去的时候，老先生的诊疗似乎已经结束了。只见他像戴项链一样把听诊器随手挂在肩膀上，在檐廊的藤椅上坐着。

“连我都站在路边的小摊儿上吃乌冬面啦，哪有什么好吃不好吃的呀！”

他们正悠闲地聊着天。母亲若无其事地望着天井，听着老先生说话。“没什么事啊。”我心里长出一口气。

“怎么样？村子里的医生说是左肺有一些浸润……”

我一下来了精神，向三宅先生问道。

“什么呀，没什么问题。”老先生满不在乎地说。

“那就太好了，妈妈。”我发自内心地笑了，对母亲喊道，“三宅老先生说没什么问题呢。”

这时，三宅先生突然起身离开了藤椅，往中式会客厅去了。他看上去好像有什么事情要告诉我，于是我便悄悄地跟在他后面，进了客厅。

老先生走到客厅的壁挂下站住了：“听见了咕噜咕噜的声音。”他对我说。

“不是浸润吗？”

“不是。”

“是支气管炎？”我急得眼泪都快要流出来了。

“不是。”

结核病！我都不敢往那方面想。要是肺炎、浸润或者支气管炎的话，我一定会尽我所能让母亲的病好起来。可要是结核病的话，说不定已经治不好了。想到这里，我脚都软了。

“声音，非常糟糕吗？听到咕噜咕噜的声音？”

我因为担心而断断续续地抽泣起来。

“左右两边的肺部都能听见。”

“可是，母亲……她还很精神呀。饭也吃得很香……”

“没办法了。”

“骗人的，对吧？根本没有这么回事。多吃些黄油、鸡蛋还有牛奶就会好的，对不对？只要身体的抵抗力上去了，烧就会退了，对不对？”

“嗯……都可以，多吃点儿吧。”

“对吧？是这样没错？她每天吃五个西红柿呢。”

“嗯，西红柿好。”

“这样的话就没问题了对吧？她会好起来的对不对？”

“不过，这次的病恐怕会有性命之忧，还是要有这方面的心理准备为好。”

有生以来，我第一次意识到，在这个世界上，存在着很多人力无法跨越的绝望之墙。

“两年？三年？”我一边发抖一边小声问道。

“不好说。总之是没办法了。”

之后，三宅先生说他在伊豆的长冈温泉已经订了当天晚上的房间，便和护士一同告辞了。我一直送他们到门外，然后，又浑浑噩噩地回到房间里，坐在母亲的枕边，故意装作没事的样子对母亲笑了笑。

“医生说什么啦？”母亲问我。

“他说只要烧退了就没问题了。”

“胸部呢？”

“没出什么大问题。好了，就像以前生病一样。天气已经凉下来啦，慢慢就会好起来了。”

我真想相信我自己说的这番谎话，真想忘记医生那番“性命之忧”的可怕言语。如果母亲去世，对我来说，便仿佛我自身肉体的消逝。我怎么也无法接受这个事实。从现在开始，我要忘记一切，为母亲做好多好多好吃的。鱼，浓汤，罐头，猪肝，肉汤，西红柿，鸡蛋，牛奶，清汤。要是有豆腐就好了，做豆腐酱汤。白米饭，年糕。我要把自己的东西都拿去卖了。把所有的美味佳肴，都做来给母亲吃。

我站起来，来到中式会客厅，把躺椅挪到房间的檐廊附近。这样我坐下来时便可以看见母亲的脸了。母亲睡着的脸，看着一点儿也不像病人。她的眼睛美丽纯净，脸色也很有生气。每天早上，她都按时起床，先去洗手间，再去浴室的三铺席房间里梳头。梳洗停当之后，她又会回到房间，坐在床上吃早饭，然后她就在床上或起或卧，整个早上，她就在那看报纸或者读书。发烧都是下午的事情。

“啊，母亲的精神真好。身体一定没问题的。”

我已经在心中强烈地否定了三宅先生的诊断。

“十月，等到菊花开的时候……”我心里迷迷糊糊地想着，开始打起盹儿来。现实中从没看过的风景，却会时常出现在我的梦里。“啊，又来到这里了。”我心里想着。这是一片熟悉的林中湖泊，而我则又一次来到了湖畔。我同一个穿着和服的青年静悄悄地在湖边漫步。所有的风景仿佛都笼罩在一片绿色的雾气之中，而湖底则沉浸着一座洁白而精致的桥。“啊，桥沉了。今天哪也去不了了。就在这里的旅馆休息吧，应该有空房间的。”

湖边，有一座石头旅馆。旅馆的石头，仿佛都被绿色的雾润湿了。石制的大门上，刻着一排细细的金色文字：HOTEL SWITZERLAND。当我读到SWI的时候，心里却突然想起了母亲。母亲怎么样了呢？母亲也住在这间旅馆里吗？我心下生起疑惑。随后，我和青年一起穿过石门，进入前庭。雾气弥漫的庭院中，疑似绣球花的红色花朵正如燃烧一般绽放。这些红色的绣球花，就像小时候被子上的那些花一样。看着这些散落的红色绣球花，我莫名地悲伤起来。原来真的有红色的绣球花。我心里想。

“冷吗？”

“嗯，有一点。雾把耳朵都弄湿了，耳背冷。”我一边笑一边说。

“妈妈怎么样了？”我问道。

青年脸上露出了沉痛而慈爱的微笑。

“她已在墓中了。”他回答。

"啊——"

我小声地叫了出来。原来是这样。原来母亲已经不在人世了。母亲的葬礼在很早以前不就已经结束了吗？啊，母亲原来已经去世了。我猛然意识到了这一点，心里感到说不出的凄凉，浑身都发起抖来。然后我醒了。

阳台已是黄昏。正在下雨。如梦中一般，绿色的寂寥，在四周弥漫。

"妈妈——"我叫道。

"怎么了？"

她回答我，声音沉静。

我高兴得几乎要跳了起来，赶忙跑到母亲的房间。

"我刚刚睡着了。"

"是吗？我还想是怎么了呢。这个午觉睡得可真够长啊！"

她愉快地笑了。

母亲仍然如此优雅地呼吸着，活着。此刻的我满心欢喜和感激，眼泪滚滚地流了下来。

"晚饭吃什么？有没有什么想吃的？"我带着些许调皮的口吻说。

"可以啦，什么都不用。今天烧到了三十九度五呢。"

我顿时便泄了气。我像一个穷途末路的人一样，徒然四下张望，突然想到了死。

"怎么样了？都烧到三十九度五了。"

“倒也没怎么。只是发烧之前非常不舒服。头有点痛，浑身发冷，之后就发起烧来了。”

屋外，天已经暗下来了。雨好像也停了，刮起风来了。我打开灯，正要去饭厅。这时，母亲对我说：“好刺眼呀，把灯关了吧。”

“您一动不动地躺在这么黑的地方，不会觉得不舒服吗？”我站着对母亲说。

“就和闭着眼睛睡觉一样呀。一点儿也不寂寞。打开电灯，刺着眼睛，倒还不舒服呢。从今往后，房间的灯就不要开了吧。”母亲说。

一种不祥之感涌上我的心头。我默默地关掉了灯，进到旁边的房间，打开了台灯。这情景让我感到一阵难以忍受的凄凉。于是我赶忙跑到饭厅，把罐头鲑鱼放到冷饭上吃了起来，眼泪不停地往下掉。

夜里，风越刮越大。九点左右，雨也下了起来，风雨交加，简直成了暴风雨。檐廊下两三天前卷起的竹帘发出啪啪的声音。我在母亲隔壁的房间里，对罗莎·卢森堡[①] 的《经济学入门》产生了一阵古怪的兴趣，于是便翻开读了起来。这本书是我前阵子从二楼直治的房间里拿来的。那时，同这本书一起，我还私下借来

① 罗莎·卢森堡（Rosa Luxembur，1871—1919）波兰、德国和国际共产主义运动史上杰出的女革命家，马克思主义理论家，德国社会民主党和第二国际著名左派领袖之一，德国共产党的创建人和领导人之一，世界著名的具有民主思想的社会主义者。1919 年惨遭杀害。——译者注

了列宁选集和考茨基[①]的《社会革命》，放在母亲隔壁房间的我的桌子上。母亲在早晨梳洗完毕返回房间时，路过我的桌子，目光无意之间停留在这三本书上。她一一拿在手上，看了看之后轻轻地叹了一口气，又悄悄地放了回去。一脸凄凉地朝我这里望了一眼。她的眼神里满是深切的哀伤，却看不见一点儿拒斥或厌恶。母亲读的书，是雨果、大仲马父子、缪塞和都德的作品。虽然都是些甜蜜的故事，其中却饱含革命的气息。像母亲这般，天生便拥有良好教养的人（这么说虽然有点奇怪），有这样的书是一点儿也不令人意外的。而她恐怕也会将革命当作一件理所应当的事情来迎接。但像我这样去读罗莎·卢森堡的书，反倒是有些矫揉造作的成分了。不过，我也确实是对其产生了我所独有的那种浓厚兴趣。书里写的是些所谓经济学的东西。可若是当作经济学来读，就太没意思了。其实都是些简单明了的东西。不，也有可能是我对经济学一窍不通。总而言之，我觉得一点儿意思都没有。所谓的人，就是吝啬鬼。人永远都是吝啬的。如果没有这个前提，那么这些学问就完全无法成立了。对于不吝啬的人来说，那些分配问题，简直无聊透顶。尽管如此，我还是读了这本书。因为这本书的另外一些地方更让我感到奇妙的兴奋。那就是这本书的作者，她那股毫不犹豫的、将旧思想破坏殆尽的、近乎莽撞的勇气。我的脑

① 卡尔·考茨基（Karl Kautsky，1854—1938）社会民主主义活动家，德国和国际工人运动理论家，第二国际领袖之一，亦是马克思主义发展史中的重要人物。考茨基是卡尔·马克思代表作《资本论》（第四卷）的编者。——译者注

海里浮现出一个已为人妇的女人，她不惜违反一切道德，向着自己的爱人疾步跑去。破坏思想。破坏，是凄哀而悲伤的，因而是美的。破坏，重建，再完成，这是一个梦。尽管破坏一旦发生，就可能永远也等不到完成的那一天。可是有爱，就一定会有破坏，就一定会有革命。罗莎忠诚而又悲壮地深爱着马克思主义。

那是十二年前的一个冬天。

“你呀，就跟《更级日记》[①]里的少女一样，跟你说什么都没用。”

我的一个朋友曾经这么说我，说完之后我们便不再来往了。当时，我借了她列宁的书，读都没读，就直接还给她了。

“读了吗？”

“不好意思，我没读呢。”

我们在一座可以看见圣尼古拉大教堂[②]的桥上。

“为什么？为什么没读？”

我这个朋友比我还略高一寸，语言学得很不错。她戴着一顶非常适合她的贝雷帽，脸则像蒙娜丽莎一样漂亮，是人们眼中的美女。

“我不喜欢封面的颜色。”

---

① 日本古典文学作品。作者是菅原孝标的女儿，生于1008年左右。孝标是菅原道真的玄孙。姨母是《蜻蛉日记》作者。《更级日记》是作者于晚年所写的自传，内容为十岁至五十一岁约四十年间的回忆。——译者注

② 又称东京复活大教堂，是东京千代田区神田骏河台的一座东正教教堂，也是日本正教会的总部、东京大主教区总堂。本堂以耶稣基督复活为名，其俗称圣尼古拉是纪念把东正教传入日本的圣尼古拉。——译者注

“真是个奇怪的人！并不是这个原因吧？其实你是怕我才这么说的吧？”

“我可不怕你。我就是受不了封面的颜色。”

“哦。”

她惨淡地回应了我一句，之后便有了“更级日记”那段话。她认为我已经无可救药了。

我们陷入了短暂的沉默，在桥上俯看着冬天的河流。

“祝你好运。如果这就是我们的永别的话，就祝你永远好运。拜伦[①]。”

说完，她又用原文快速地背诵了一段拜伦的诗句，轻轻拥抱了我。

我感到难为情，便小声地向她道歉：“不好意思啊。”

之后，我便向御茶水车站走去，回头望去，她依旧伫立在桥上，一动不动地凝望着我。

从此以后，我再也没有同她见过面。虽然同去一个外国教师那里学习，却并不在同一个学校念书。

已经过去十二年了，可我却依旧没有从“更级日记”那里前进一步。我当时究竟在干些什么呢？既不曾憧憬革命，也不懂爱情。迄今为止，世上的大人们都教导我们，革命与爱情乃是最最

① 乔治·戈登·拜伦（George Gordon Byron，1788—1824），是英国19世纪初期伟大的浪漫主义诗人，代表作品有《恰尔德·哈洛尔德游记》《唐璜》等，并在他的诗歌里塑造了一批“拜伦式英雄”。他不仅是一位伟大的诗人，还是一个为理想战斗一生的勇士，积极而勇敢地投身革命——参加了希腊民族解放运动，并成为领导人之一。——译者注

愚蠢可恨之事。而我们，在战前也好，在战时也好，都在一心贯彻他们的教导。战败之后，我们不再信任那些大人了。必须反其道而行之。革命也好爱情也好，其实是这世界上最美好、最甘甜的事情。大人们竟然把如此美好的东西说成是酸涩的青葡萄。他们一定是在心怀不轨地蒙骗我们。我想要确信：人乃是为革命与爱情而生。

隔扇轻轻地打开了，母亲带着笑脸出现在我的面前。

“还醒着呢？睡不着吗？”母亲问我。

我一看桌上的钟，已经十二点了。

“嗯，一点也不瞌睡。读了社会主义的书，愈发兴奋起来了。”

“是吗？还有酒吗？这种时候，喝点儿酒就好了，喝点儿酒就能睡个好觉啦。”母亲调皮地说道。

她的语调里，有一种近似于颓废的妖媚。

没多久就到了十月，可秋高气爽的晴天并未到来。梅雨天的那种潮湿闷热依旧在继续。而母亲的体温仍像以前一样在每天傍晚之时，上升至三十八九度。

有一天早晨，我发现一件可怕的事情：母亲的手肿起来了。过去总说早饭最好吃的母亲，这段时间都只是坐在床上，稍稍喝一小碗清淡的稀粥。小菜的味道稍重一点儿她都受不了。那天，我给她煮了一碗松茸清汤，她竟连松茸的香味都无法忍受，将碗端到嘴边，旋即又放回到小食桌上。那时，我看到了母亲的手，吓了一大跳。她的右手已经肿得圆圆的了。

“妈妈！您的手怎么了？”

她脸色略微泛青，看上去似乎也有一些浮肿。

“没什么，这点儿肿，没什么关系的。”

“什么时候开始肿的？”

母亲仿佛感到刺眼一般，眯起了眼睛，没有说话。我放声大哭起来。这样子的手，不是母亲的手，是陌生老太婆的手。母亲的手，要更纤细更小。那是一双我多么熟悉的手啊。温柔的手，可爱的手，那只手就这样永远地消失了吗？她的左手，虽没有右手肿得那样厉害，可那副样子同样令人惨不忍睹。我赶忙移开了视线，转而直勾勾地盯着壁龛上的花篮。

眼泪止不住流了出来。我赶忙站了起来，向饭厅走去。直治正一个人在那吃着半熟的鸡蛋。他偶尔会回一趟伊豆的这个家，但即便是回来也一定会在夜里跑到阿咲的店里去喝烧酒。到了早上，他就挂着一张不痛快的脸回来了，饭也不吃，只是吃上四五个半熟的鸡蛋，之后便回到二楼他自己的房间，睡睡起起。

“妈妈的手肿了……”

我俯下身来对直治说。可我根本没法把话说完，我就这么俯着身子哭了起来，双肩不停地颤抖。

直治什么都没说。

我抬起头来，抓住桌子的一角说道：“已经不行了。你没有发现吗？肿成那个样子，已经不行了呀。”

直治的脸也沉了下来。

“快了吧，看这个样子。唉，尽是些倒霉事儿。”

“我还想再一次把妈妈给治好。无论如何都想把妈妈治好。”

我右手绞着左手正说着，直治突然低声抽泣了起来。

“就没一件顺心事儿吗？我们怎么就遇不到一件好事儿。”

他一边说，一边用拳头胡乱地抹着眼睛。

当天，直治就跑去东京向和田舅舅报告母亲的病况并请教今后的安排。我一天从早到晚，只要不是在母亲的身旁待着就是在哭泣。早晨去取牛奶的时候，对着镜子梳头的时候，涂口红的时候，我都在哭。同母亲一起度过的幸福日子，一切的一切，都像画一样浮现在我眼前。我无法停止哭泣。傍晚，天色暗了下来，我站在中式会客厅的阳台上，长久地低声哭泣。秋天的夜空，星星闪烁，别家的猫一动不动地蜷缩在我的脚边。

第二天，母亲的手浮肿得更为严重了。她什么东西都吃不下。她说她嘴巴很干，但竟然连橘子汁都喝不下去。

“妈妈，再把直治的那个口罩给戴上好不好？”

我本想带着笑脸说这句话的。可说着说着，我心里无限酸楚，竟哇的一声大哭起来。

“每天都这么忙，很辛苦吧。为我请一个护士吧。”

母亲平静地说。我知道，她其实更担心我的身体，而对自己的身体却并没有那么在意。这使我更加悲痛了。我走走停停，来到浴室的三铺席房间里，尽情大哭起来。

午后不久，直治带着三宅老先生和另外两个护士回来了。

平常一向嘻嘻哈哈的老先生，如今也如生气了一般严肃。他脚步沉重地走进母亲的房间，立即就开始了诊察。之后，他仿佛自言自语一般，轻声说道："更加虚弱了啊。"说完，他就给母亲打了一针樟脑液[①]。

"您住哪呀？"

母亲问的话，好像梦呓一样。

"还住在长冈。已经订好了，不用担心啦。你这个病人啊，就不要担心别人的事啦。多吃点儿想吃的东西吧，能多吃就多吃一点儿。营养跟上来了，病自然就好啦。明天我再来看您。今天留一个护士在您这里，您就使唤她吧。"

老先生对着病床上的母亲大声地说，之后，他给直治递了个眼色，站了起来。

直治起身去送三宅先生和另一个护士。没过多久，他就回来了。看他的脸，好像想哭却又在拼命忍耐。

我们悄悄地从母亲的房间出去，来到饭厅。

"已经不行了？是不是？"

"真是倒霉啊。"直治歪咧着嘴，笑着说，"她的身体正在急剧衰弱。先生说，今天，或者明天，都不好说了。"

直治说着说着，眼泪就流出来了。

---

① 能使中枢神经兴奋，可作强心剂。——译者注

此时，我反倒镇静下来，问道：“要不要给大家发个电报？”

“这个我已经和舅舅商量过了。舅舅说，如今时代变了，家里已经叫不来人了。就算把人都叫过来，在这么小的房子里，反倒寒碜失礼得很。这附近又没有什么上得了档次的旅馆。长冈的温泉那边，也订不到几个房间。也就是说，我们已经穷得连那些有头有脸的人都请不起了。舅舅说他会立即过来一趟，而且那家伙本来就抠门得很，根本就靠不住。昨天就是这样，抛开妈妈的病情不说，却把我训斥了一顿。被这种小气鬼说教一顿就能觉悟长进的人，古今中外都找不出一个来呢。虽说是姐弟，可妈妈和那个家伙相比简直是天壤之别，真是招人厌啊。”

“我倒是没关系。可你以后还得拜托舅舅帮衬啊……”

“开什么玩笑，我还不如去要饭呢。倒是姐姐你呀，以后可要好好拜托舅舅呢。”

“我……”我的眼泪流了出来，“我有地方可去。”

“亲事吗？定下来了？”

“没有。”

“自食其力吗？劳动妇女吗？算了吧，算了吧。”

“不是。我，要去当革命家。”

“啊？”直治一脸惊诧地看着我。

这时，三宅先生留下来的那个护士忽然叫起我来：“夫人好像有事找您。”

我赶忙跑到母亲的房间，在被子旁坐下。

“怎么了？”我把脸凑近母亲，问道。

母亲好像想要说什么，却什么都没说。

“要喝水吗？”我问她。

她微微地摇了摇头。似乎也不是想喝水。

过了一会儿，她轻声说：“做梦了。”

“是吗？什么样的梦？”

“蛇的梦。”

我心中凛然。

“檐廊换鞋的石板上，有一条红色条纹的女蛇。去看看。”

我全身不寒而栗，赶忙站起来，走到檐廊下。透过玻璃窗一看，换鞋的石板上，有一条蛇正伸长身子，沐浴在秋天的阳光下。我顿时感到一阵头晕目眩。

我认得你。我以前见过你。虽然现在长大了，变老了，可你就是那条蛇。那条被我烧掉蛇蛋的女蛇。你的复仇，我已切身领会了。到那边去吧，快，给我走开。

我盯着那条蛇，心里默默地念叨着。可那条蛇却纹丝不动。也不知道为什么，我就是不想让护士看到这条蛇。于是我咚咚咚地跺着脚，故意大声地喊道：

“妈妈，我没看见啊。梦这种东西，怎么会应验呢？”

我又瞥了一眼石板那里。只见那条蛇已经开始挪动身体，慢吞吞地从石板上滑下去。

完蛋了，已经完蛋了。看见了这条蛇，我就开始绝望了。父亲去世之时，就说他的枕边有一条黑色的小蛇。而那时，我在庭院里也看见树上都爬满了蛇。

母亲似乎连坐起来的力气都没有了。她就这么一直迷迷糊糊恍恍惚惚地躺在床上，衣食起居都交给护士来照料。她似乎已经无法吞咽食物，饭也不吃。看见那条蛇之后，我似乎产生了一种到达悲伤顶点后的安心之感，一种仿佛幸福感一般的空旷。既然事已至此，在今后的日子里，就尽可能地待在母亲身边吧。我心里想。

于是，从第二天起，我便紧紧地坐在母亲的枕畔做起针线来。我的针线活儿做得比别人都快，可做得却并不好。因此，母亲总是一点点地把我做得不好的地方取出来，手把手地教我。那天，我本来并没有什么心情做针线。只是为了坐在母亲身旁，又不想显得不自然，因此才做做样子，把针线盒拿出来，假装心无旁骛地在做针线。

母亲一动不动地盯着我的手，说："在织你自己的袜子吗？那还要再加八针，不然穿的时候就紧啦。"

我小的时候就是这样，不论怎么教也做不好。经母亲这么一说，我又像以前一样惊慌失措起来，又是害羞，又是怀念。从今往后，母亲就再也不能教我针线了。想到这里，泪水模糊了我的眼睛，针眼也看不见了。

母亲就这么躺着，看上去好像一点儿也不痛苦。从今天早上开始，她已经完全吃不下东西了。我只能用纱布浸上茶，时不时地给她润一润嘴唇。可她的意识却依然清晰，偶尔还会沉稳安详地和我说说话。

“报纸上好像登了陛下的照片呢，再拿给我看一看吧。”

我把报纸上登载了照片的地方举到母亲的眼前给她看。

“老了呢。”

“没有老。是这种照片没照好。之前的那张照片，看上去就要年轻活泼得多。不过在当今这个年代，陛下反而会更开心吧。”

“为什么？”

“陛下这也算被解放了呀。”

母亲凄凄地笑了。半晌，她又说道：“想哭，可是眼泪都已经流不出来了。”

此时，我的心里忽然冒出一个念头：如今，母亲难道不正是幸福的吗？所谓的幸福，不正是悲伤之河的河床上那些微微闪着光的沙金吗？极度的悲伤之后，迎来的竟是这样一种不可思议的微弱光明。如果这就是幸福的话，那么陛下、母亲，还有我，此时此刻便确确实实是幸福的。静谧的秋日早晨。洒满和煦阳光的秋日庭院。我停下手中的针线活儿，向着齐胸高的、波光粼粼的大海眺望着。

“妈妈，我以前真是不通世故啊。”

我对母亲说。我本还想说点儿什么。可又感到难为情，怕被房间角落里正在准备静脉注射的护士听见。因此我又把话吞了回去。

“你说以前……”母亲微微一笑，追问道，“那现在，就算是通晓世故了？”

我不知为何，脸一下羞得通红。

“世事难料啊。”

母亲转开脸，一个人自言自语般小声地说。

“我不懂。可又有谁会懂呢？不论多大年纪，人们都还是孩子。依然是什么都不懂。”

可我却必须活下去。或许依然是个孩子，却不能再任性撒娇了。从今往后，我就必须同这世间进行斗争了。母亲已经是最后一个这样的人。这个世界上，再也不会有像她那样美丽而悲伤地度过一生，不同人相争，亦不憎恨别人的人了。走向死亡的人是美的。而活着，苟且于世，则是极端丑陋的，是一件散发着血腥气味的、肮脏龌龊的事情。可怜也好，卑鄙也好，我要苟活下去，为了实现自己的所思所想，同这个世间斗争。母亲终将去世，此事已经命定。我心中的那股浪漫主义的感伤也渐渐消退了。如今，我感觉自己好像正在变成一个不可不加以提防的狡猾生物。

那天晌午过后，我正在母亲的身旁为她润湿嘴巴，一辆汽车停在了门前。是和田舅舅和舅妈一起从东京开着汽车过来了。舅舅径直走进母亲的房间，在她的枕畔默默坐下。母亲则用手绢遮住了自己的下半张脸，凝视着舅舅的脸，哭了起来。可那只是一张哭脸，已经流不出眼泪了。让人感觉像个人偶。

“直治呢？在哪呢？”

过了一会儿，母亲把脸转向我，问起了直治。

我来到二楼，直治正躺在西式房间的沙发上看新一期的杂志。我对他说："妈妈叫你呢。"

"啊，又是这种悲剧场面。你们也真是受得了。神经真是够大条，感情真是够稀少。我真的很难过。我虽然心里火烧火燎可身体实在是受不了了。我连在妈妈身边待下去的力气都没有了。"

他虽这么说，但还是穿了上衣和我一起下楼了。

我们两人并排坐在母亲的枕旁。母亲忽然从被子下伸出手来，往一言不发的直治那儿指了指，然后又指了指我。最后，她把脸转向舅舅，两手紧紧地合掌。

舅舅使劲点了点头，说："啊，知道了，我知道了。"

母亲似乎放了心，眼睛轻轻地闭了起来，手也悄悄地缩回到被子里去了。

我哭了，直治也低头呜咽起来。

这时，三宅老先生从长冈过来了。他不由分说先给母亲打了一针。母亲见到了舅舅，如今心里已经再无挂念了。

"大夫，您就让我早点儿走吧。"母亲说。

老先生与舅舅对视了一眼，一句话也没有说。两人的眼里已经泪光闪烁。

我站了起来，去厨房为舅舅准备他爱吃的油豆腐乌冬面。做好之后，我端着四人份的面条来到中式会客厅。我还把舅舅带来的礼物拿给母亲看，那是丸之内宾馆的三明治，放在了她的枕边。

“累坏了吧？”母亲小声说。

大家在中式会客厅里闲聊起来。舅舅和舅妈因为有事，今夜无论如何都要回东京去，于是他们便把探病的红包递给了我。三宅先生也要同另一个护士一起回去，他给留下来帮忙照顾母亲的护士安排了种种嘱托。总而言之，母亲现在的意识依旧非常清醒，心脏方面也没有多大问题。光是给她打针的话，维持四五天应该没什么问题。于是，他们所有人当天便乘汽车回东京去了。

送走了他们，我又回到母亲的房间。母亲见了我，露出了那种对我才有的慈祥微笑，悄声对我说：“累坏了吧。”

她的脸看上去很有活力，说是熠熠生辉也不为过。也许是因为见了舅舅而感到高兴吧。我心里想。

“没有的事。”我微微一笑，心情也稍稍开朗起来。

这就是我和母亲说的最后一句话。

之后，仅仅过了三个小时，母亲就去世了。在秋日静谧的黄昏中，护士把着她的脉搏，只有我和直治两个亲人守在她的身边。日本的最后一位贵妇人，我美丽的母亲，就这样去世了。

她去世之后，脸色几乎没有任何变化。父亲去世的时候，脸色瞬间就不一样了。而母亲只是停止了呼吸，脸色却一点儿也没有变，就连呼吸是在何时停止的都无法察觉。脸上的浮肿从前天开始已经消退，脸颊则像蜡一样光滑。薄薄的嘴唇微微咧开，似乎还蕴含着微笑，比活着的时候更显妖艳，很像《圣母怜子像》里悲伤的玛丽亚。

六

战斗，开始。

不能时时刻刻都沉浸在悲痛中了。我有必须为之而战斗的东西。新的伦理。不，这么说是虚伪的。是爱情，仅此而已。就像罗莎为了新的经济学而活着一样，如今的我，只为爱情而活着。耶稣将此世的宗教家、道德家、学者和权威人士的伪善统统揭露，毫不犹豫地将真正的神之爱原原本本地公之于世。他将他的十二门徒遣往各地。临行之前，他对门徒们的教导，与我现今所处的情境，并非全无关系。

“腰袋里不要带金银铜钱。行路不要带口袋，不要带两件褂子，也不要带鞋和拐杖。看哪，我差你们去，如同羊进入狼群，所以你们要灵巧像蛇，驯良像鸽子。你们要防备人，因为他们要把你们交给公会，也要在会堂里鞭打你们；并且你们要为我的缘故，被送到诸侯君王面前。你们被交的时候，不要思虑怎样说话，或说什么话。到那时候，必赐给你们当说的话。因为不是你们自己说话，乃是你们父的灵说话。你们还要因我的名被众人恨恶，唯有忍耐到底的必然得救。有人在这城里逼迫你们，就逃到那城里去。我实在告诉你们：以色列的城邑，你们还没有走遍，人子就到了。

“那杀身体不能杀灵魂的，不要怕他们；唯有能把身体和灵魂都灭在地狱里的，正要怕他。你们不要想，我来是叫地上太平；我来并不是叫地上太平，乃是叫地上动刀兵。因为我来是叫人与父亲生疏，女儿与母亲生疏，媳妇与婆婆生疏。人的仇敌就是自己家里的人。爱父母过于爱我的，不配做我的门徒；爱儿女过于爱我的，不配做我的门徒。还有那不背着他的十字架跟从我的，也不配做我的门徒。得着生命的，将要失丧生命；为我失丧生命的，将要得着生命。”①

战斗，开始。

如果我为了爱情，而发誓一丝不苟地严格遵守耶稣的教诲。耶稣会不会斥责我呢？为什么“爱情”是坏的，而“爱”就是好的呢？我不明白，看上去简直就是同样的东西。为了这搞不明白的爱也好，爱情也好，为了这沉重的悲伤，而在将身体与灵魂尽灭于地狱之中的人。啊，我要坚决地说，那就是我。

在舅舅的关照下，我们先在伊豆举行了母亲的秘密葬礼。正

① 《马太福音》10：28。——译者注

式的葬礼则在东京举行。我和直治参加完葬礼之后，便回到了伊豆的山间别墅，每天面面相觑，一言不语。两人虽然生活在一起，可相互之间却有着一层不明所以的隔阂。直治说他要为出版业募集资金，于是把母亲的珠宝首饰全都拿了去。等到他在东京喝酒喝得疲了，便像个脸色发青的重症患者一样，摇摇晃晃地回到这座伊豆山庄大睡一场。有的时候，他还会带回来一个舞女模样的年轻女人。这时，直治才稍稍觉得有点儿不好意思。

“我今天去趟东京行不行？想去一个久未谋面的朋友家玩玩儿，住个两三晚。所以你就待在这里看看家吧。做饭的话，拜托那位就行啦。”

正所谓“灵巧如蛇”，我见缝插针，乘虚而入。说完，我就把化妆品和面包塞进包里，极其自然地上东京见那个人去了。

乘省线电车，到东京郊外的荻洼站北口下车，之后再走大概二十分钟，就到了那个人在战后的新住所了。这是我之前若无其事地从直治那里探听到的。

那是个秋风凛冽的日子。我从荻洼站出来的时候，周围的天已经昏暗下来了。我抓住一个路人，向他询问那个人的住所。路人告诉了我方位所在。我在昏暗的郊外小巷里兜兜转转了将近一个小时，心中十分不安，眼泪都流了出来。还啪的一声在石子路上把木屐的绑带弄断了。我呆呆地站在那里，正不知如何是好，突然看见右手边的两栋长屋之一挂着一个门牌，夜幕之中能模模糊糊瞧见白色的字，上面似乎写着“上原”。我一只脚撇开木屐，只穿着足袋，就往他家的大门走去了。走近了再仔细一看，门牌上确实写的是“上原二郎”。屋里却漆黑一片。

怎么办呢？我瞬间又呆住了。我抱着寻死的心，整个人仿佛倒了一样靠在他家的格子门上。

“不好意思，请问有人吗？”我问道，用手抠着门上的格子。

“上原先生？”我又悄声问。

有人回应了。听声音是个女人。

门从里面打开了。开门的是一个瓜子脸的妇人，比我大三四岁的样子，长得颇有几分古典风情。她在黑暗之中，对我微微一笑：

“请问您是哪位？”

她问我，语调里既没有敌意也没有戒备。

“不不，那个……”

我还是没敢说出自己的名字。在这个人面前，我的爱情似乎感到亏欠和内疚起来。我心中忐忑，几近卑下地问：

“先生他，不在家吗？”

“嗯。”她回答我，一脸于心不忍地看着我，“不过，他去的地方，大概是……”

“去了很远的地方？”我问。

“不是很远。”

她说。仿佛感到很好笑一样，她用一只手捂住了嘴。

“在荻洼。车站前有个卖关东煮的小店，到那儿去看看就知道他上哪去了。”

我高兴得要跳了起来。

“真的吗？”

“您的鞋……”

在她的劝说下，我进了门，坐在屋前的台阶上。她给我拿来了一些轻便的皮绳，用以修补断掉的木屐带子。修好木屐后，她又点燃了一支蜡烛，拿到大门这里来。

“实在不巧，家里的两个灯泡都坏了。现在的灯泡啊，又贵又不经用。要是我丈夫在家的话，我就让他帮我去买了。可是他昨天晚上还有前天晚上都没有回来，已经三个晚上了，我们身上一分钱都没有，只能早早睡觉。”

说这番话的时候，她的脸上是一副发自心底的从容微笑。她的身后站着一个十二三岁的女孩儿，身子瘦瘦的，眼睛大大的，给人一种难以亲近的感觉。

敌人。我自己虽然并不这么想。可这位夫人和她的孩子，迟早都会憎恨我并把我当成敌人。一想到这里，我的爱情就瞬间冷却下来。我换上新的木屐带，站了起来，啪啪地拍掉两只手上的灰尘。一阵难以忍受的寂寞猛然袭遍我的全身。我真想冲进房间里，在一片漆黑之中抓住这位夫人的手一顿痛哭。我心里一片翻江倒海，猛烈地动摇着。最终，我考虑到自己哭完之后那副扫兴而又乏味的模样，遂将此事作罢。

“实在是太感谢您了。”

我过分殷勤地道了谢，便告辞了。走到外面，凛冽的秋风打在了我的脸上。战斗，开始。相爱，喜欢，思念。真正的相爱，真正的喜欢，真正的思念。相爱得无可奈何，喜欢得无可奈何，思念得无可奈何。那位夫人是个少有的好人，那位小姑娘也非常漂亮。可即使让我站在神的审判台前，我心里也不会有一点儿内疚和自责。人，是为了爱情和革命而生的。神也不会为此而惩罚我。我并没有错，一点儿也没有。我真的喜欢他所以才这样大张旗鼓。我一定要见那个人一面，哪怕在外露宿两晚三晚的也无所谓。一定要见到他。

车站前那个卖关东煮的小店，一下就找到了。可人却并不在那里。

“肯定是去阿佐谷了。从阿佐谷站的北口出去，一直往前走。唔……大概走个一町半左右吧，有个五金店。从那里再向右拐，大约走个半町吧，有个叫作柳屋的小吃店。先生最近这段时间同柳屋的那个阿舍可是热乎得紧呢。一天到晚都泡在那里，谁都比不上呢。”

我来到车站，买了车票。乘上了前往东京的省线，在阿佐谷下了车。北口出站，走了约一町半，在五金店那里右拐走了半町。柳屋就悄悄地坐落在那里。

“他们刚走，一大帮人还说接下来要去西荻千鸟的老板娘那里喝到天亮呢。”

她比我年轻，也比我沉稳。举止文雅，亲切大方。这就是同那个人打得火热的阿舍吗？

“千鸟？在西荻的哪一片？”

我惴惴不安，眼泪都要流出来了。心中猛然闪过一个念头：现在的我，难道已经发疯了吗？

“我也不大清楚。就是从西荻站下车，南口出，往左走。总之问问交警不就知道啦？反正呀，那个人只喝一家是绝对不够的，到千鸟之前说不定又被拽到哪儿去了呢。”

“那我去千鸟看看，再见。”

我又开始往回走。从阿佐谷搭乘前往立川的省线，经过荻洼，在西荻洼南口下车出站。在冷冽的秋风中兜兜转转。我找到了交警，向他询问千鸟的位置。之后，又按照他告诉我的路线跑了一段夜路。最后终于找到了千鸟的青色灯笼。我毫不犹豫地走上前去，推开了格子门。

里面有土间[①]，土间之后是六铺席左右的房间。房间里烟雾缭绕，有一张大桌子，桌上摆着酒菜，十个人围着桌子，正大声嚷嚷着。其中似乎混杂着三个比我还要年轻的姑娘，正抽着烟，喝着酒。

我站在土间往里望，看见了他。此刻，我感觉自己好像在做梦。不对。六年了，他已经完全变成另一个人了。

我的彩虹，M·C，我活着的意义，就是那个人吗？六年。他像以前一样，依旧是一头蓬发，却稀疏了不少，颜色也变成了红

① 指的是日式房屋中与地面同高没有铺设地板的部分。——译者注

褐色。他脸色蜡黄，面容浮肿，眼角糜烂发红。他的门牙脱落了，嘴巴不停地蠕动着。他给人感觉像一只老猿猴，正弓着背坐在屋子的一隅。

一个姑娘看见了我，给上原先生使了个眼色。他一动不动，只是伸长了细长的脖子朝我这边望，脸上没有任何表情，只是稍稍抬了抬下巴向我示意。在座的其他人似乎都对我没有兴趣，继续大吵大嚷。不过他们还是稍稍挤了一挤，把上原先生右边的座位给我腾了出来。

我一声不响地坐着。上原先生给我满满地斟上了一杯酒，之后又给自己的杯子也斟上酒。

“干杯。”他用嘶哑的声音低声说道。

两盏玻璃杯轻轻地碰了一碰，发出令人悲伤的声音。

“断头台，断头台，嘘啦嘘啦嘘！”不知道是谁在嚷嚷。随之又有人应声：“断头台，断头台，嘘啦嘘啦嘘。”继而是酒杯尖锐的碰撞，然后咕嘟一口喝进肚里。“断头台，断头台，嘘啦嘘啦嘘。断头台，断头台，嘘啦嘘啦嘘。”到处都是这个不着边际的调子。人们又一次碰杯，喝干杯里的酒。在这个胡闹至极的调子之下，他们愈发来劲了，就这样一杯杯不停地强行将酒灌进喉咙里去。

“那么我就先走了。”

说完，有人就踉踉跄跄、摇头晃脑地回去了。可没想到随后，立即又有新的客人慢吞吞地加入进来。他跟上原先生打了个招呼，之后就挤进了座位之中。

“上原先生，那个地方啊，上原先生，就是那个地方。就是那个啊啊啊的地方。那个地方到底要怎么说才好呢？是啊、啊、啊吗？还是啊啊、啊呢？”

探出头来问他的人，正是那个新剧演员藤田。我曾在舞台上看过他那张脸。

“应该是啊啊、啊。啊啊、啊，千鸟的酒，真是便宜啊。应该以这样的调子来念。”上原先生回答。

“尽是说些钱的事儿。”一个姑娘说。

“两个麻雀，卖一分银子[①]，是便宜还是不便宜呢？”一个年轻的绅士说。

“还有句话，叫作毫厘不爽，统统奉还。还有一个更加复杂的例子：有的给了五塔兰特，有的给了两塔兰特，还有的给了一塔兰特[②]。耶稣算账也真是够仔细的呢。”另一个绅士说。

“而且一准是个酒鬼。我就觉得《圣经》里有那么多关于酒的譬喻，果然不出所料。看，《圣经》里就有记载，有人就批评他是个好酒之徒。不仅仅是饮酒之人，而是好酒之徒呢。酒量一定相当不错，怎么也能喝个一升吧。”又一个绅士说。

“行了行了。啊啊、啊，汝等惧怕道德，竟然把耶稣都搬出

① 《马太福音》10:29。——译者注

② 塔兰特，古代中东和希腊－罗马世界使用的重量单位。出自《马太福音》25:15。——译者注

来了。知惠姑娘，喝一个吧。断头台，断头台，嘘啦嘘啦嘘。”

上原先生说完，就同那个最为年轻貌美的姑娘咣当一声碰了碰杯，咕嘟就把杯里的酒喝光了。酒从他的嘴角流了下来，把他的下巴都弄湿了。他好像自暴自弃一样，胡乱暴躁地用手擦了擦，随后又连打了五六个大喷嚏。

我悄无声息地站起身来走到隔壁的房间，向那个苍白瘦弱、好似得了病一样的老板娘询问洗手间的所在。从洗手间回来，我又穿过那个房间。刚才那位最为貌美年轻的知惠小姐此时正好也站了起来，仿佛正在等着我。

“您肚子不饿吗？”她对我亲切地笑着，问道。

“嗯，不过，我自己带了面包来。”

“我们这儿也没什么东西……”那个病恹恹的老板娘，懒洋洋地靠坐在长火盆旁。“您就在这个房间吃吧。和那帮酒鬼们待在一块儿一晚上也吃不到什么东西。请坐吧，坐这儿。知惠小姐也一块儿过来吧。”

“喂！阿绢，没酒啦。”隔壁的绅士喊了起来。

“来啦，来啦。”阿绢回应道。

这个名叫阿绢的女招待，大约三十岁，穿着一身时髦俏皮的条纹和服，从厨房里出来了。她手上端着盘子，盘子里放着十个酒瓶。

“喂，等一下。”老板娘叫住了她，笑着说，“这里也上两瓶。”

“还有啊，阿绢，麻烦你一趟，去后边的铃屋那里给我们要两碗乌冬面，快一点啊。”

我和知惠小姐在长火盆的旁边并排坐下，烤起了火。

“把被子盖上吧，天冷了。不喝点儿酒吗？”

老板娘往自己的茶碗里倒上了酒。之后，又给另外两个碗也倒上了酒。

我们三人默默地喝酒。

“酒量都不错嘛。”

老板娘说。不知为何，她的语气十分感慨。

只听见哗啦哗啦的推门声。

“先生，我给您带来啦。”

是一个年轻男子的声音。

“我们那个社长啊，实在是精明得很。我一再央求他给我两万，结果他还是只给了我一万。”

“支票吗？”

是上原先生嘶哑的声音。

“不是，是现金。不好意思。”

“啊，好吧，写个收条吧。”

“断头台，断头台，嘘啦嘘啦嘘！”席间他们一直唱着这首祝酒歌，此时也不例外。

“阿直呢？”

老板娘突然一脸严肃地问知惠小姐，把我吓了一跳。

“不知道啊，我又不看着他。”

知惠小姐惊慌失措，脸色通红，看上去很可怜。

“他这段时间是不是和上原先生发生了什么不愉快的事？他们平常都是一起来的。”

老板娘语调依旧平静。

“据说他迷上了舞蹈。估计是找了个舞女做伴吧。”

“阿直这个人啊，碰上了酒和女人就完蛋啦。”

“那可是上原先生调教出来的。”

“但是，阿直的性质可要恶劣得多啊。像他那样的落魄少爷……”

“那个，不好意思……”

我微笑着插了一嘴。我觉得，如果我一直这么不言不语的话，对她二人反倒是有些失礼了。

“我，我是直治的姐姐。”

老板娘似乎吃了一惊，又重新把我打量了一番。知惠小姐则显得毫不在意，说：

“您的脸确实同他很像。我看见您站在土间的暗处时心里就吓了一跳，还在想是不是阿直呢。”

“啊，原来您就是……”老板娘换一套说话的口气，“真是屈尊您了，来到我们这样简陋破烂的小店。那么，您和上原先生，之前……”

“嗯，六年前曾见过……”

我欲言又止，低下了头，眼泪就要流出来了。

“让您久等了。”女招待把乌冬面端了上来。

“请您趁热吃吧。”老板娘把碗推到我的面前。

“谢谢。”

面条热气扑鼻，我滋溜滋溜地吃了起来。此时，我才感觉到自己正品尝着极致的生之凄凉。

“断头台，断头台，嘘啦嘘啦嘘。断头台，断头台，嘘啦嘘啦嘘。”上原低声念叨着，走进了我们的房间。他一屁股盘腿坐在了我的身边，默默地递给老板娘一个大大的信封。

“就这么点儿？剩下的呢？想蒙骗过去可不行呀。”

老板娘看也没看信封中的东西，随手就扔进了长火盆的抽屉里，一边笑着一边说道。

“会拿来的。剩下的，我来年还。”

“真是的。”

一万元。有了这笔钱，我可以买多少个灯泡呀。我要是有了这一万元，可以舒舒服服地过上一整年。

啊，这些人啊，一定是哪里出了问题。不过，这些人其实和我一样，我没有爱情便无法活下去，他们要是不这么做恐怕也没法活下去吧。如果人生于世，必须要活着直到死去，那么便不应非议这些人所做的一切。他们是为了活下去才这么做的。活着。活着。这可真是件棘手得让人窒息的大事业啊。

“总而言之，”隔壁的绅士说，“今后要是在东京生活，不会舰着脸和人客套可不行。现在还跟我们要求什么稳重，什么诚实之类的美德，那简直就是把我们往火坑里推。稳重？诚实？呸！我呸！连条活路都不给吗？要是你不能那样厚着脸皮跟人客套的话，就剩下三条路可选了。一是回去种田，二是上吊自杀，三就是找个女人吃软饭。”

“要是哪个可怜的笨蛋每条路都走不通，至少还有最后一个办法……”另一个绅士说，“那就是跟着上原二郎一起，喝个痛快。”

断头台，断头台，嘘啦嘘啦嘘。断头台，断头台，嘘啦嘘啦嘘……

“还没找到住的地方吧？”

上原先生的声音，小得好像自言自语。

“我吗？”

我意识到自己的身体里，好像有一条屈起身体正准备咬人的蛇。敌意，一种近乎敌意的感情，在这种感情的作用下，我全身发硬起来。

“一起挤着睡行吗？天气很冷呢。”

他继续喃喃地说着，根本不介意我已经生气了。

“太难为人了吧。”老板娘插嘴道，“太可怜了。”

“切！”上原先生啧了一声，继续说道，“既然如此，就不要来这种地方嘛。”

我没有说话。这个人确实读了我的信，而且，他比任何一个人都要爱我，我很快就从他的语气中察觉出了这一点。

“真是没办法。只能拜托福井先生帮帮忙了。知惠小姐陪她一起去好吗？哎呀，都是女的，路上怕不安全啊。真麻烦！老板娘，把这位小姐的木屐悄悄放到厨房附近去吧。我去送她。”

外边已经是深夜景象。风稍稍小了一些，夜空里星光闪烁。我们并排走着，我说：“我没问题的，大家一起挤着睡。”

“唔。”

上原先生只是应了一声，他的声音听上去像是要睡着了。

“想单独跟我待在一起，对不对？”我说完就笑了。

“真是烦人。”上原先生歪着嘴，苦笑道。

我这才真切意识到，他是喜欢我的。

“您真的喝了很多酒呢。每天晚上都喝吗？”

“嗯，每天都喝，从早上开始喝。”

“酒好喝吗？”

“糟糕透了。”

不知为何，我突然感到一阵悚然。

“工作呢？”

“一团糟。不论写什么都是一副愚蠢腔调。心里光是悲伤，却一点儿头绪都理不出来。生命的黄昏。艺术的黄昏。人生的黄昏。都令人厌烦。”

“郁特里罗[①]。”

---

① 莫里斯·郁特里罗（Maurice Utrillo，1883—1955）19世纪末法国风景画家。出生于巴黎，19岁时因饮酒过度而无法工作，在母亲的坚持下开始作画不致虚度年华，后来成为著名的街道景色画家。——译者注

我下意识地说出了这个名字。

"啊，郁特里罗。他好像还活着呢。是个沉溺在酒精之中的家伙。已经是具尸体啦。最近十年来，他的画作都不行了，全都俗气得很。"

"也不只有郁特里罗吧？其他的大师也都……"

"是啊，衰弱了。但是，新芽也是一样啊。刚刚萌芽的时候就衰朽了。霜。Frost。好像整个世界都在不恰当的时候降下了霜。"

上原先生轻轻地搂住了我的肩膀。我的身体仿佛被上原先生的和服外套裹了起来。我没有拒斥他的手臂，反而放慢了脚步，贴近了他的怀抱。

路旁树木的枝丫。一片叶子也没有的枝丫，尖细而锐利地刺进夜空里。

"树木的枝丫，真是美丽的东西呢。"

我好像自言自语一样，情不自禁地说道。

"嗯，花与黑色枝条，确实很相衬……"

上原先生似乎有一点儿慌张。

"不，我喜欢是这种没有花、没有叶子也没有新芽的枝丫。尽管如此，它还依然顽强地活着呢。与枯枝是不一样的。"

"只有自然是不会衰朽的吗？"

说完，他连续打了好几个大喷嚏。

"不会是感冒了吧？"

"不不，非也，其实这是我的一个怪癖，酒喝到饱和点的时候就会打喷嚏，会在正好喝醉的时候打，就仿佛一个衡量醉酒与否的指针一样。”

“爱情呢？”

“啊？”

“有没有中意的人？有没有那个让你达到饱和点的人呢？”

“什么呀，别取笑我。女人啊，全都一个样儿。麻烦棘手得很。断头台，断头台，嘘啦嘘啦嘘。其实有一个，不对，是半个。”

“我的信，您看了吗？”

“看了。”

“怎么不回信？”

“我不喜欢贵族，总有一种说不出来的令人难以忍受的傲慢。你的弟弟阿直，作为一个贵族，是个很有出息的男人。但有的时候，还是会突然显现出一副冷若冰霜的神气劲儿来。我是乡下农民的孩子，走过这样的小河边，总会让我回忆起自己小时候的事情，在故乡的小河里钓鲫鱼，捞鲦鱼……”

我们沿着小河走着。黑暗的河床发出幽幽的水声。

“可你们这些贵族，又怎么可能理解我们这种感伤呢？你们不屑。”

“屠格涅夫呢？”

“那家伙是个贵族，所以我不喜欢他。”

“但是，他的《猎人笔记》……”

“嗯，只有那个还算不错。”

“那是农村生活的感伤……”

“那家伙是个乡村贵族，行了吧？”

“我现在也是个乡下人了。我种田，是个乡下的穷人。”

“你现在还喜欢我？”既而是粗暴的口气，“还想生一个我的孩子？”

我没有回答。

他的脸像块岩石一样砸了过来，不管三七二十一就亲吻起我来。这个吻，满是性欲的气息。我一边被他吻着，一边流着泪，屈辱而辛酸的苦泪。眼泪仿佛无止尽一般从我的眼睛里流出来。

之后，我们俩又并排走在一起。

“完了，我已经被你迷住了。”

说完，那个人笑了。

可我却笑不出来。我皱着眉头，噘着嘴。

无可奈何。

用语言来表达的话，就是这种感觉。我拖着木屐，心不在焉地走着。

“完了。”那个人又说，“走到哪里是哪里吧。”

“真讨厌！”

“你这笨蛋。”

他在我肩膀上咚地擂了一拳，然后又打了个大喷嚏。

福井先生的家到了，一家人好像都已经睡下了。

“电报，电报。福井先生，电报来啦。”上原先生敲着门，大声喊道。

“上原吗？”屋子里传出一个男人的声音。

“就是我。王子和公主前来拜访，希望您能让我们住一宿。冷成这样，害我不停地打喷嚏。好不容易来一次殉情私奔，可别到最后演成了喜剧。”

大门从里面打开了。是个年过五十的秃顶小老头儿。他穿着一身华丽鲜艳的睡衣前来迎接我们，一脸古怪的羞涩笑容。

“拜托了。”

上原先生只说了这么一句话，连大衣也没脱就飞快地走进屋里。

“画室简直冷得不行。把二楼借我们用用吧。来。”

他拉着我的手，穿过走廊，爬上楼梯，走进一个黑暗的房间，啪地打开了电灯。

“像个饭店的客房。”

“嗯，暴发户的品味嘛。不过，对他这样的拙劣画家来说，倒是有点好得过分了。这家伙贼运亨通，病难灾害从不光顾。应该利用他一下。睡吧，睡觉吧。”

他就像回到了自己家，随手打开壁橱，取出被褥铺在地上。

“你在这里睡。我回去了，明天早上再来接你。下了楼梯右手边就是厕所。”

他咚咚咚咚地下了楼梯，好像从楼梯上滚下去了一样，弄出很大声响。之后，就万籁俱寂了。

我又按下开关，关了灯。脱下了父亲带来的、外国面料做成的天鹅绒大衣。解开腰带，还没脱和服，我就钻进了被窝。我本来就累得不行，又喝了些酒，此时只觉得周身无力，没过多久就迷迷糊糊地睡着了。

那个人却不知何时躺在了我的旁边。我一声不吭，拼命抵抗了近一个小时。

突然觉得他很可怜，就放弃了抵抗。

“不这样就不放心，对不对？”

“嗯，对啊。”

“听说你的身体不好是吗？咯血吗？”

“你怎么知道的？前阵子是咯了不少血，可我并没有告诉别人。”

“我闻到一股气味，和我母亲去世之前一模一样。”

“我是在往死里喝啊。没办法，活着实在是太悲伤了。并不是寂寞、凄凉啊这种悠闲的小情调，是悲伤。当你能够听见四面墙壁传出来的阴郁叹息时，你难道还会觉得自己是幸福的吗？当人发现自己的幸福和荣誉在有生之年已经绝对无法企及之时，他的心情又会怎样呢？努力这种东西，不过是饥饿野兽的饵食罢了。悲惨之人实在是太多太多了。你已经听腻了吧？”

“没有。”

“只有爱情了，就像你信上说的。”

“嗯。”

我的爱情消失了。

天亮了。

房间渐渐亮了起来。我怔怔地看着那个人熟睡的脸。一张近乎死人的脸，疲惫的脸。

牺牲者的脸。高贵的牺牲者。

我的人。我的彩虹。My Child。可恨的人。狡猾的人。

我觉得他的脸非常非常美。是这世上最美的脸。我的爱情又苏醒了，心激动得怦怦直跳。我抚摸着他的头发，亲吻了他。

可悲的爱情。我实现了可悲的爱情。

上原先生闭着眼睛，抱着我，说："是我太偏执了，我是农民的儿子嘛。"

我已经无法离开这个人了。

"尽管依然能听到四壁传来的叹息之声，可我如今真的好幸福。现在，我的幸福感已经达到饱和点了，是让我打喷嚏的那种幸福啊。"

上原先生呵呵地笑了。

"可是，已经晚了，已经是黄昏了。"

"是早晨。"

弟弟直治，在那天早上自杀了。

七

直治的遗书

姐姐。

我受不了了，我要先走了。

我为什么一定要活着呢？我完全不明白。

就让那些想要活着的人活着好了。

人应该有死的权利，就像人有活着的权利一样。

我的这种想法也并没有什么稀奇的。奇怪的是，这种理所当然的基本常识，人们却对此感到恐惧，只是一味地讳莫如深，遮掩隐瞒。

那些想要活着的人，无论遇上什么事，都会坚忍不拔地挺过去。他们确实伟大，称之为人类的荣光也不为过。可是我觉得，死不能算是罪过。

我，我这株草，在这个世界的空气和阳光之中，难以生长。即使生长长大，也总感觉哪里缺少一点儿东西，少点儿什么。活到现在，我已经尽了全力了。

进了高中之后，我第一次接触到一些朋友。他们是顽强坚韧的草，来自另外一个阶级，与生我养我的阶级完全不同。在这种形势的压迫，为了不输给他们，我只能服用麻药，近乎疯狂地进行抵抗。后来我当了兵，在那里我继续服用鸦片，以其为赖以生存的最后手段。姐姐，我的这种心情，你是无法理解的吧？

我想成为一个卑鄙下流的人。想让自己变得顽强，不，应该是变得粗暴才对。我想，这是成为所谓的人民大众之一员的唯一途径。光喝酒是不行的，不得不无时无刻地让自己头晕目眩，所以就只能靠麻药了。我必须忘记自己的家庭，必须反抗父亲的血液，必须拒斥母亲的优雅，我必须冷漠地对待姐姐。不这样做，我就无法得到人民大众之房间的入场券，成为他们的一员。

我已经成为一个卑鄙下流的人了。我使用卑鄙下流的语言。可其中的一半，不，是其中的百分之六十，都是我临阵磨枪，拾人牙慧，可悲地装出来的。都是些拙劣的小花招罢了。在人民大众看来，我依旧矫揉造作，令人讨厌，是个束手束脚的男人。他们是不可能与我掏心掏肺、亲密无间地一起玩耍的。可事到如今，我已经无法再返回我曾经抛弃的沙龙生活了。现在的我，卑鄙下流。如果说其中的百分之六十都是我假装出来的，剩下的百分之四十就是真正的卑鄙下流。我一刻也无法忍受那种所谓上流阶层的沙龙式傲慢。这种傲慢简直让我作呕。与此同时，那些了不起的家伙，那些达官显贵们，也将对我的恶劣行径瞠目结舌。他们立时就会把我从他们的沙龙生活中赶出去。我已经无法回归我曾抛弃的那个世界了，而人民大众却只是给予我一个饱含恶意却又干净整洁的旁听席而已。

无论什么样的时代，恐怕都会有我这样的东西吧。满身缺陷，生活能力衰弱，脑子里又没有什么狗屁思想，剩下的只有自生自灭。可我也有那么一点儿怨言要说。我就是感觉自己活得异常艰难。

人啊，都是一样的。

这究竟算不算思想呢？这种说法真是匪夷所思。而我则认为，发明这种说法的人，绝不是什么宗教人士、哲学家或者艺术家。这是人民大众在酒馆里说的话。就像蛆虫一样，也不知道是谁说的，神不知鬼不觉就咕噜咕噜地冒出来了。它们覆盖了整个世界，把整个世界搅得臭气熏天，尴尬不已。

这般不可思议的论调，与民主主义和马克思主义可是没有丝毫关系。这一定是酒馆里的丑陋男人对美男子抛过去的说法。仅仅是焦躁，是嫉妒，其中可完全不会有什么思想。

可是，这种小酒馆中的、嫉妒的怒吼，却蹊跷地裹上了思想的外衣，在人民大众之间迤逦而行。本来就是同民主主义、马克思主义毫不相干的东西，不知在什么时候，却揪扯上了政治思想和经济思想。出现这种可鄙的状况，也确实是够奇怪的。这种把胡言乱语偷天换日成严肃思想的勾当，即使是靡菲斯特[①]也会因为良心受耻而踌躇不前吧。

人啊，都是一样的。

多么屈辱下贱的一句话啊。不仅是在污蔑别人，同时也是在污蔑自己。这是一种毫无尊严可言的，放弃一切努力的论调。马克思主义，是主张劳动者的优越地位，并没有说过所有人都是一样的。民主主义，主张的是个人的尊严，也没有说过所有人都是一样的。只有皮条客才会说这种话："哎，装出什么样的模样来都无所谓，到头来还不都是一样的人吗？"

为什么要说"人都是一样"的呢？为什么就不能说"我比别人好呢"？这是奴性的反扑。

其实，这句话是龌龊而可怕的。这句话，让人与人之间互相畏惧。这句话强奸了一切思想，嘲笑了所有努力。否定幸福，玷污美貌，将高贵的荣光扯下宝座。我觉得，所谓"世纪的忧郁"，就是因这么一句不可思议的

① 中世纪德国民间故事中的角色，歌德的著作《浮士德》中登场的恶魔。——译者注

话引起的。

我虽然讨厌这句话，却还是不可避免地受到了它的胁迫。我每天都战战兢兢，吓得发抖，做什么事情都拘谨小心，羞怯腼腆，整个人七上八下，几无安身之地；只得一个劲儿地依靠酒精和麻药来麻醉自己，寻求片刻的镇静和安定。我的生活就这样被我毁掉了。

我是个软弱的人吧？是一株有着重大缺陷的草吧？我列举了这么多歪理，恐怕还是要被那些皮条客们嘲笑吧。“什么嘛，本来就是个纨绔子弟，懒惰好色，就是个任性的享乐主义者。”即使现在有人这么说我，我也无法反驳，只能是红着脸，暧昧地点头称是。可是，在临死之前，我还是想说句话以示抗议。

姐姐。

请相信我。

玩乐之时，我是丝毫享受不到任何快乐的。我对于快乐，恐怕是“阳痿”了吧。我只是为了摆脱自己的贵族影子才这样纵情酒色，疯狂玩乐的。

姐姐。

我们究竟有罪与否呢？生为贵族，就是我们的罪孽吗？仅仅是因为生在这个家里，我们就不得不像犹大的同伙一样，过着这种惶恐、忏悔以及羞愧的生活吗？

我早就应该去死了。可我仍有一点儿放心不下，那就是妈妈对我的爱。每念及此，我就死不成。人，有自由活着的权利，亦有随时去死的权利。可是我认为，只要母亲还活着，就不得不对这份去死的权利有所保留。因为我去死的同时，也杀害了我的母亲。

现在，我就算去死，也不会有人为我伤心欲绝了。不，姐姐，我知道的。我知道失去了我，你会悲伤到何种程度。不，这种矫饰的感伤，还是算了吧。你知道了我的死，一定会痛哭流涕的。可是，只要你想一想我活着的这种痛苦，想一想我从这种痛苦之中完全解放出来的快乐。只要你想一想这些，我想，你的悲伤也就渐次消散了。

那些责难我自杀的、认为我应该活着直至死去的人，那些从来没有给予过我任何帮助、只知道嘴上说说的人，那些神气活现地批评我的人，一定都是些伟大而了不起的人吧。他们见了陛下，恐怕还要满不在乎地劝他开一家水果店呢。

姐姐。

我还是死了好。我就是那种所谓没有生活能力的人。不会挣钱，也不会与人相争。我就连蹭饭这种事情都做不到。就是和上原先生一起出去玩，我也是自己付自己的账。上原先生非常讨厌我这一点，说我这是贵族式的小家子气的自尊。可我并不是为了那点儿自尊才付账的。

要我用上原先生工作挣来的钱去毫无意义地吃喝嫖赌，这种事我怎么能做得出来呢？我可以简单地断言，这是因为我尊重上原先生的工作。然而这不过是在撒谎罢了，其实我自己也并不是很明白其中缘由。我只是觉得，受人款待是件极其恐怖的事情。特别是当人家用自己挣来的钱来款待我时，我就更为痛苦，辛酸，难以忍受了。

于是，我只好一个劲儿地从家里拿钱拿东西。为此也让你和妈妈伤了心。我自己也一点儿都不快乐。出版业的计划，也只是敷衍遮羞的挡箭牌，实际上从来都没有好好打算过。就算真的要好好做，就凭我这么个连蹭饭都感到难为情的人，又怎么好意思让人拿钱给我呢？我再愚蠢，这点事情还是有自知之明的。

姐姐。

我们已经穷困潦倒了。在有生之年，我本想好好接济别人。可现如今，不靠别人的接济，我们便无法活下去了。

姐姐。

既然事已至此，我为什么还非得活下去呢？已经没救了。我要去死。有一种药，能让我快乐地死去，是我在当兵的时候搞到手的。

姐姐很美——我一直以母亲和姐姐的美而自豪，人也贤惠。姐姐的事情，我一点儿也不担心。我连担心的资格都没有。就像盗贼体谅被害者的心情一样，只会叫人感到羞耻。姐姐一定会结婚生子，依靠丈夫渡过难关的。我心里就是这么想的。

姐姐。

我有一个秘密。

一个在心里藏了许久的秘密。即使在战场上，我也在想着那个人的事情。多少次我曾梦见过她，醒来之后，已是满眼含泪。

那个人的名字，我对任何人都没有说过。现在，我将要赴死，心想至少要把这件事清清楚楚地告诉姐姐。可我还是害怕，怎么也不敢说出她的名字。

可是，如果我将这个秘密完全保密，不向任何人言明，至死将其藏在心底的话，恐怕在我火葬之时，心中亦会留下腥臭之气吧。我对此感到难以忍受的不安。于是，我想在此将此事拐弯抹角地告诉姐姐一个人。我要讲一个模模糊糊的虚构故事。虽说是虚构故事，可姐姐一听就会明白我所说何人。说是虚构，其实不过是换了个化名而已。

姐姐，你知道的吧?

姐姐应该是知道这个人的。但是，姐姐恐怕并没有见过她。这个人，年纪比姐姐稍微大一点儿，单眼皮，丹凤眼，从来不烫发，总是紧绷绷地把头发梳在后面，是叫“垂髫”吧？总之，她总是梳着这种朴素的发式。她的衣着虽然寒酸，却一点儿也不邋遢。总是穿着得体，整齐干净。她是一位画家的夫人，这位画家在战后以新的笔法陆陆续续发表了不少画作，一举成名。这位画家的行事方法十分狂放粗暴，而这位夫人则总是一副若无其事的样子，时时刻刻，脸上都是一副优雅的微笑。

我站了起来。

“那，我走了。”我说。

那个人也站了起来，毫无戒备地走近我，抬头看着我的脸，平静地说：“为什么？”

她盯着我的眼睛看了一会儿，小脑袋微微倾斜，好像真的不解其中缘由。她的眼睛里，没有任何淫邪与矫饰。我每次同女人对视时，总会惊慌失措地把视线赶紧移向别处。只有这一次，我没有感到一点儿害羞。两人的脸庞仅仅相隔一尺左右的距离，我就这样心旷神怡地凝视着她的眸子，大概过了六十秒或者一分多钟以后，我才微微一笑，说：“可是……”

“他马上就要回来了。”她依然一脸严肃地说。

我心中忽然浮现出一个念头：所谓的正直，说的难道不就是这样的表情吗？正直这个字眼所表现的品格，并非道德教科书式的庄严肃穆，而应该是这样的一种可爱，不是吗？

“我还会再来的。”

“嗯。”

自始至终，都是这些平淡无奇的对话。某个夏天的午后，我来这位西洋画家的公寓拜访。“画家不在，但是马上就会回来的。不如上楼等一等？”于是我听从了夫人的话，上到房间里来，看了三十分钟左右的杂志。看样子画家一时半会儿是回不来了，于是我便起身告辞了。就是这样一件事情而已。可我却在那一天的那个时候，苦闷地爱上了那个人明媚的双眸。

高贵，可否这样形容呢？然而，我敢断言的是，在我周围的贵族之中，除了妈妈再没有一个人眼中能流露出那种毫无戒备的“正直”了。

后来，在一个冬天的傍晚，我又被那个人的侧脸深深打动。依旧是在那位西洋画家的公寓里。那天，我同那位画家一同钻进被炉里喝酒，从早上一直喝到傍晚。席间，我同画家一道把日本所谓的文化人都信口胡贬了一通，直笑得在地上打滚。不久，那位画家就倒地而睡，鼾声大作了。我也躺倒在地，精神恍惚了。只听见哗的一声，一块毛毯盖在了我的身上。我微微睁开眼睛一看，是东京冬天如水一般的澄澈夜空。而那位夫人正抱着她女儿，悠闲地坐在窗边呢。遥远的水色天空，映衬着她的侧脸，轮廓愈加鲜明，宛如一幅文艺复兴时期的侧面肖像画。她悄悄地为我盖上了毛毯。这番亲切之中，没有任何的淫猥，亦没有任何的色欲。啊，“人性”这个词用在这里，才算是真正的苏醒了啊。她下意识地关心了我，这是人们与生俱来的那种寂寞的同情和体谅。在如画一般静谧之中，她正眺望着远方。

我闭上了眼睛。我爱上了她，我恋慕她，我简直要发狂了。眼里流出了泪水，我只好把毛毯拉上来遮住头。

姐姐。

我之所以去拜访那位西洋画家，最初是因为我醉心于他作品中的那些奇异笔法，以及隐藏于其后的隐秘而狂热的激情。可接触久了我才发现，这个人其实肮脏龌龊得很，不仅没有教养，说话也狗屁不通。对于画家本人，我愈发感到扫兴了。其实，我反而是被夫人那美丽的心绪所吸引了，不，我已经真正地爱上她，思念她了。后来，我去画家家里玩，也只是为了见她一面罢了。

我现在想，如果说那位西洋画家的作品之中多少还保有一点艺术的高贵之气，那也是因为他的画作多少反映了夫人的那颗优雅之心吧。

如今，我要原封不动地明确说说我对这位西洋画家的印象：一个大酒鬼，一个花花公子，一个狡猾的商人，仅此而已。为了挣钱玩乐，他附庸潮流，拿起颜料在画布上一通乱涂乱抹，之后再装出一副煞有介事的样子，把画作高价卖出。那个人的特质，乃是乡下人的厚颜无耻、愚不可及的自信以及奸猾的商业才能，仅此而已。

恐怕他对于别人的画，外国人的画也好，日本人的画也好，是根本一窍不通的。对于他自己画的画，恐怕也是不清不楚糊里糊涂吧。只是为了挣钱享乐，他才如此忘我地热衷于往画布上泼颜料罢了。

更令人惊诧的是，那个人对于他自己的这番胡闹，似乎完全没有任何疑惧和羞耻之心。

他如今只是得意扬扬。归根结底，一个连自己究竟在画什么都搞不清楚的人，哪能理解得了他人作品的精妙之处呢？所以，他能做的也只能是诋毁别人，不停地诋毁别人罢了。

总而言之，那个人所过的那种颓废派生活，虽则口头上也大喊“痛苦啊痛苦”，而事实上，却是愚蠢的乡巴佬来到了梦寐以求的都市，自己又意外地获得了成功，高兴坏了，于是便没日没夜地寻欢作乐。仅此而已。

有一次，我和他说：“朋友们都松懈下来跑去游玩了。自己一个人学习怪难为情的，心里还感到害怕。所以尽管我一点儿兴致也没有，也还是跟着朋友们去了。”

那个中年画家听后，竟不屑一顾地说：“啊？这就是所谓的贵族气质吗？真讨厌啊。我看见别人寻欢作乐，自己若是不跟着玩上一玩，便觉得吃了大亏呢。于是我也要大大地玩上一场。”

从那时起，我就开始从心底里鄙视这个西洋画家了。这家伙在放浪形骸、寻欢作乐之时，心中是没有任何痛苦和忧郁的。不仅如此，他还为自己的愚蠢行径自鸣得意呢。真是个白痴一样的享乐主义者啊。

说了这么多他的坏话，其实与姐姐也没什么关系。现如今，我濒临死亡，反倒怀念起我与他之间的那段交情了。我对他的厌恶已经消失殆尽，甚至还萌发了一股冲动，想要再次和他一起去寻欢作乐呢。那个人也是个寂寞之人，身上也有不少优点。我也不想再说他什么坏话了。

我只是想让姐姐知道我对那位夫人辗转反侧的倾慕与心酸欲绝的思念。因此，姐姐知道了以后，也不必特意去告诉别人，更不用为了实现弟弟生前的心愿而操心。只要姐姐一个人知道了，心里悄悄地说一句“啊，是这样啊”就足够了。如果说我还有什么愿望，我只奢求姐姐能够理解我。在听完我这段厚颜无耻的告白之后，我想，至少姐姐是能够切身体会我生命之中的这番痛苦的。如果姐姐能够理解，我也就心满意足了。

我曾经做过一个梦，梦中，我与夫人手握着手。我还知道了夫人很久以前就倾慕于我。梦醒之后，我的手心里似乎还残留着夫人指尖的温暖。我已经满足了，也必须死了这条心了。我并非惧怕道德，我只是怕那个半疯的，不，应该说是完全疯了的画家。我怕他怕得不行。我勒令自己死心，强迫自己把满腔的欲火撒向别处。于是，我每碰到一个女人，就同她稀里糊涂地玩乐一番。连那个画家都在某天晚上对我的这种行径皱起了眉头。怎么样都好，我只是想从夫人的幻影之中逃离出来，我只是想像什么事都没发生过一样彻底地忘了她。可我做不到。归根结底，我是那种只会爱上一个女人的男人。我可以明确地这么说。我也见过夫人的其他女友，我一次都没有被她们打动，也从来都不觉得她们有多漂亮。

姐姐。

在临死之前，请让我再写一次吧。

菅……

这就是那位夫人的名字。

昨天，我带了一个自己根本不喜欢的舞女（这个女人，在本质上有不少愚蠢之处）回到山庄。尽管我早已心怀近期寻死的打算，可我当时并没有真的想要在今天早上去死。只是这女人死乞白赖地求我带她去旅行，而我又在东京玩得疲了，因此便想着带这蠢女人回到山庄休息两三天。我知道这样会给姐姐带来不少麻烦，但心想终归还是带来看看再说吧。而姐姐正要去东京拜访朋友，那时，我就忽然产生了这个念头：如果要死，就是现在了。

从很久以前，我就希望自己能死在西片町老家深处的房间里。死在街上或野地里，让那些看热闹的家伙摆弄我的尸体，我可绝不能容忍这种事情发生。可现如今，西片町的老家已经易手于人，要死也只能死在这座山庄里了。我一想到第一个发现我自杀的人竟是姐姐，想到姐姐的惊诧与恐惧，就不由得心情沉重起来。在只有我和姐姐两人的夜晚里自杀，我是无法做到的。

而现如今是多么好的一个机会啊。姐姐不在，取而代之的是一个颇为愚钝的舞女，就让她来发现我的尸体吧。

昨晚，我们两人去喝了酒。回来之后我就让她到二楼的西式房间去睡了。我一个人在妈妈去世的楼下房间里，铺好了被褥，写下了这篇悲惨的手记。

姐姐。

我已经丧失一切希望。永别了。

我的死终究还是自然死亡。人不可能仅仅为了思想而死。

我还有一个难为情的请求。妈妈遗物中的麻布和服，那是姐姐为了让直治在来年夏天穿而特意重新剪裁过的吧。请把那件和服放进我的棺材里吧。我想穿着它。

天就要亮了，给姐姐添了那么久的麻烦，真是辛苦了。

永别了。

昨晚喝的酒，如今已经彻底地醒了。我是清清醒醒地死去的。

让我再次和你道别，再见了。

姐姐。

我，是贵族。

八

梦。

所有人都离我而去了。

料理完直治的后事，我在冬天的山庄里又住了一个月。

我心静如水，给那个人又写了一封信。这恐怕是最后一封信了。

您最终还是抛弃了我。不，应该说，您最终还是渐渐地忘记了我。

可我仍然是幸福的。我如愿以偿地怀上了您的孩子。如今，我感觉自己已经失去了一切，可肚子里的小生命，却成了一颗种子，让我时而泛起孤独的微笑。

我从不觉得这是一次龌龊的失败。这阵子，我也渐渐明白，这世上为什么会有战争、和平、贸易、组织还有政治。您不知道吧？所以您才总是感到不幸。让我告诉您吧，这一切都是为了能够让女人生出一个健康的孩子。

我从一开始就不指望您的人格和您的责任心。我只是一心一意想要实现我的爱情历险。我已经如愿以偿了。现如今，我已心如止水，就像森林中的沼泽一般平静。

我觉得我赢了。

玛丽亚处女怀胎，生下孩子。人们为玛丽亚感到光荣和自豪，于是他们就成为了圣母和圣子。

我满不在乎地漠视旧有的道德，我得到了一个健康的孩子，并为此心满意足。

今后，您还要喊着“断头台、断头台”，同绅士和姑娘们一起喝酒吗？还要继续过这种颓废派式的生活吗？我不会阻止您。这也许也是您最后的一种斗争方式吧。

“不要再喝酒了，好好养病，多活几年，写出伟大的作品”——这种应景的话，我也不想多说了。与其“写出伟大的作品”，还不如舍命去坚持所谓的背德生活。这样一来，后世的人说不定还会对您心存感激呢。

牺牲者。道德过渡时期的牺牲者。您和我，一定都是这样的牺牲者吧。

革命究竟在哪里进行着呢？至少在我的身边，旧道德依然原封未动，正阻断着我们的去路。大海的表面虽然波涛汹涌，可海底的海水，只是静静地躺在那里。哪里有什么革命，简直就是纹丝不动，形同假寐。

在迄今为止的第一回合里，我毕竟还是将这旧道德逼退了一小步。在之后的第二回合和第三回合里，我打算同我生下来的孩子一起，同它继续战斗。

生下爱人的孩子，将他抚养长大。我的道德革命将在此完成。

即便您已忘记了我，即便您喝酒喝得丢了性命。我也要为完成我的革命而健康地活下去。

您人格中的可鄙之处，我之前就已经从别人那里听到了种种。可是，正是您给予我如此的坚韧。是您，在我的心中搭起了一道革命的彩虹。也是您，给予我活下去的目标。

我为您感到自豪。而且，我会让我生下来的孩子也为您感到自豪。

私生子和他的母亲。

我们要与旧道德斗争到底，像太阳一样活下去。

也请您，无论如何，都要继续为您的斗争而战。

革命还完全没有开始。还需要更多，更多的可贵的牺牲。

是如今这个世界上，最美的牺牲者。

还有一个小小的牺牲者。

上原先生。

我现在已经没有什么好拜托您的了。不过，为了这个小小的牺牲者，请容许我再求您一件事情。

我希望，如果方便的话，我希望您的夫人能够抱一抱这个孩子。到时候，我会这样跟她说：

“这是那个女孩和直治偷偷生下的孩子。”

为什么这样做呢？我并不打算把原因告诉任何人。不，其实我自己也不是很清楚为什么要这么做。但是，我无论如何都要这么做。为了这个叫作直治的小小牺牲者，我无论如何都要这么做。

您会感到不高兴吧？不高兴也请您多多担待吧。这是一个被抛弃的、即将被忘却的女人唯一的秘密请求。虽然有点讨厌，但还是请您务必要答应我。

此致 M·C My Comedian

昭和二十二年① 二月七日

① 1947 年。——译者注

如是我闻

一

攻击他人是毫无意义的。应该攻击的，是他们的神。应该进攻敌人的神。然而，在进攻之前，还需先一步找出敌方的神，因为人们通常会隐瞒自己的真神。

这话听起来像是法国诗人瓦雷里[①]的浅吟低语。在这十年之间，无论再怎么生气，我都会强压怒火，隐忍不发。而现如今，我必须要将这些让我生气的事情统统记述在这本杂志（《新潮》）之上了。可不管得罪的人是谁，也不管这些事情是多么让人不快，我都必须将其写出来。如今，我已无法再听命于自己的意志了。其中诸般缘由，还请各位原谅。我自己也做好了恩断义绝的思想准备。这种事情大概会被人指责为：夸大其词，抑或是讨厌添堵。总之，我已经明白我所写的东西会让某些人大皱眉头，但我依然要将自己的抗议大言不惭地写出来。

① 保尔·瓦雷里（1871—1945），法国象征派大师，法兰西学院院士。他的诗耽于哲理，倾向于内心真实，追求形式的完美，被誉为“20世纪法国最伟大的诗人”。——译者注

我在文章开头搬出瓦雷里的那句话来，并非没有以毒攻毒的意思。现在我要攻击的对手，其中大半，在二十年前都曾留学巴黎。不是家有老母，就是家有独子，总之是为了家计，如今正热烈地拥护着法国文学。都是些大孝子，好丈夫。正是这些所谓的文化人，热衷于无止尽地罗列法国人的名字。即便他们本身并不情愿。世上的蠢货们，也会擅自把他们当成曾经的战阵训[①]作者一样狐假虎威，吹捧逢迎一番。此外，他们还有一点让我非常讨厌——他们是一群泥古不化的人。新的秩序是存在的——虽然在其变得井然有序之前，兴许多多少少还要经历一些混乱。不过，这样的混乱就仿佛往金鱼缸里放一些金鱼藻，激起的波纹和混浊是不值一提的。

那么，这个月我应该说点儿什么呢？还记得但丁《神曲·地狱篇》中曾经出现过的一位名字似乎叫作维吉尔（名字如今已记不确切）的老诗人吗？我也许不会像他一样，用一种很久没有说过话似的嘶哑声调，一鸣惊人地猛然把诸位从睡梦中唤醒。我要逐步确信诸位已经与我产生共鸣之后再这么写。否则，在这个纸张不足的时代，我也不会煞费苦心地写这么一段了，不是吗？

有这么一群“老大家”。我未能与他们中的任何一人有过一面之缘。这些人的自信心之强，简直让我目瞪口呆。他们的这种自信又是从哪来的呢？也就是说，他们的神是什么呢？我最近总算

① 战阵训是1941年为提高日军的战斗意志，以陆军首相东条英机的名义向日本全陆军下达的训示。——译者注

是弄明白了。

家庭。

是家庭的利己主义。

这便是他们的愿望。我觉得自己被他们欺骗了。话说得粗俗一点，不就是爱护自己的老婆孩子吗？

我读过这些老大家们的小说，毫无可取之处，充斥着迎合读者喜好的内容和言辞。尽管浅薄至极，蠢蛋们还是会赞其曰出色，美其曰清高。而更有甚者，还说其中有什么贵族气质，对此极尽崇拜之能事。

欺世盗名之徒，说的就是这些人。一个浅薄的人，就应该老老实实地露出自己浅薄的样子。为什么非要将自己那浅薄的本质，偷换成其他的东西给别人看呢？我并不是在批评浅薄。我自己难道不就是这个世界上最浅薄的人吗？这又有什么好掩饰的呢？我真是无法理解。

他们的最终愿望，归根结底不就是家庭生活的安乐吗？一方面，他们对妻子言听计从；另一方面，他们又想得到妻子的认可。啊，真是令人恶心。这种气味从作品的某处散发出来，好似厕所的臭味一样，叫我实在无法忍受。

孤独，是珍贵的心灵食粮。然而，这种孤独若是只同自己的家庭联系在一起，在旁人看来，便成了丑陋可鄙之物了。

此般丑陋可鄙，若是以一种“惶恐”的姿态来写，倒也能够写成有趣的东西。可有人就是要以一种殉教者的架势来写，而有的读者还要以一种正襟危坐的架势读这种东西。听闻如此愚蠢之事，我也只能瞠目结舌了。

所谓人生——我对此非常确信，我也只能这么说，人生乃是痛苦之所；出生在世，便是不幸的开端——便是与人相争。所以在争执的间隙，我们需要品尝一些美味的东西。

大有好处。

什么意思？即便没有所谓的好处，我也要去品尝好吃的东西。否则，我们又上哪儿去寻找我们活着的证据呢？一定要品尝美味的东西。应该品尝美味的东西。可是，迄今为止的这些所谓的老大家们做出来的菜肴，却让我品尝不到哪怕一丝一毫的美味。

本想在这里一个个地举出这些老大家的名字。然而，我从心底里蔑视他们。所以我根本就不记得他们的名字，如今想举也举不出来了。

都是些孤陋寡闻的人，都是些蛮横粗暴的人。他们丝毫不懂得柔弱之美。对我来说，仅仅是如此，就已经毫无美味可言了。

不知美味与乏味的人种，是何其悲惨。我觉得日本的——我觉得日本这个国名也应该改一改了，首先就要把太阳旗给改弦更张——这些人已经无可救药了。

我觉得他们没有欣赏艺术的能力。读者反倒比他们强得多。那些摆出一副文化指导者嘴脸的人，根本就什么都不懂。他们只是迫于读者的压力，才极不情愿地把我（太宰）的所谓不健康的作品，马马虎虎地称为力作。

鲜美的滋味。舌头要是吃坏了，就品尝不到滋味了。吃就仅仅成了食量和嚼劲上的问题。辛辛苦苦，精挑细选，好不容易做出一道美味的菜肴。哗啦一下就一口气吃掉。不仅不管饱，对身体也不好。这便是所谓食欲上的淫乱。我可不想染上这样的毛病。

什么都不知道，什么也不明白，连温柔善良都无法理解。这些前辈们，这些我们拼尽全力去关怀去理解的前辈们，可曾花费过一半甚至四分之一的努力来考虑我们这些年轻人的苦衷呢？我对此提出抗议。

有的老大家说我的作品装疯卖傻，令人讨厌。可这位老大家的作品又如何呢？以正直而闻名吗？还是以什么别的东西而闻名呢？这位老大家总是一副大老爷的做派，沾沾自喜，引以为豪。每次翻看他的选集，总能看到那幅独领风骚的侧脸照片。他可一点儿也不害臊。这样的人，脑袋里难道不是缺根弦吗？

我之所以会给他这种装疯卖傻的印象，大概是因为我自身的慵懒。而他那紧张兮兮、正气凛然的姿态，也着实让我厌烦透顶，疲于应对。

这种紧绷绷的说话态度，正是脑袋里缺根弦的表现。不仅如此，这种脑袋里缺根弦的人，还从来不把别人脑袋里有的那根弦当回事。

那些完全不懂情感之纤细——这个词用起来，到底还是有点让人害羞——的人，从来都不知道自己在毫无察觉的情况下，会给别人造成多么深重的伤害。

自以为很了不起，这也不行那也不行。我们的身边，尽是些这种目空一切的所谓文豪，真是令人害臊，恐怕还要跑到大洋的另一边去，才能摆脱这些家伙。

还有个文豪，说太宰根本不懂东京话。我怀疑这种家伙是不是把生在东京长在东京这件事情，不，应该说是不是把会说东京话这件事情当作了自己赖以为生的救命稻草呢？

“那家伙低眉顺眼的，肯定写不出好东西。”他所说的就和这句话一样，是一个论调。

近来，我愈发感到目瞪口呆的是，这些所谓的老大家们，好像又开始慨叹起国语的紊乱来了。真是令人作呕。一帮自以为是的家伙。国语的紊乱，是从国家的紊乱开始的。他们瞎了眼，竟连这么显而易见的事情都看不出来。这些人，即使是在战争年代，也从来没有给过我们任何依靠和安慰。我想我就是在那个时候，看清楚了这帮人的真实嘴脸。

他们应该道歉的，他们好歹也该说一句“对不起”。可他们却依旧保持着原来那副趾高气扬的姿态，打算霸占着原来的位置，直到死去。

所谓的年轻人也放荡散漫，不思进取。你们难道连推翻神坛的勇气也没有吗？你们难道不应该言辞俱厉地拒绝那些味道糟糕的东西吗？必须做出改变了。我并不是在赶时髦，我只是痛切地感到，只要这个神坛还压在这里，我们就只能自杀而亡。

如果那些老大家们，仍然只是把我这一席话当作年轻人的夸大其词或嚣张气焰，那我就不得不拿出迄今为止最不愿意使用的手段了。并非威胁。只因我们痛苦至极，一切势在必行。

本月的文章，只是概论性的——而且还有些怒气冲冲，甚嚣尘上。这是为了先行展示我的觉悟和气魄。在今后的文章里，我会逐个给大家讲述那些笨蛋学者和笨蛋文豪的奇妙故事。而现在这篇文章，只是它们的前奏曲而已。

在此还望我的小说读者们原谅我的轻率。

二

……他们能说不能行。他们把难担的重担捆起来，搁在人的肩上，但自己一个指头也不肯动。他们一切所做的事都是要叫人看见，所以将佩带的经文做宽了，衣裳的繸子做长了；喜爱筵席上的首座，会堂里的高位；又喜爱人在街市上问他安，称呼他拉比。但你们不要受拉比的称呼。[①] 也不应该受那导师的称呼。

你们这些假冒为善的学者有祸了，因为你们正当人前，把天国的门关了，自己不进去，正要进去的人，你们也不容他们进去。你们这瞎眼领路的有祸了！蠓虫你们就滤出来，骆驼你们倒吞下去。你们这些假冒为善的学者有祸了，在人前，外面显出公义来，里面却装满了假善和不法的事。你们这些假冒为善的学者有祸了，因为你们建造先知的坟，修饰义人的墓，说："若是我们在

① 此处直接引用了《马太福音》23:5–7。——译者注

我们祖宗的时候，必不和他们同流先知的血。”这就是你们自己证明是杀害先知者的子孙了。你们这些蛇类、毒蛇之种啊！怎能逃脱地狱的刑罚呢？[①]

L君，不好意思，这个月，要说说您的事情了。您如今是个学者了吧。非常刻苦用功吧。大学时代好像还并没有这么“能干”，果然还是“努力”起作用了呢。不过，我最近偶然拜读了您的一篇类似随笔的大作，您行文中的装腔作势，让我甚为惊讶。而与此同时，身为外国文学家——这一称谓也颇为古怪，听起来倒像是外国人作家——的您，把《圣经》竟读得如此糊涂马虎，真叫人不寒而栗。自古以来，红毛人[②]的文学家，不为《圣经》所苦的，可曾有过一个？他们难道不是以《圣经》为主轴而旋转的数万星辰吗？

然而，这只是我的所谓浅薄的感慨。而你们因害怕自己的名声倒台，明明意识到了这一点，却依然睁一只眼闭一只眼。这就是学者的本质。我好像隐隐约约明白一点儿了。你们所谓的神，乃是美貌，是纯白的手套。

我曾经为了研究《圣经》而学习过希腊语。在感受到了异样的快乐以及麻醉一般的做作自负之后，我放弃了对《圣经》的学习。绝不是因为怠惰，只是我不愿像你们那样，若无其事地长期

① 同样化用了《马太福音》23章中的句段。——译者注
② 日本人对西洋人的蔑称。——译者注

浸淫于那种可以说是不健康的、徒劳的自负之中。也无怪乎耶稣说你们“好像刷了白灰的坟墓，外面好看，里面却充满死人的骨头和各样不洁的东西”。[①]

用功并不是不好，而用功所带来的自负是不好的。

通过拜读你们的所谓用功的精华——译著，我也确实收获了非常多的乐趣。就这一点来说，我是对你们满怀感激的。但是，我认为你们这段时间里所写的散文和随笔，是这个世界上最糟糕的东西。

你们——请谨记——只是一介外语教师而已。你们家庭美满，你们同老婆孩子喊着“年糕豆沙汤万岁”。你们胡乱撰写着关于波德莱尔的介绍文章。你们一边说着“不读原文就无法体会其中妙味”，一边又自卖自夸自己的所谓名译。你们的这些自相矛盾，我们现在都权且不提。你们本来就对诗一窍不通。

你们从耶稣那里逃离，从诗那里逃离。真遗憾，我只能说你们不过是一介外语教师而已。可为了应对报刊的约稿，你们又必须装出一副拉比的样子来。你们在这世上，能够多多少少让人信赖的最后一件东西究竟是什么呢？明明知道，却为了保全自身的地位而若无其事地对其加以利用。如果真是这样，那你们的所作所为也未免太不体面。

教养？你们对此也没有自信吧。你们根本就无法辨别味道的

---

① 《马太福音》23:27。——译者注

好坏，连香味和臭味都区别不开。你们交口称赞的那些外国文豪和天才，百年之后，也仅仅是些泛泛之辈而已。

优雅？你们对此也没有自信吧。你们满怀同情地憧憬着优雅，而你们所能创造的，也不过是红瓦屋顶的文化生活罢了。

外语？当然，你们也没有自信。

可是，不知道为什么，你们却敢于以一种启蒙家的姿态，装模作样地对民众进行说教。

留洋。

在留洋这件事上，你们与民众之间的互相欺瞒难道不也出人意料地顺理成章了吗？请不要吃惊。民众对于所谓的留洋，确实是奇妙地怀有极大的、令人不安的兴趣。

就让我们来稍稍考量一下乡巴佬上东京这件事吧。二十年前，去上野看过了一些博览会，在广小路吃过了牛肉火锅，就足以回乡夸耀一番，往自己脸上贴金了。民众自知孤陋寡闻，对于此番夸耀只能无言以对，听之信之。更何况一个在东京苦学过三年法律——只不过他接受的是三年的函授教育——的人了。有了这番经历，回到村里，尽管自己不乐意，也会被村民推举为村里的头面人物。乡下人出人头地的捷径就是上东京去，而且，这个乡下人一定要在合适的时候回到村里来。这就是其中诀窍。与家里人吵了架，被人从村里赶了出来，到了东京，连博览会、二重桥、四十七武士墓都没看过的那种乡下人，如今就在我们之中。日本所谓的留洋人士里，究竟有多少是在日本混不下去，才去留洋的呢？

出国确实麻烦棘手，然而忍耐三年，便可成为大学教授。什么让母亲的脸上浮现笑容啊，在亲朋好友的祝福之下启程出国之类的话，不都是你们这些留洋人士说出来的吗？这就是日本留洋人士的历来传统，培养不出了不起的学者倒也不足为奇。

我拜读过所谓的留洋学者撰写的所谓的留洋记忆。有一件事让我感到极端的匪夷所思：所有的留洋人士的记忆，似乎都非常快乐美好。我确信，他们绝没有这么快乐。日本这样一个国家，自古就处于外国民众的注目之外。——鲁莽的战争爆发之后，这个国家变得小有名气了。不过尽是些骂名和恶名而已。我老早以前就觉得那些乡下女中学生组团参观东京的旅行状态非常凄惨可悲。我想，我自己要是去了国外，肯定也和她们一样。

面容丑陋的东方人。寒酸小气的穷学生。红毯客①。"哎哟喂，真是吓死俺啦！"② 黑黄黑黄的牙齿。"哎？日本有火车吗？"汇款迟迟未到，心中持续不断的不安。留洋生活的忧郁、屈辱与孤独。你们哪一个留洋人士可曾写过呢？

总之就是高兴。上野的博览会。广小路的牛肉真好吃。跟他们比，你们又有多少进步呢？

因为某种奇妙的原因，你们想要掩饰你们国外生活中的悲惨

---

① 明治时期，乡下人常披着红毛毯进城观光。在此指代没见过世面的乡巴佬，也形容不熟悉西方生活习惯的留洋人士。——译者注

② 此处模仿乡下人进城时的惊叹之语。——译者注

之处。不，不是掩饰，而是你们根本就没有意识到吧？果真是那样，就没什么好说的了。L君，我们就此绝交。

另外，我再顺便说一句，你们这些“留洋人士”，阿谀奉承之事也得因人而异吧？酒席之上，虽然作家本人——不论是多么愚蠢的作家——并不受用，你们还是要强行给人戴戴高帽：“啊，是太宰治先生啊，久仰大名，早想一睹尊容啦。在下拜读过您的某某作品呢。幸会幸会，我们握个手吧。”真的吗？我心下正琢磨着。结果一回头，哪承想就是同一个人，在报纸的时评上或者某个座谈会上，好坏不分地把我的作品大骂一通。我在想，这是不是也是你们在留洋之时学会的好本领呢？两面三刀。你们这些被人踩扁了的文化猿猴。

你们一直都过着悲惨的生活，现在也成了悲惨的人。不要掩饰了。

虽然是件私事，可我有时也会想起。在我进入大学的那个春天里，我的兄长上东京来了——父亲去世了，兄长年纪轻轻便继承了很大一部分父亲的遗产。兄长打算将这笔遗产用在所谓的周游世界上。在高田马场我的寄宿处附近的一家荞麦面馆子里，他对我说：

“怎么样，你要不要跟我一起去？我打算环游世界一周，你可以中途在法国停留，研究研究法国文学什么的，总之，你想干什么就干什么好了。从大学的法文科毕业之后再去法国，或者从法国回来之后再上大学，哪样对你的学习来说比较好呢？”

我几乎不假思索地回答："还是先在大学把基础打好之后再说吧。"

"这样啊。"

兄长脸上一副愁眉不展的表情。他似乎是想让我给他当翻译，所以才打算带我一块儿去的。我拒绝了他之后，他似乎又重新考虑了一下，之后就再没提出国的事情。

其实，我在那时撒了一个弥天大谎。当时，有一个女孩子喜欢我。我不想同她分别，因此才找了这么一个马马虎虎的借口，拒绝出国。后来，为了这女孩，我着实吃了不少苦头。不过，直到现在，我也不后悔自己当时的决定。我甚至觉得，作为一项人生事业。跟一个穷困又愚蠢的女孩一起吃点苦头，要比出国困难得多，也要光荣得多。

总之，没有比留洋人士的旅行见闻更空虚的东西了。他们的旅行见闻倒是与乡下人的东京见闻颇为相似。好像名胜古迹的明信片，其中没有一丁点儿市民生活的气息。

如果用论文来打比方，就好像是那本妇女杂志里的一篇题为《新妇女道路》的文章。整个文章不干不净、毫无内容，可是却又要装出一副立意深刻的模样。那些旅行见闻就是这种玩意儿，和这种论文一样。

如果你们在心里偷偷认为，这世上都是些像你们一样不学无术卑鄙虚伪的人。即便身在其中异常苦恼，也没有必要打破这层藩篱表达自己的抗议。只要一心出人头地，拿到教授的头衔就万事大吉。如果你们心里真是这样想的，那我也没什么好说的了。

可是，世上的学者们，最近却蹊跷地对我的作品大放起种种厥词来。有人曾劝我："那些家伙，反正都是些蠢货。什么世道里都有这些人，不要在意他们。"可我并不是能将这等龌龊蠢货——说是坏人亦不为过——所说的话置之一笑的心胸开阔之人，也不是那种完全不在意批评的超凡脱俗之士——我敢保证，这样的超凡脱俗之士，古今东西也找不出来一个。我对自己的作品并没有那样的自信，我并不相信它们在饱经中伤而没有一点鼓励的情况下，依然能够坚固如初。因此，我现在要尝试对这些令我恶心之人的言行进行自卫的抗议。

有一个"外国文学家"，在读过我的那本名为《维庸之妻》的小说后，在某文艺杂志上发表了一篇所谓的读后感。我读过之后，不禁目瞪口呆。其头脑之糊涂，简直叫人讶然。我真心怀疑这是不是鼻窦炎所引发的症状。即使被人叫作大学教授，又有什么好了不起的呢？这种人在大学教授文学简直就是犯罪，其性质之恶劣让人不寒而栗。

那家伙是这么说的："听说弗朗索瓦·维庸，并不是其丈夫……"这是多么陈腐的虚荣啊，既非风趣又非玩笑，甚至连讽刺都算不上。这些大学教授，就在这种地方偷偷地进行自我安慰。我想，这恐怕就是那些所谓的学者们共有的可怜的自尊心吧。那位傻瓜教授还说："作者正躲在这部作品的阴影下嘻嘻笑呢。"事情至此，我脑袋里冒出了一个可笑而又愚蠢的想法，拿着钢笔的手也不禁颤抖起来。这是何等贫乏的想象力啊。那个正在嘻嘻笑着的人，正是那位教授自己吧。事实上，这笑声也确实同那位教授非常相称。

假设这部作品的读者有五千人。能够感受到其中那嘻嘻的卑鄙之语的人，恐怕也就仅止这位“高尚”的教授一人吧。我想除此之外就再无别人了。真是光荣的人。五千人皆醉你独醒。做人也要稍微要点脸啊。

本来，我认为作者、批评家以及读者三者之间的关系，应该与正三角形三顶点的位置关系相仿——就像三角形的位置一样，若各自向外而坐，则无法达成交流。若各自向内而坐，则作者可以讲述，读者可以倾听。评论家对作者或可附和，或可质问，亦可以代替读者请求作者闭嘴。可最近，跑出来一些傻瓜教授。假如直线上有两点，分别为作者和读者，而教授则硬挤进了这两点的中间，冷不防地嘻嘻笑了起来。正在讲故事的作者也好，正在聆听的读者也好，对这些傻瓜教授的行径，只能是困惑不已。

我也不想把话讲到这个地步。我虽记得写作之时，曾心怀死的意志，付出过艰苦的努力，却从不记得自己曾经嘻嘻地阴笑，一次都没有过。这难道不是比理所当然还要理所当然的事情吗？写到这里，我更对你们的这种愚蠢深恶痛绝。手中的钢笔变得沉重，头上也不由得眉头紧锁。

正如开头引用的《圣经》所言：

你们这假冒为善的学者有祸了！因为你们建造先知的坟，修饰义人的墓，说："若是我们在我们祖宗的时候，必不和他们同流先知的血。"[①]

一两百年或是三百年前的、所谓贴上了文豪标签的作品，你们就毫无一句怨言，争相顶礼膜拜，费尽心思，大肆宣传。对于身边的同时代作家的作品，你们就只是一个劲儿嘻嘻地笑。对此，我也不得不怀疑你们在文学上的造诣了。耶稣恐怕也要为此而瞠目结舌。

还有一个外国文学家，评论了我的短篇小说《父亲》。他说："读起来虽然非常有趣，可到了第二天早上就什么也不记得了。"这个人所追求的，应该是类似于宿醉的东西吧。当时读起来兴味盎然，这就是幸福感啊。这种一定要把幸福感保留至第二天的猛汉，如此的贪婪与淫靡，恐怕也就只有这么一位大傻瓜教授了吧。——慎重起见，请让我在此多嘴一句。你们倘若也被别人这么说了，尤其是被像我这种被贴上坏蛋标签的人这么说了，请你们不要装出一副文雅的样子，嘴里露出苦涩的笑容，说什么"据太宰治老师所说，我就是那个贪婪淫靡的猛汉，一个大傻瓜教授"之类的俏皮话来敷衍我。你们都是些小气鬼，但请你们不要跟我来这一套。我现在在认真地跟你们说话，所以也请你们严肃对待。请你们好好考虑考虑，憎恨我吧。没有宿醉就无法得到满足。这样的状态才是真正的"不健康"。你们为何如此不知羞耻，只知道

① 《马太福音》23:29-30。——译者注

一味索取呢？

就文学而言，最重要的东西，莫过于所谓的“苦心”。说“苦心”也许你们未必能够理解。但若说是“爱心”，又未免有些太直白了。心趣、气魄、观照，这样讲吧，又不太合适。总之，就是“苦心”。我认为，只有在作者将这种“苦心”传递给读者之时，文学的永恒性，或者说文学的可贵之处，抑或是文学的乐趣，才能成立并存在。

我上个月已经说过，烹饪所追求的并非果腹。烹饪之中的真正快乐，也不在于量的多少，甚至也不在于美味与否。烹饪者的“苦心”才是快乐所在。苦心烹饪，正是如此。味道很好吧。这样就够了。追求宿醉的那种心态是下流的，趁早把这坏毛病改了吧。有时，你所偏爱的那个作家毛姆[①]，正是一个能够让你宿醉的作家。他的东西正合你的口味吧。可你身边这个叫作太宰治的作家，至少要比那位老头子潇洒倜傥得多。这种事情，劝你还是早点明白为好。

明明自己什么都不懂，却还要自以为是地对人品头论足。如今，我倒也想写写这样的文章了。说实在的，你的那些翻译，确实让我受益许多。所以你呀，做做你的翻译就够了。可你却还嫌不够，还要恬不知耻地写那些愚不可及的散文、随笔之类的东西。

---

① 毛姆（1874—1965），英国小说家、戏剧家。生于律师家庭，原来学医，后转而写作。他的作品常以冷静、客观乃至挑剔的态度审视人生，基调超然，带讽刺和怜悯意味。有戏剧《圈子》，长篇小说《人生的枷锁》《月亮和六便士》，短篇小说集《叶的震颤》《卡苏里那树》《阿金》等。——译者注

你，还有那位嘻嘻笑的教授，难道不应该好好地把功夫都用在语言学习上吗？如果怠慢了语言学习，你们岂不是在自寻死路？

要明白自己的斤两。我再说一遍，你们，不过是些外语教师而已，甚至连所谓的思想家都不是。启蒙家？我呸！去了解了解伏尔泰和卢梭所遭受的磨难吧。你们充其量就是些孝子罢了。

心怀波德莱尔之忧郁，身浸普鲁斯特之倦怠的人，绝不会在你们这些人的周围出现。

"——确实如此啊。太宰，大干一场吧。那些教授原本就盛气凌人得很，而且还迟钝得很。我也早就对他们恼火不已啦。"

背后传来了这样的声音。我猛地转过头，对那个男人答道："你净胡说些什么？那些老师，无论如何都要比你这家伙优秀。你们这些家伙，本来不就一无是处吗？一无是处的家伙，并不在讨论范畴之中。不过，如果你们希望的话，下个月的时候，我也不会介意对你们说点儿什么。你们这些家伙卑鄙下流得很，完全没什么学问，所以只好攻击文学以外的部分。比如说，剑道比赛的时候，可以击打的地方只有脸部、腰部与小臂。可你们这些家伙却把比赛同生活混为一谈，对着未戴防护的上臂和小腿使劲儿地打，还以为这样打就能赢，真是卑鄙下流。"

三

有一个词叫作谋反。还有一组词，叫官军和叛军。在国外，这似乎是两个完美相对的词语，可使用的频率却并不高。使用频率较高的词语，我觉得是背叛和政变。“是谋反，是谋反。”这般的骚乱和叫嚷，恐怕只有日本的本能寺[①]才有吧。而且，所谓的官军，也总是把所谓的叛军宣扬成一群乌合之众，用以鼓舞士气。谋反是一切背德之事中最恶劣的一项，而所谓的叛军也是极端卑鄙无耻的。这些在日本社会中早已是不言自明的。谋反之人也好，叛军也好，纵然是打了胜仗，也只是所谓的三日天下，终将走向灭亡。我们便是被如此教育的。仔细想想，其中早已露出了阴惨惨的封建思想之端倪。

“以前也有这么做的家伙。他们不过是利欲熏心或者哗众取宠，说话之间就自取灭亡了。太宰呀，我必须得给你一个忠告，

① 此处指的是本能寺之变。本能寺之变发生在日本战国时代的天正十年六月二日（公历1582年6月21日）凌晨，明智光秀在京都的本能寺起兵谋反，杀害其主君织田信长。一统近畿二十余国、开创了日本安土桃山时代、近乎结束战国乱世的织田信长殒命，日本历史也由此被改写。——译者注

你还是适可而止为好。”有些为我担心的前辈也曾对我说过这样的话。然而自古以来，被认为注定会失败的所谓谋反之人，这一次是绝不会再失败了。这难道不正是民主革命的意义所在吗？

民主主义的本质，就是人们可以根据自己的见解发表各种各样的言论。我认为，民主主义所发祥的思想，正是“人类不屈从于人类”，或者说“人类无法征服人类，也就是说，人类无法奴役人类”。

有一种人叫作前辈。而且这个前辈，好像总是要比我们了不起。他们这些前辈的残疾之处，乃是与暴力大致相仿的粗鲁。如果我现在要说一些前辈们的坏话，就不应该采取鹎越而下[①]的姿态，而应该采取鹎越而上的姿态。我抓住岩石、桂枝还有土块，一个人向上攀登；而前辈们则已聚在山顶上，一边抽着烟一边嘲笑我那浅薄的身影了。说我笨蛋，说我下流，说我哗众取宠，说我气昏了头。而每当我好不容易攀上来一点儿，他们就毫不费力地从脚边踢一两个石头下来。我顶不住，便哎呀一声悲呼，丑态百出地掉了下去。山上的前辈们见状，便一起大笑起来。不，笑还算好的，就怕他们一脚将我踢落还假装不知道，此时此刻正围在桌前打麻将呢。

不论我们竭尽全力发出多大的声响，所谓的世人，依旧对我

① 日本源平合战之时，名将源义经曾在名为“鹎越之”的地方发动奇袭，从平家军队背后的悬崖上策马袭击。这种仿佛从天而降的奇袭方式被称为“鹎越而下”（鹎越の逆落とし）。——译者注

们将信将疑。但前辈们的一句不行，在人们那里却恍若敕令一般有效。他们的生活虽然过得一塌糊涂，却深谙获得所谓的世人信赖的生存方式。因此他们所有人都无一例外，尽皆利用着世人对他们的信赖。

我们永远都比不上他们。我们呕心沥血所写就的东西，跟他们的作品比起来，全都不堪一读。他们得了世人的信赖，因此只消一句不行，便能轻而易举地赢得世人的拥护和赞同。这些所谓的前辈们如果有这份闲心，甚至还可以轻易地让我们发疯住院。

奴性。

他们，有意识也好，无意识也好，正最大限度地利用和依赖着奴性。

他们的利己、冷漠、自恋，与读者的奴性相辅相成。有一位批评家，就曾对一位老大家的作品三叩九拜，说："那位先生不讨好读者，所以是了不起的。而太宰之流的人，只知道一个劲儿地迎合读者的趣味……"

这简直是奴性的极致表现。总而言之，他们根本不把自己当回事，而被他们中伤的作家却着实难能可贵。评论家里，多的是这样的半瓶醋，直叫人气得肝疼。不懂水墨之美，就无法理解高雅的艺术吗？光琳[①]极致的色彩，难道就不能被看作是高雅的艺术

① 尾形光琳（1658—1716），日本江户中期画家。京都人，擅长装饰画，创建了表现华丽的琳派风格。在水墨画、陶瓷器彩画以及泥金画等方面亦有不少杰作。——译者注

吗？渡边华山[①]的画作，难道不都是一些虽迎合趣味却又十分高雅的作品吗？

顽固。愤怒。冷漠。健康。以自我为中心。有人将这些气质看作是优秀艺术家应该具有的特质。这些气质，全都具有强烈的男性味道，似乎是被作为某种男性的特质而为人们所接受。尽管如此，这些气质在事实上反倒是女性的。男人，并不像女人那么容易生气，比起女人来，反倒温柔得多。所谓顽固或倔强之类，无非是没有教养的家庭主妇所具有的颇为下流的品质而已。前辈们，请你们稍作收敛，不要再欺负弱者了。这是最不文明的人才会做的事情。这其中只有暴力。听听家庭主妇的家长里短，你们就会发觉一点儿什么了。

后辈对前辈的礼节，学生对老师的礼节，子女对双亲的礼节。这些说教，我们听得耳朵都要起茧了。并且，多多少少，我们也是对其有所遵奉的。可前辈对后辈的礼节，老师对学生的礼节，双亲对子女的礼节，却从没有人教过我们一点儿。

民主革命。

我深切地感受到了其中的必要。正是你们这些对民主革命毫不关心的老顽固，将所谓的有为女青年们撵向了粗暴的破坏思潮。

你们也听听年轻人的不满吧！好好想想他们说的话吧！我之

① 渡边华山（1793—1841），原名渡边定静，日本学者、政治家、画家、幕末藩士。华山画作的写实手法十分杰出，和近代的现实主义作品相接近。他画了许多杰出的肖像画，如《鹰见泉石像》《佐藤一斋像》《立原翠轩像》《松崎慊堂像》《泷泽琴岭像》等。——译者注

所以写这么一篇《如是我闻》的拙文，并不是我发了疯，不是我自视甚高，也不是受到了别人的煽动，更不是为了哗众取宠，我是认真的。不要轻易地就将我归类，说什么以前，也有个人这么做过，总之就是那么些东西。免了你们那些自以为是的武断吧，不要以为以前似乎发生过同样的事情，这一次还会重蹈覆辙。

拼上性命去做一件事就是罪孽吗？自欺欺人，睁一只眼闭一只眼，以安乐的家庭生活为追求的工作，就是善的吗？你们能不能稍稍考虑考虑我们的苦恼呢？

最终，我写这篇手记也成了一件蠢事吧？我卖文为生，迄今已有十五年了。可直到现在，我所说的话也仍然没有任何权威。等到我被人们正面接受，恐怕还要二十年吧。二十年，敷衍搪塞自欺欺人的作品也好什么都好，总之就是要兢兢业业不出纰漏地黏着于大众传媒之上。二十年，对前辈极尽礼数，装出一副成熟稳重的样子，到了最后，总能把人们的信赖骗到手。但是我对自己并没有那个自信，我可无法忍耐到那个时候。

那些人仿佛完全没有苦恼。对于日本的诸位前辈，我最最不满的地方就在于，你们对于苦恼完全没有任何概念。

哪里有什么所谓的暗夜[1]啊？难道不就是为了认可或不认可别人才弄得如此狼狈不堪吗？他还真觉得自己有这么一项认可或不认可别人的狂妄权力呢。可他自己呢？真的就能审判别人吗？恐

---

① 此处影射的是日本小说之神志贺直哉的长篇小说《暗夜行路》。——译者注

怕是不行的吧。

有一个小说家叫作志贺直哉，他是个外行，就跟参加东京六大学联赛[①] 的那些选手一样。有行家如此评论他的作品，说："如果把小说看作绘画，那么他发表的东西，就是书法。"他作品中的出色之处，说白了，不过是他的自恋罢了，不过是他对暴力的盲信罢了。在他的作品里，我只感受到了所谓的流氓习性的本质，或者说，我看到的只是一个贪图享乐者。那些所谓的高贵性，都是脆弱不堪，经不起推敲的。狼狈不堪，张皇失措，脸色还总是红扑扑的。终归是个暴发户而已。

有这么一群微不足道，形如蝼蛄的人。为了保全他们自己在世上那岌岌可危的地位，如今正汗流浃背、拼尽全力地维护他的权威，对他极尽尊敬、包庇之能事，还要把说他坏话的人统统都给臭骂一通。他们是最最卑劣的人。可他们中的绝大部分人却自以为是地将这种事当作饱含男子汉气概的正义之举。这恐怕是受了国定忠治[②] 电影的影响吧。

真正的正义，既没有头目，也没有喽啰，其本身亦是脆弱不堪，以一种寄人篱下的姿态为人们所承认和接受。而我在此再次重申：艺术也是一样，没有头目也没有喽啰，甚至连朋友都没有。

---

① 指东京六大学棒球联盟，是六所位于日本东京都的大学所属棒球部组成的大学棒球联盟。起源于日本私立双雄早庆（早稻田大学、庆应大学）之间的早庆战，后由一所帝国大学、两所顶级私立大学、三所名门私立学府共六校组成联盟。志贺直哉曾在东京六大学棒球盟校之一的东京大学学习。——译者注

② 国定忠治，江户时代后期的侠客，其行侠生涯多次被改编为戏剧和电影。——译者注

挑明了说吧。如今，我写下了这篇题为《如是我闻》的东西，之所以要做这件显而易见的蠢事——写出这篇文章再将其发表出来，并非是为了对某个“个人”进行攻击。我所要对抗的，是反基督者。

一说起基督，他们就要露出一副轻蔑的、近似苦笑的笑容。“什么？耶稣呀！”他们就这么说着，好像耶稣是一个令人安心的东西。可我的满腹苦恼，却几乎都来自耶稣这个人所出的一道难题：“要像爱自己一样，爱你的邻人。”

一言以蔽之，正如同你们缺乏苦恼的能力一样，你们也缺乏爱的能力。你们也许爱抚，却始终不会去爱。

你们所持有的一切道德，皆是为了保全你们自己和你们的家庭。除此之外，你们再未向前迈出任何一步。

请容许我再次大声质问：即使要为世人所驱逐，赌上性命去做一件事情，就是有罪的吗？

你们不相信吧，我并不为一己之利而写作。

最后，我要问：软弱和苦恼，就是有罪的吗？

行将搁笔之际，我偶然读到了某本杂志座谈会的速记。这位志贺直哉先生，不，是志贺直哉这家伙在其中说道：“两三天前读了太宰治的《犯人》，心中着实觉得乏味。一开始读的时候就知道没什么意思，没读完就能猜到结局……”

——不过，座谈会的速记还有访谈之中，其实有很多谈话者本人都记不清楚的东西。这些访谈和速记并非严肃的材料，所以本不应该在此加以引用。不过我并不是在针对志贺个人，我只是想对这句话进行反驳。

在最后给读者来一记过肩摔的作品，恐怕算不得什么好作品吧。一个劲儿地掩藏所谓的结局，再冷不防地突然将其放出来。将这种技巧当作出众才能来看待的前辈，真可悲乎哉。艺术不是比赛，是奉献，是在读者阅读时不对其造成伤害的奉献。但是，乐于受到伤害的变态之人似乎也很多。我终究还是寡不敌众。即使座谈会速记上并没有原封不动地将这个志贺直哉的话记下来，但是他如果说过类似的话，那也是这个老头自己破产了。自以为是。所谓的自恋之镜[①]，你家里也有一个吧。躲开结局，可是一直以来不停地依靠对结局的暗示和兴奋来写作的人，不就是你吗？

而像奴才一样对那个老头卑躬屈膝阿谀奉承的家伙们——他们说他的作品就像真正的大众小说一样——那些贫瘠卑下的庸俗作家们，并不在我的讨论之内。

① 与日式镜子相对，原本指的是江户时期传入的玻璃水银镜子。——译者注

四

读到某本杂志的座谈会速记时，我发现志贺直哉这个家伙竟然出人意料地在上面说了我的坏话。我果不其然为此发起了脾气，在这本杂志上月号的拙文中以附记的形式，我也以非常粗野的方式对他的话进行了反驳。可是，我感觉自己还没有说过瘾。那家伙究竟为什么要以那种目空一切的口吻来讲话呢？如果将一般的小说比作棋局，那家伙写出来的东西，就是残局。是不停地喊着将军、将军，然后最终一定会将死的棋局。是典型的玩票。一丁点儿胜败的悬念和战栗感都没有。不仅如此，这个平板而单调的家伙反倒为此自鸣得意得很，真是叫人不胜惶恐。

本来，这个作家的思想就粗糙不堪，人也没有教养，只知道一味胡来，自己还为此扬扬得意。这个家伙充其量也只是在文坛一隅受到一些好事者的追捧而已。却不知什么时候，这个家伙竟然喧宾夺主，得寸进尺，摆出一副文学巨匠的架势了。这种事情真让人禁不住哑然失笑。

这个月，我打算毫不留情地揭露一些关于他的事情了。

必须要注意那些曾获得过诸如孤傲、节操、清高之类赞辞的作家。这些人大多像狐狸一样狡猾。所谓的清高，不过是任性、顽固，再加上一点精明和自以为是。卑鄙也好，其他什么手段也罢，他只是一个劲儿地想取得胜利。这种把别人当作仆役的思维方式，是否就是所谓的流行精神？

这样的作家，内心充满了所谓的类似军人精神一般的东西。我刚才还说了，自己要毫不留情。但我终究还是不忍心将这位作家的那篇《新加坡的陷落》全文刊载于此。愚蠢的文章，就连东条英机都写不出这般不知体谅他人的东西。文章里写的东西极其古怪。就此看来，这个作家如今已经完全糊涂了。

要说的东西简直数不胜数。

这家伙瞧不起人类的脆弱，炫耀自己的富庶。他好像有一篇叫作《学徒之神》的短篇小说。但他有没有意识到自己对穷人的残酷呢？被人施以饭食，远比在电车上碰到有人给你让座要痛苦得多。这是什么样的神啊？如此迟钝的感受力，与那些新兴暴发户又有什么区别呢？

又是在一次座谈会上——你为什么又来惦记我呢？真是没教养，你说什么“太宰治先生的《斜阳》我也看过，简直让人为难”。居然说出“让人为难”这样谦卑恭敬的话语，你倒真是让我大吃一惊呢。

这种所谓的“让人为难”、“自叹弗如”的腔调，简直就是歇斯底里的不学无术。这是那种享乐者——那种无意义地一味自鸣得意的人——的说话口吻。我读了那场座谈会的速记，这位脑袋糊涂的作家，居然说我的作品“要是再稍微认真一点写就好了”。真是让人哑然。需要认真想一想的人，是你才对吧。

而且，在座谈会上，你还说我描写的贵族女孩讲的是山村女佣一般的语言。可你呢？你的《兔子》中，还有这么一段话呢：“爸爸，要不要把兔子干掉呢？”这句话着实让我脑中产生了一些奇思异想。“干掉”是个好词呢。真是不要脸。

你真以为自己是贵族吗？你连个有产者都不是吧？对你自己的弟弟，你又是什么态度呢？不管是好是坏，总之是根本没法写出来的吧？把家里人罹患流行感冒这种破事写得好像一件多么了不起的事情，还将其当作作家的正道深信不疑。你这张驴脸还真是惨不忍睹。

所谓的刚强，所谓的自信，这并不是成为作家的重要条件。

我曾经看过这位作家在高中时代的照片。他倚靠在樱花树旁，一脸矫揉造作的表情。我当时就想，这该是个多么令人讨厌的学生啊。艺术家的柔弱，在他身上是一丁点儿也没有。他只知道迟钝地端起他那副架子。简直像个稍稍化了点妆的运动员，看起来似乎很有一股蛮力，恃强凌弱，自私自利。我还看过一张他上了年纪的照片，肚子上挂着个围裙，简直就是个平凡无奇的园丁大叔嘛。

关于《犯人》这部小说，他如此评价：“读过了，糟糕得很。一读开头就大致知道结局了。可我觉得作家本人好像还不知道我已经知道了这一切，还拼了老命地在写呢。”其实那部小说里根本就没有什么破结局。他还说自己一读开头就大致知道结局了，说得好像独具慧眼，只有他自己才能识破一样。简直就是老糊涂。那又不是什么侦探小说。你的那个《雨蛙》的结局难道不才是真正幼稚吗？

你究竟有什么了不起啊？你难道不觉得自己已经行将就木了吗？请不要再逞强啦，你的脸色已经惨不忍睹了。

我还要继续讲讲这位作家的坏话。我读了这家伙最近一篇被人称为佳作的文章，其中的一行实在是让人无法理解。“站在没有屋顶的东京站的站台上。没有风，却依旧寒冷。身上穿来的一层外套，正好用来御寒。”真是愚不可及。既然“寒冷”，岂不是应该冻得摇摇晃晃才对吗？“身上穿来的一层外套正好用来御寒”又是怎么回事呢？完全说不通嘛。在作品之中，作者也丝毫没有对这位少年工人表露出哪怕一丁点儿同情。作者似乎运用了欲擒故纵这一滥俗手法，想要故意以一种冷眼旁观的态度来反衬其中的人间真情。可惜这一手法失败了。而且在文章的最后一行还要注明“这是昭和二十年十月十六日的事情”。文章写到这种地步也只能让人笑到喷饭了。你那套蒙人的把戏，已经不灵验了。

至今仍然让我觉得滑稽无比的是，这位《新加坡的陷落》的作者居然还说：“请不要再有所保留了。你们已经出人意料地实现了全体国民的万众一心[①]。如今的日本已经再也找不到亲英亲美的思想了。我们的心情非常快活，也非常镇定。”战后，内村鉴三[①]这个名字又突如其来地蹦了出来。在某个杂志的访谈之中，他又说道：“要不是听了恩师内村鉴三先生的教导，我早就成了军国主义者了，哪里还能把节操保持到今天。”访谈里所说的话，虽然不能完全算数。但即使只听一半，其为人之浅薄就足够让人笑掉大牙了。

这位作家到底有什么值得特别尊敬的？为什么要如此尊敬这么一位作家呢？我对此完全理不出头绪来。他究竟做了些什么样的工作啊？只不过是制作了一大本印刷品吧。那部题为《万历赤绘》的东西我也读过，就是一部白痴一样的作品。以为自己有多么了不起呢。这就好比是自己放了一个屁，然后郑重其事地将其写下来，用大大的印刷版印出来，再拿去给那些正襟危坐的读者看。没错！就是如此荒谬。作家什么样，读者就什么样。

归根结底，他不过是一个喧宾夺主、得寸进尺的狡猾狐狸罢了。没别的了。如果这里有一部他的选集，我就能一一将其指出来了。可奇怪的是，如今我和内子两人翻遍了书箱的角落，怎么也找不出一本来。“可能是没有缘分吧。”我说。等到了半夜，我又跑到一个熟人家去。“哪本都可以，只要是志贺直哉的作品就

① 日文为“一億一心”，为日本战时的宣传用语。意为一亿日本人团结一心。——译者注

① 内村鉴三（1861—1930），日本基督教思想家，无教会主义的倡导者。他抨击既存教会的繁文缛礼，主张开展以研究《圣经》为中心的无教会运动，并进行独立的传教活动。其宗教自由思想吸引并影响了一批青年。志贺直哉曾向其求学。——译者注

行。”我对熟人说。于是，他把《早春》《暗夜行路》以及登载《灰色的月亮》的那本杂志都借给了我。

《暗夜行路》——

题目取得倒是气势不小呢。他总说别人的作品故弄玄虚，而真正故弄玄虚的那个人只怕是他自己吧。这部作品里，就全是些故弄玄虚的东西。所谓的死棋残局，说的就是这个。到底哪里有什么“暗夜”啊？我看到的只有一味的自我肯定。真是扫兴至极。

根本就没有什么所谓的高明之处，统统都是些自恋罢了。患了感冒，得了中耳炎，这就是“暗夜”吗？真是无法理解啊。这难道不是那种作文班里的小孩写出来的文学吗？也不知是什么时候，这种不学无术的家伙就堂而皇之、不知羞耻地得寸进尺，喧宾夺主，如今，已经俨然一副从容不迫、满不在乎的姿态了。

然而，在写志贺直哉这家伙的事情时，我心里却颇感忧郁。为什么呢？因为他正是所谓的那种“家庭人”——拥有相当程度的财产、贤淑的妻子和健康又听话的孩子。家住在风景宜人的地方，对于战争的灾害闻所未闻。他身穿上好的手织茧绸衣服，也未曾患有肺病之类让人忌讳的疾病。他的客人们都是些上等人，老师老师地对他叫个不停。他随便开口说个一两句话，就能让他们深为叹服。在一派祥和的气氛之中，他们聊了起来：说最近，有个叫太宰的家伙脑子突然发了热，似乎对志贺直哉老师颇有微词。那可是个龌龊下流的家伙，根本没有资格跟老师叫板。（笑声）尽管如此，那个家伙还真是够招人讨厌的。（直哉说过，他从我身上找不出哪怕一点优点）都一个年过四十的作家了，一点也不夸张，每天一边咯血一边拼了命地想写出主流的小说。都努力成这个样子了，反倒还被人们讨厌。家里还有三个虚弱的孩子需要照顾，和老婆之间也从来没有过发自内心的笑容。一家人住在房租五十元的出租屋里，拉门的骨架、隔扇的里子都已经破败不堪。他本来一个爱体面的男人，遭了两次大战的灾后，如今他也不在乎这些了——只穿着一条短裤和一双木屐出门帮在家照顾孩子的老婆买菜了。现在，又因为他和志贺直哉先生叫板，他和前辈与朋友之间的关系也疏远了。

可即便如此，我也必须要说这些话。我要让你们这些狼狈为奸的伪君子对我呕心沥血的劳动成果“闭嘴”。我不仅镇定自若，我还要怡然自得呢。

志贺直哉这个家伙的作品，有人说严肃，还有人说这样说那样。可不管他们说什么，都是些谎话。他写的东西，都是些肤浅的家庭生活，都是些任性的人——而不是所谓的主人公的性格。总而言之，他笔下的那些快乐生活看上去都饱含魅力，但那不过是些暴发户罢了。反正只要有钱，就可以生在东京，长在东京——这种所谓的生长在东京的自豪，在我们看来，简直是又荒谬又滑稽。可当年，他们还是乡下人的时候，又对此怀有多么深的蔑视呢？这恐怕会完全超出读者诸君的想象。浪荡子，不，应该说是那种带有些许流氓气息的、膀大腰圆、浓眉阔脸的“东京人”。他们裸着身子与人角力相扑，对自己那身蛮力还颇为自负。嘴里胡乱嚷着“只要赢了就好”。他们只要露出那副王牌式的不快表情，盛气凌人地张一张嘴，乡下来的穷人们就要统统被他吓得胆战心惊。他放出来的屁，和那些乡下来的小鬼放的屁，其中的意义可是完全不一样的。他说这是“因人而异”。脑袋糊涂，神经迟钝。一天到头就知道老子、老子地叫唤，想坐那第一把交椅——而且还要用那种喧宾夺主、鸠占鹊巢的手段。为达目的不择手段，这本来就是他们这种铁腕人物的特征。可他们却忍住尿意、略微屈身、大发雷霆地在稿纸上奋笔疾书起来。之后，再叫身边的人给他们誊写一遍。这一切都历历再现于他们的文章风格之中。真是残忍的作家啊。这句话说多少次也不嫌多。他是个陈腐而粗暴的作家。他依然泥古不化地固守着那套腐朽的文学观，身体连一寸也不愿往前挪一挪。顽固。他似乎还觉得这是一项美德呢。这其实是狡猾。他满脑子都在想着：“如果顺利的话，如果碰巧的话……”似乎盘算着不少事呢。就是这样才招人讨厌，才必须将其打倒。家里若是有个顽固的老头子，其他人就都不得安宁，唉声叹气。别再端着你那副架子了。你说我“一副令人厌恶的姿态，浑身找不出一点优点”，可这是你自己的姿态问题。是因为你一直端着那套仿佛被石膏绷带固定住了的愚蠢架子，才会说出这样的蠢话。

请你稍微柔弱一点吧。身为一个文学家，就应该柔弱一点，温和一点，请你努力去尝试理解一下那些身在你流派之外的人吧。

不，应该是去理解理解他们的痛苦。如果怎么都理解不了，就请你闭上你的嘴。过于频繁地出席座谈会，只会让你自己出丑。明明就是些不学无术之徒，却仅仅凭自己的感觉，十年如一日地在背地里说人坏话。嘲笑别人之余，还沾沾自喜扬扬得意。对于你们这帮家伙，我才真是“闭嘴”了。为了赢，为了胜利，你们使用卑劣下流的手段，之后反倒被世人们称为“好人”和“杰出而清高的人”。你们确实成功了，可你们却都是些恶徒。

你们所得到的东西——究竟有多少年的所谓文坛生活，我不得而知——仅仅是世间的信赖而已。似乎爱读志贺直哉的作品，已经成为一个人成熟稳重、品位良好的标志了。不害臊吗？你们知不知道在这个志贺直哉之前，与所谓的优良风俗相匹配的究竟是什么样的作家，你们知道吗？

你要是去竞选议员就好了。你那副厚脸皮，那副自我肯定的架势，去当议员简直再好不过。在你那篇叫作《新加坡的陷落》的无聊文章里——好像要掩饰什么一样，还假装自己不知道这篇无聊文章，真是个让人胆寒的“良心”作家啊——居然张冠李戴，颇为唐突地使用了“谦让”一词。这正是你最为缺乏的一项美德啊。你那形貌丑陋的脑袋里，充满了狂傲和自大。只要读一读这篇名为“文艺”的座谈会纪事，就能立即感觉到你在年轻人面前那副倚老卖老、盛气凌人的姿态。而这些年轻人，也净说些古怪的话来向你献媚。不过，我并不打算在这里说年轻人的不是。因为我知道，对他们讲这种话（讲别的话也是一样），只会让他们在奋勇拼搏的人生道路上产生毫无助益的困惑。

“因为我比太宰要年长嘛。”你的这句话，听上去给人的感觉好像是因为你年长，所以你就有批评别人的权利了。然而我却正好与你相反。“因为我年长”，所以我不会去说年轻人的不是。此外，在那个座谈会的纪事之中，还有这么一处：“批评名声好的人，对我来说是很棘手的。”这是何等的丑陋与卑劣啊。这个志贺直哉，竟出人意料地对名声异常敏感啊。既然这样，那这样说岂不更好：“您最近风评很不错，可否听得进我几句逆耳忠言呢？”至少这种说法要更加有亲和力吧。他所说的话，可是一点人情味儿都没有，都是在矫揉造作、虚张声势而已。看看吧，他这个家伙，自己把自己的《邦子》《盗子故事》都得意扬扬地拿出来，给人讲解其中的妙处。真是一点儿也不害臊。这副不知廉耻的耄耋老态，看了只能叫人喷饭。一个作家沦落到这步田地，已经是无可救药了。

二十年如一日地大谈特谈“仿制品”，这是发霉生锈的文学论。而这些仿制品，又能比那种记录日常生活的日记一般的小说棘手费事多少呢？而你在写作《克罗谛思日记》时，也应该是知道那些所谓批评家的喜好的。因此，只有那些懒惰狡猾、厚颜无耻的人，总之，只有那些陶醉于自己的日常生活的家伙，才会写出那种日记一样的东西吧。真是太对不起读者了。在所谓的苦心虚构之中，难道就没有蕴含作家自身的真正痛苦吗？你们归根结底都是一群懒汉，只知道一味地敷衍欺骗。正因为如此，你们才要对那些赌上性命写作的作家们恶语相向，你们是在拉扯上吊者的脚踝。时时刻刻都是如此。只有你们，让我心中满怀无意义的痛苦。

你还有一件让我腻烦透顶的事情。那就是你完全不理解芥川的苦恼。

那是见不得光的人的苦闷。

是软弱。

是《圣经》。

是对生活的恐惧。

是失败者的祈求。

你们这些家伙什么都不懂。不仅不懂，还要为自己的不懂而扬扬得意。有你们这样的艺术家吗？什么思想都不懂，成天就知道混圈子，处社会。把人吓得目瞪口呆的，就是你们这群人。仅仅根据一个人的言谈举止，就轻易地给人下判断。这种以貌取人的下流之事，也只有你们干得出来。你的文学，本来就没有任何传统。契诃夫？别开玩笑了。你读过契诃夫吗？不读书，就说明这个人并不孤独。如果一个人装扮成了隐者，而周围又没有喧闹的市井之气，那可真是够幸运的了。我不认为他的文学作品打破了传统。我只觉得他是一个一把年纪却得意扬扬、没羞没臊地撰写儿童读物的人。可是，像安徒生的《丑小鸭》那样的天才之作，他却一篇都没有写出来。所以，他只是单纯的傲慢而已，此外便别无长物。是个一身蛮力的小鬼头，是个山大王，是乃木大将。

贵族虽然常常对人品头论足、说三道四——一提到贵族，所有人就立即情绪激动起来，真是不可理解，但是在某次新闻座谈会上，有一位皇族曾说：“我爱读《斜阳》，因为我感同身受。”这样不就很好吗？其中真意，又岂是你们这群暴发户所能理解得了的？嫉妒。这么大把年纪了，真是害臊啊。能把太宰这家伙“干掉”了吗？你有唇枪，我有舌剑。我可是知无不言，言无不尽的。

图书在版编目（CIP）数据

人间失格 /（日）太宰治著；何青鹏译. —北京：现代出版社，2016.9（2024.1重印）
ISBN 978-7-5143-4640-4

Ⅰ.①人… Ⅱ.①太… ②何… Ⅲ.①中篇小说－小说集－日本－当代 Ⅳ.①I313.45

中国版本图书馆CIP数据核字（2016）第213448号

作　　者　[日] 太宰治
译　　者　何青鹏
责任编辑　曾雪梅

出 版 人　乔先彪
出版发行　现代出版社
地　　址　北京市安定门外安华里504号
邮政编码　100011
电　　话　(010) 64267325
传　　真　(010) 64245264
网　　址　www.1980xd.com
印　　刷　三河市嵩川印刷有限公司
开　　本　890mm × 1240mm　1/32
印　　张　10
版　　次　2016年10月第1版　2024年1月第2次印刷
书　　号　ISBN 978-7-5143-4640-4
定　　价　48.00元
